*A M*orte
*do R*ei *A*rtur

A Morte do Rei Artur
Romance do Século XIII

Anônimo

Tradução de Heitor Megale

martins fontes
selo martins

Título original: LA MORT LE ROI ARTU.
Copyright © Livraria Martins Fontes Editora Ltda.,
São Paulo, 1991, para a presente edição.

1ª edição
março de 1992

3ª tiragem
setembro de 2011

Tradução
HEITOR MEGALE

Revisão da tradução
Yara Frateschi Vieira

Revisão gráfica
Marcelo Rondinelli
Laila Dawa

Produção gráfica
Geraldo Alves

Composição
Ademilde L. da Silva

Capa
Alexandre Martins Fontes

Ilustração da capa
Miniatura in Chrétien de Troyes, "Li Chevaliers au Lion",
manuscrito de 1433, Fol. 80. Biblioteca Nacional, Paris.

Dados Internacionais de Catalogação na Publicação (CIP)
(Câmara Brasileira do Livro, SP, Brasil)

A Morte do Rei Artur / anônimo ; [tradução Heitor Megale]. – São Paulo: Martins Fontes, 1992. – (Coleção Grandhāra).

Tradução de: La mort le roi Artu.
ISBN 85.336.0035-6
Bibliografia.

1. Artur, Rei – Lendas

92-0236   CDD-398.22

Índices para catálogo sistemático:
1. Artur: Rei: Cavaleiros: Literatura folclórica   398.22

Todos os direitos para a língua portuguesa reservados à
Martins Editora Livraria Ltda.
Av Dr. Arnaldo, 2076
01255-000 São Paulo SP Brasil
Tel. (11) 3116-0000
e-mail: info@martinsfontes.com
http://www.martinsmartinsfontes.com.br

Sumário

Prefácio 1
Introdução 9
A morte de Artur 25
Apêndice 235
Notas 239
Bibliografia 241
Glossário 243

Prefácio

O *Romance do Fim do Mundo*

A Morte do Rei Artur conta a história do fim do mundo, do ponto de vista da escatologia cavaleiresca. Constitui o fecho do ciclo conhecido como *Lancelote-Graal*, que relata em prosa as aventuras de Lancelote, o mais famoso cavaleiro do mundo, ligando-as às do rei Artur e demais cavaleiros da Távola Redonda e à demanda do Santo Graal. Escrito na primeira metade do século XIII, esse ciclo organiza uma vasta matéria narrativa então em voga e originada, historicamente, dos feitos heróicos de um nebuloso guerreiro bretão que teria lutado contra a invasão saxônica e contra os romanos, no século VI. No século XII, contudo, as histórias relativas ao rei Artur haviam já evoluído e constituíam o *cânone* da cavalaria, então em plena ascensão. Chrétien de Troyes incorporou nos cavaleiros da Távola Redonda e principalmente em Lancelote o "ideal" daquele comportamento amoroso que veio depois a ser conhecido como "amor cortês". A reelaboração ficcional de histórias tão remotas no tempo serviu, dessa forma, a leituras da realidade social e cultural contemporânea. Não admira que, à medida que as mesmas aventuras iam sendo contadas e recontadas, o tom e a ênfase se alterassem. Pode-se mesmo verificar uma evolução de atitude, perceptível desde o começo do ciclo do *Lancelote-Graal* até o seu fim. Quando *A Morte do Rei Artur* é escrita, a cavalaria já é uma instituição ultrapassada, pertence a um mundo em rápida extinção. É do fim desse mundo que o romance francês nos fala, com um misto de percepção histórica acurada, fatalismo e nostalgia.

O romance destaca-se, antes de mais nada, pelas suas dimensões históricas e humanas. Tem o inegável poder de construir diante dos nossos olhos, simultaneamente com a concentração necessária à manutenção do clima dramático e com a lentidão adequada à majestade do estilo, o quadro trágico de um mundo em inexorável decadência e ruína. Não mais o galope juvenil de cavaleiros novéis em busca de um nome: assim, Lancelote, no começo do *Lancelote-próprio*, recusava-se a declinar seu nome às pessoas que encontrava, porque ainda não adquirira um digno de renome — o que só lhe virá através da fama dos seus feitos cavaleirescos; agora, na *Morte do Rei Artur*, depois de vinte e cinco anos de cavalaria, torna a ir incógnito aos torneios, porque não quer ser reconhecido — seja por receio de não encontrar adversários que aceitem lutar contra ele ou por vergonha de voltar a dedicar-se à cavalaria terrena, depois de ter sido um cavaleiro do Graal; não importa, o que fica claro é que Lancelote não é mais o representante dos "jovens", isto é, daqueles cavaleiros sem bens que dependem dos seus feitos para obter um lugar junto aos senhores feudais encastelados. Da mesma forma, a rainha Genevra, mola propulsora dos feitos de cavalaria de Lancelote, segundo os preceitos do código amoroso, embora conserve ainda uma beleza incomparável, não é mais uma mulher jovem: anda pelos cinqüenta anos. No começo do século XIII, o anônimo autor da *Morte do Rei Artur* foi capaz de perceber o crepúsculo da cultura cavaleiresca e do mundo feudal que lhe dera origem. Já nem mesmo o disfarce da cavalaria celeste, proposto por uma leitura religiosa e mística da missão da cavalaria, pode salvá-la da ruína iminente. A mão do Destino — um destino histórico, é certo — pesa sobre o rei Artur e sua corte. No entanto, a razão da destruição é interna, não vem de fora, como os históricos saxões, mas da sua própria estrutura. A cavalaria, que fora capaz de criar um código de comportamento tão elaborado como o do "amor cortês" para justificar a sua existência junto aos senhores da alta nobreza, está agora minada por dentro: o amor adúltero de Lancelote pela rainha Genevra, responsável pelo seu renome e pela posição que conquistara no mundo feudal, depois de passar pela condenação religiosa na *Demanda do Santo Graal*, agora, na *Morte do Rei Artur*, será a causa desencadeadora da grande guerra entre a linhagem de Artur e a linhagem de Bam, que levará à final destruição o mundo da Távola Redonda. Metáforas da incapacidade da cavalaria de adaptar-se a um mundo novo, os sintomas dessa decomposição interna se acumulam: velhice, adultério, incesto — não por acaso, a versão do *Lancelote-Graal* optou por apresentar Morderete como filho incestuoso de Artur. Jean Frappier acreditava, numa certa altura da vida, que o autor da *Morte* é que tivera a idéia de fazer de Morderete, sobrinho de Artur em outras versões, um seu filho incestuoso, porque dessa forma aumentaria o efeito dramático da morte do rei. Elaboração narrativa que ressuma sentimento de culpa por todos os poros, e que encontra no trágico final: "Deste modo o pai matou ao filho e o filho feriu o pai de morte" (191) a forma mais expressiva da aniquilação total. O mundo da cavalaria é um mundo totalmente fechado, corroído pelos cruzamentos intrafamiliares; por onde quer que os cavaleiros vão — e eles percorrem o mundo —, quem quer que encontrem, acabará por revelar-se alguém que pertence à extensa rede familiar de algumas poucas famílias. Os "outros", isto é, os burgueses e os camponeses, são figuras decorativas, freqüentemente associados a entidades lendárias que representam a selvageria e a barbárie, como os "homens selvagens", ou então estão ali presentes para justificar a salvação da alma das classes dominantes: é o que ocorre com Galvão que, depois da morte, aparece num sonho a Artur, no paraíso, acompanhado de uma multidão de pobres a quem ele ajudara. Da mesma forma, a rainha Genevra, quando está sendo conduzida à fogueira para ser punida pelo seu crime de adultério, é acompanhada por todos os habitantes da vila (dos quais não se falara antes), que choravam e lamentavam a sua perda, porque nunca mais teriam os pobres ninguém que se apiedasse deles (93).

A Morte do Rei Artur impressiona o leitor de hoje pelo seu compromisso com a história, com a sucessão de acontecimentos que são em parte regidos pelo Destino, mas que desencadeiam conseqüências inevitáveis. Já não assistimos a mágicas ou a milagres que mudam o curso dos eventos. As personagens sabem que o adultério de Lancelote e Genevra, se descoberto, levará à destruição o mundo arturiano, porque porá fatalmente frente a frente os dois grandes poderes: a linhagem de Artur e a linhagem de Bam. O curso dos acontecimentos não é simplificado, nem nasce a sua complexidade do acúmulo de feitos de cavalaria, como ocorre em alguns momentos no *Lancelote-próprio*. É nas próprias personagens, apresentadas na sua minuciosa humanidade, que os acontecimentos germinam e amadurecem; nesse sentido, o longo processo de reconhecimento do adultério, por parte de Artur, é exemplar. O rei tem inúmeras ocasiões de inteirar-se do amor de Lancelote e Genevra: primeiro, ouve de Agravaim o relato do adultério; depois, Morgana lhe mostra as pinturas que Lancelote fizera no seu castelo, quando lá estivera prisioneiro, e que representam de forma explícita, inclusive com letreiros explicativos (que o rei lê), a história dos seus amores com a rainha; o rei fica sempre impressionado, mas quer ainda ser convencido pela única prova que lhe parece indubitável: pegar os amantes em flagrante. A dúvida cresce em Artur, mas ele procura sempre esquecê-la, até que nova evidência venha reativá-la. Finalmente, já não pode ignorá-la mais, quando Agravaim produz o tão desejado quanto temido flagrante. As oscilações dos sentimentos de Artur, em relação a Genevra e a Lancelote, coincidem com a caracterização desse rei, primeiro apresentado como um homem indeciso, sempre dependente do conselho de outrem, sujeito às tentações da carne e presa fácil de enganos; mas depois, à medida que a Fortuna lhe vai negando os seus favores, e que ele experimenta a traição dos mais próximos e a perda daqueles a quem mais ama, esse rei velho e quase marginal adquire uma estatura trágica que o faz assemelhar-se a um Lear. Por outro lado, Lancelote, ainda pintado como o cavaleiro pecador no começo do romance, vai aos poucos também se depurando, e o seu comportamento nas últimas partes do romance é tão nobre e generoso que ele volta a constituir o "ideal" do cavaleiro cortês — só que agora, melancolicamente, isso não lhe traz mais o renome, os castelos e o amor de Genevra, mas a solidão, o exílio, a penitência, e finalmente a morte e a salvação da sua alma — forma de redenção que o autor encontrou para essa cavalaria de outra forma tão culpada.

Posto entre dois mundos, um que agoniza e outro que nasce, mas que ele não consegue reconhecer bem, o romance olha para trás com a nostalgia do que irremediavelmente desaparece; ao mesmo tempo, porém, algo na própria construção do romance já aponta para o futuro, embora não se possa dizer que isso seja exclusivo da *Morte*, pois estende-se a todo o ciclo, exatamente porque está relacionado com a própria seleção da prosa como um veículo mais adequado para a ficcionalização dessa matéria do que a poesia o tinha sido até então. A difusão da prosa, principalmente a partir do século XIII, está relacionada com o crescente prestígio da escrita no mundo ocidental e com as mudanças que o aumento no emprego dessa forma de expressão trouxe à cultura. A poesia tinha sido, no mundo medieval, o veículo de uma civilização "oralizada" — embora seja preciso relativizar esse termo, uma vez que já no século XII encontramos poesia escrita em língua vernácula com um alto grau de sofisticação; a difusão da escrita, contudo, principalmente nos documentos, provoca uma maior consciência em relação ao passado e ao valor dos seus documentos e, conseqüentemente, um desenvolvimento das formas incipientes de historiografia. A prosa vai incumbir-se de ser o "vero" instrumento do relato historiográfico, já que a poesia tinha sido o veículo da lenda e da épica: essa aspiração ao "verdadeiro", ao "fidedigno", àquilo que está de acordo com o que foi "escrito", contamina mesmo essa produção que, para nós nitidamente ficcional, não é tão claramente distinta da história para os seus contemporâneos. Daí a preocupação constante com a "documentação" dos fatos relatados, que vai desde a menção das inscrições tumulares, dos "escribas" do rei Artur, da capacidade que este tinha de ler os "letreiros" que Lancelote (tão imprudente!) acrescentara às suas pinturas, até ao próprio narrador, que não é uma pessoa inventando uma história, mas um mero copista de outro "documento": "ora deixa o conto de falar do rei Artur..." O único momento em que o narrador assume em primeira pessoa a narração, é para relatar a origem (histórica e milagrosa) de algo que algumas pessoas criam ser apenas fabuloso, isto é, a capacidade que Galvão tem de recuperar suas forças ao meio-dia: "e porque algumas pessoas acham que era lenda, eu vos contarei como isto lhe aconteceu" (153). Naturalmente, o que o narrador acaba fazendo é apenas uma tradução para maravilhoso cristão de um mito solar pagão, mas, dentro do seu universo de critérios de validação, a sua contribuição para a credibilidade do material relatado é indiscutível. Essa mesma tendência pode ser observada, ainda, quando o narrador procura conciliar o que lhe parece "lendário" com uma interpretação mais histórica; ele não vai ao ponto de recusar a lenda, mas integra-a no seu contexto de cristão do século XIII: assim, o rei Artur é levado por Morgana e suas damas de companhia para a Ilha de Avalon, mas morre depois e é trazido, por elas, para ser sepultado na Capela Negra, conforme o testemunha a sua lápide tumular. De outras vezes, o autor não encontra a forma de conciliar lenda e história, mas a lenda é tão bela que mais vale deixá-la: é o caso da espada Escalibur, lançada ao lago e apanhada pelo braço misterioso. Essa tensão entre lenda e história cria um efeito especial no romance, principalmente no que diz respeito às personagens: como já disse, é apenas nesse romance que sabemos a idade delas, e esse é um detalhe introduzido por alguém preocupado com a inserção histórica dos eventos e de seus agentes. Mas, por outro lado, que idade têm eles! O rei Artur tem nada menos que 92 anos, e realiza feitos de armas que um jovem de 25 não pode igualar; Galvão, no combate contra Lancelote do qual sairá ferido de morte, já tem 76 anos; o próprio Lancelote anda à volta dos 55. Esses "velhos" são feitos, porém, de um estofo diferente, tecido pela história e pelo mito. Por isso, depois da batalha de Salaber (Salisbury), em que morre Artur e a fina flor da cavalaria cortês,

"... o reino de Logres foi levado à destruição e também muitos outros, porque não houve mais tanto homem bom como antes havia. Depois da sua morte, ficaram as terras gastas e devastadas e carentes de bons senhores, porque muito cedo morreram com grande dor e muita violência." (181)

Felizmente, o público de língua portuguesa pode agora ter acesso fácil ao romance na sua inteireza, através da laboriosa tradução de Heitor Megale, especialista em matéria arturiana que já nos ofereceu antes a versão em português contemporâneo da *Demanda do Santo Graal*. Que o interesse dessa leitura não está no gosto da erudição por si mesma, espero ter sugerido com o que disse acima; agora, fora do âmbito dos textos de leitura difícil e limitada, essa obra pendular entre a história e a ficção reentra no circuito dos textos vivos para submeter-se ao juízo do leitor contemporâneo, no momento em que os gêneros ficcionais e não-ficcionais experimentam também uma crise semelhante nos seus contornos e limites.

Albany, 15 de agosto de 1991

Yara Frateschi Vieira

Introdução

A morte do rei Artur é um romance do século XIII atribuído, em seu próprio manuscrito, a Gautier Map e constitui-se no último livro da primeira prosificação ou *Vulgata* do conhecido Ciclo Arturiano[1]. Antes dessa prosificação, a matéria havia sido tratada em romances em verso e em textos latinos em prosa. No século XII, quando Chrétien de Troyes estava compondo seus romances em verso[2], a prosa era praticamente reservada para

---

1. Denomina-se Ciclo Arturiano ao conjunto de obras centradas na figura de Artur e de seus cavaleiros. A *Vulgata*, como a própria palavra sugere, significa o que se tornou de uso público, o que foi divulgado, reunindo textos organizados numa seqüência para serem difundidos, vindo a ser a versão mais comumente reconhecida como autêntica. Como convinha ao tempo em que isto foi feito, a organização destes textos constituiu-se na primeira prosificação da matéria. Edição da *Vulgata*: Oskar Sommer, *The Vulgate Version of the Arthurian Romances*, Washington, The Carnegie Institute of Washington, 1908-1916. Os oito volumes desta edição estão assim distribuídos: v. I: *L'estoire del Saint Graal*; v. II: *L'estoire de Merlin*; v. III, IV e V: *Le livre de Lancelot del Lac*; v. VI: *Les aventures ou la quête del Saint Graal* e *La mort le roi Artus*; v. VII: *Supplément: Le livre d'Artus*; v. VIII: *Index of names and places*. Esta edição padece de uma classificação metódica dos manuscritos, além de limitar-se apenas aos de Londres, que, aliás, não pertencem todos a uma mesma família.

2. Chrétien de Troyes (1135-1183) era um *clerc* da corte de Marie de Champagne, onde fez carreira de poeta e escritor. Escreveu versos inspirados na poesia dos trovadores antes de iniciar a seqüência de romances, todos eles ligados ao Ciclo Arturiano: *Érec et Énide*, *Cligès ou la fausse morte*, *Lancelot ou le chevalier à la charrette*, *Yvain ou le chevalier au lion* e *Perceval ou le conte du Graal*. Excusa dizer que todos estes romances foram escritos em verso.

traduções do latim, comentários ou paráfrases de textos sagrados, particularmente sermões. No século XIII, a prosa tornou-se o veículo das crônicas em vernáculo. Quando aconteceu de autores principiarem a transformar em prosa os romances arturianos em verso, por volta de 1210, os textos acabaram por revelar-se mais históricos e mais religiosos. O foco mudou da cavalaria cortês para a busca do Graal e a matéria organizou-se num ciclo de obras que passou a ter como objetivo recontar toda a estória do Graal, desde as origens na paixão de Cristo até a completa realização da busca do santo Vaso pelo cavaleiro eleito.

A *Vulgata* oferece uma versão sumamente elaborada, e principalmente muito ampliada, em relação a seus textos-fonte e aos posteriores. Conhecida como *Lancelote-Graal*, tem como principal causa de sua enorme ampliação exatamente a existência em seu bojo do chamado *Lancelote-próprio*, ou seja, uma longa história do próprio Lancelote, que ocupa a metade de todo o ciclo[3]. Este ciclo de enormes proporções abre-se com a *Estória do Santo Graal*[4], que nos remete a José de Arimatéia, o guardador

---

3. *Lancelote-próprio*, é o *Lancelote* que existe dentro do *Lancelote-Graal*. De fora para dentro: o *Lancelote-Graal* é o conjunto feito por estes livros: *Estória do Santo Graal, Lancelote-próprio, Demanda do Santo Graal* e *A morte do rei Artur*. Percebe-se que é uma designação específica, de fato, a *Vulgata* compõe-se de todos estes títulos mais a *Estória de Merlim*, que se insere entre a *Estória do Santo Graal* e o *Lancelote-próprio*. Para concluir as informações relativas à formação e designação dos blocos: este *Merlim* tem sua *Vulgata* e suas *Continuações*, e a parte final do *Lancelote-Próprio* leva o nome de *Agravaim* e vem a ser uma transição entre o *Lancelote* e a *Demanda*, em seguida ao episódio da charrete e forma um conjunto de quase 500 páginas.

4. *A Estória do Santo Graal*, como se viu na nota 1, existe no volume I da edição da *Vulgata*, por Oskar Sommer. Na *Post-Vulgata*, este texto, praticamente sem alterações, torna-se o *Livro de José de Arimatéia*. Pode ser lido na edição de George Weidner: *Der Prosaroman von Joseph Arimathia mit einer Einleitung ueber die handschriftliche Ueberlieferung*. Oppeln, Eugen Franck's Buchhandlung, 1881. O ms. 643 do Arquivo da Torre do Tombo, de Lisboa, é o *Livro de José de Arimatéia*, cópia feita no século XVI. Existe edição paleográfica deste códice feita por Henry Hare Carter, em 1967: *The portuguese book of Josephe Ab Arimathea*, paleographical edition, Chapel Hill, The University of North Caroline Press, 1967. É esperada a edição crítica desta obra preparada por Ivo Castro.

do Graal, e a seu filho Josefes, cuja pureza e castidade o qualificam para tornar-se o primeiro bispo cristão. José toma o Vaso sagrado com o sangue de Cristo, depois da crucificação, sobrevive miraculosamente quarenta e três anos na prisão e, depois de libertado, transporta este objeto sagrado para Sarras. É Josefes que tem o privilégio da visão de Cristo, enquanto contempla o Graal, e torna-se o líder espiritual dos cristãos. A propagação da fé cristã começa a provocar as primeiras conversões importantes: Morderete, Nascião e Celidônio, que são instruídos sucessivamente a viajar para a Ilha do deserto, onde cada um será vítima de feitiço tentador, até que o homem bom ofereça orientação espiritual e liberdade. Uma viagem final conduz o convertido à Inglaterra, onde o Graal, símbolo da articulação entre Deus e seu povo escolhido, realiza uma série de milagres. Ao morrer, Josefes confia o Graal para Alano, o primeiro rei Pescador, que o coloca no castelo de Corbenic, onde os guardiões esperam a chegada do bom cavaleiro.

A Estória de Merlim[5] da *Vulgata* mais se parece com uma crônica. Merlim, profeta e mago, filho de um íncubo com uma donzela, torna-se o elo entre a cavalaria e o mítico, dentro da narrativa. Com o conhecimento do

---

5. Como trouxe a nota 1, *A Estória de Merlim* pode ser lida no volume II da edição da *Vulgata* feita por Oskar Sommer. Há também a edição conhecida como *Huth Merlin*, exatamente porque seu texto é o do manuscrito Huth editado por Gaston Paris e Jacob Ulrich, em 1886, em dois volumes. O *Merlim-próprio* está no primeiro volume. Mais recente existe o *Merlin, roman du XIIIe, siècle*, edição crítica de Alexandre Micha, publicada pela Droz, em 1980. Fanni Bogdanow publicou um outro fragmento da *Continuação Post-Vulgata*, que é seqüência do texto editado por Sommer: Fanni Bogdanow, *La folie Lancelot a hitherto unidentified portion of the Suite du Merlin contained in mss. B.N.Fr. 112 and 12599, Beihefte zur Zeitschrift fur Romanische Philologie*, 109, Tubingen, 1965. A tradução espanhola da *Continuação do Merlim* foi publicada por Adolfo Bonilla y San Martin: *La Demanda del Sancto Grial, Primera parte: El baladro del sabio Merlin. Segunda parte: La Demanda del Sancto Grial con los maravillosos fechos de Lanzarote y de Galaz su hijo. Libros de caballerias. Primera parte: Ciclo Arturico.* Nueva Biblioteca de Autores Españoles, 6, Madrid, 1907 (reimpressão da edição de 1535 do *Baladro* e da *Demanda*.

passado e a visão do futuro, Merlim a todos confunde com sua habilidade para explicar conhecimentos misteriosos. Depois de usar sua magia para transformar o rei Uter no duque de Tintagel, para que o rei pudesse possuir Igerne, a mulher do duque, e fazer nela Artur, Merlim estabelece a futura autoridade do rei, pela retirada da espada da pedra e assegura sua supremacia militar, inventando engenhosas estratégias de guerra. A cavalaria adquire dimensões míticas com a távola redonda, originalmente caracterizada como ponto de encontro dos mais valentes cavaleiros de Artur. Acontece que esta mesma távola redonda torna-se exata réplica da mesa do Graal, ela mesma criada sob a inspiração da mesa da última ceia de Cristo com seus apóstolos. Os principais heróis são Artur e Galvão que, sempre orientados por Merlim, conseguem sucessivas vitórias contra os rebeldes. Estes grandes acontecimentos bélicos são apresentados na *Continuação da Estória de Merlim*. É também nesta parte da estória que encontramos o casamento de Artur com Genevra, o amor de Merlim por Viviane e o nascimento de Lancelote.

O *Lancelote*, que sozinho perfaz a metade do ciclo todo, conta em pormenores as aventuras de seu mais popular herói. Trata-se de uma narrativa toda inspirada no *Chevalier de la charrete*, de Chrétien de Troyes. A infância do herói é tomada de uma estória anglo-normanda perdida, provável predecessora do *Lancelote* germânico de Ulrich Von Zatzikhoven, obra considerada anterior à *Vulgata*, uns vinte anos[6]. É claro que o *Lancelote-próprio* da *Vulgata* acrescenta à lendária biografia do herói longa série de grandes aventuras. Ao quadro delineado pela Dama do Lago, a fada que herda os poderes mágicos de Merlim, quadro este de natureza eminentemente profana, articula-se uma associação entre padrões de

---

6. Segundo Ferdinand Lot, o *Lanzelet* não teria fornecido senão o nome. V. *Étude sur le Lancelot en prose*, principalmente capítulo V. Em 1983 completou-se a edição do *Lancelot en prose*: Alexandre Micha, *Lancelot. Roman en prose du XIIIème siècle*, Paris, Genebra, Droz (o v. I saiu em 1979 e o último, v. IX, em 1983).

cavalaria terrena e atos de caridade cristã, defesa da Igreja e proteção aos fracos. Carente de específica instrução ou formação a respeito de qualquer tipo de espiritualidade ou o que quer que fosse relativo à castidade, o herói apaixona-se por Genevra e, para provar seu mérito, empreende uma série de proezas que resultam na maior parte da estória. A condição de estado preso à expectativa da vinda do cavaleiro eleito, que caracteriza o reino de Logres, cristaliza-se ao longo de episódios muito repetitivos protagonizados pelo herói, que se reduzem a um modelo de prisão e soltura, decepção e percepção, ferimentos e cura, só não havendo derrotas fatais, o que aliás destruiria o estado de expectativa. A Galeote cabe a função de intermediário entre Lancelote e Genevra, durante o período em que seu amor é ameaçado pela falsa Genevra e por Morgana, quando Artur, ele mesmo, é seduzido pela graciosa Camila. Galvão e Heitor comparecem como heróis cavaleirescos nesta altura, apenas ofuscados pelo próprio herói no conto da charrete, parte deste episódio. Sucessivos fracassos do herói indiciam sua exclusão da festa do Graal, a ocorrer na *Demanda*, enquanto Boorz vai dando sinais de aproximação dos heróis Persival e Galaaz.

A Demanda do Santo Graal[7] revela, desde o início, os misteriosos poderes de Galaaz como herói escolhido e termina com sua privilegiada visão do santo Vaso. A

---

7. *A Demanda do Santo Graal* da *Vulgata* pode ser lida na edição Oskar Sommer, no volume VI da coleção. Além desta edição, há a edição de F. J. Furnivall, *La Queste del Saint Graal*, Londres, Roxburghe Club, 1864, que é reprodução fiel do ms. Royal 14. E. III do Museu Britânico. Mais conhecido e mais reeditado é o texto estabelecido por Albert Pauphilet, *La Queste de Saint Graal*, Paris, Honoré Champion, 1972 (a primeira edição é de 1923). Se em relação ao texto da *Estória do Santo Graal* pode-se dizer que é praticamente o mesmo do *Livro de José de Arimatéia*, abrindo cada um respectivamente a *Vulgata* e a *Post-Vulgata*, não se pode dizer o mesmo com relação às *Demandas*. Há mais diferenças do que se imagina entre a *Demanda* da *Vulgata* e a *Demanda* da *Post-Vulgata*, da qual o texto português de Viena é o maior corpus conservado. Também é bom lembrar que a ausência de um *Lancelote-próprio* dentro da *Post-Vulgata*, fato só por si suficiente para não confundi-la ou não se tomá-la por outro *Lancelote-Graal*, não é a única razão e certamente não seria a mais forte para tornar a *Post-Vulgata* diferente da *Vulgata*.

maior parte da estória, porém, ocupa-se em descrever os esforços dispendidos pelos cavaleiros que estarão fora da revelação final, como Leonel, Heitor e Galvão, que, ainda assim, formam uma elite, a dos demandadores terrestres, enquanto Persival e Boorz tornam-se escolhidos, sem, no entanto, atingirem a perfeição de Galaaz. Esta *Demanda* da *Vulgata* é decalcada no *Conto do Graal*, de Chrétien de Troyes e em suas *Primeira* e *Segunda Continuação*, a que associam elementos míticos da *matéria da Bretanha*: o assento perigoso, a espada da pedra e a abolição dos maus costumes, substituídos por motivos mais cristianizados. A lança que sangra e a espada quebrada de Robert de Boron e do *Didot-Perceval* tornam-se respectivamente a lança de Longino e a espada de Davi, para não insistir no Graal, de que já falamos que se torna a escudela em que Cristo comeu o cordeiro pascal com os seus. Como a dar ao texto substancial autoridade e certamente com a finalidade de alimentar a ilusão de uma verdade didática, as aventuras, as visões e os sonhos são sempre interpretados por ermitães que oferecem o significado e a verdade aos cavaleiros. Todo este clima e principalmente este método de composição talvez estejam na base do estudo de especialistas que fizeram o que se poderia chamar de leitura alegórica da *Demanda* da *Vulgata*. Tornou-se clássico o trabalho de Albert Pauphilet, que reconheceu no texto um tratado de espiritualidade cisterciense[8].

O ciclo termina com *A morte do rei Artur*[9], que retrata o mundo arturiano depois que o Graal foi arrebatado ao céu. É o desfecho de toda a longa estória do ciclo. Os amores adúlteros da rainha Genevra com Lance-

---

8. Albert Pauphilet, *Étude sur la Queste del Saint Graal*, Paris, Honoré Champion, 1968 (a primeira edição é de 1921).

9. *A morte do rei Artur* pode ser lida no volume VI da edição da *Vulgata*, de Oskar Sommer indicado na nota 1, havendo também as edições de Douglas Bruce e de Jean Frappier. J. Douglas Bruce, *Mort Artu*, an old french prose romance of the XIIIth century, being the last division of *Lancelot du Lac*, Halle, 1910. Jean Frappier, *La mort de roi Artu*, roman du XIII^c. siècle, Paris, Droz, 1936.

lote, até então mantidos em segredo, são revelados e precipitam os acontecimentos. Traído pelos seus, Artur enfrenta, na batalha final, na planície de Salaber, seu sobrinho Morderete, na verdade, seu filho incestuoso com Morgana, a fada, sua irmã. O filho morre com uma lançada do pai, não sem antes feri-lo mortalmente. Enquanto não se chega a este holocausto, o tecido narrativo constitui-se de uma inexorável sucessão de acontecimentos fincados no movimento de renovação dos amores entre Lancelote e Genevra, com movimentos contraditórios entre inculpação e inocência do cavaleiro. Alimenta-se fortemente, até onde é possível o gravíssimo dilema de Lancelote: fidelidade ao rei, seu senhor, enquanto melhor cavaleiro, e fidelidade à rainha, enquanto amante, sendo o segredo dos amores de ambos a mola mestra do amor cortês, que é como se caracteriza sua relação. Um movimento de inculpação do herói esvazia-se, quando ele vai ao torneio de Wincestre disfarçado de cavaleiro novo, com armas todas de uma só cor, vermelhas. De acusado de amores com a rainha passa a suspeito de amar a donzela de Escalote. Por ocasião da insuspeitável acusação de envenenamento de um cavaleiro, que pesa sobre a rainha, Lancelote torna-se seu defensor único, com um argumento tão forte, que não ocorreu a nenhum dos homens bons da linhagem de Artur:

> "Senhor, vim à corte por uma maravilha que ouvi contar neste reino, porque algumas pessoas me fizeram saber que hoje deve vir um cavaleiro que acusa a senhora rainha de traição. Se for verdade, nunca ouvi falar de tão louco cavaleiro. Isto sabemos bem privados e estranhos que, em todo o mundo, não há tão corajosa dama como ela e, pelo valor que dela conheço, vim aqui pronto para defendê-la, se houver cavaleiro que de traição a acuse." (n.º 82) "Estou pronto a defendê-la, porque nunca pensou ela em deslealdade e traição." (n.º 83)

Outra gama de acontecimentos desenvolve a história do reino e vem fortemente imbricada com os movimentos contraditórios do desenrolar da história de Lancelote-Genevra. Assim é que, em batalha, Lancelote mata Gaeriete, irmão de Galvão e, em conseqüência, incita Artur e seu sobrinho a declararem guerra contra a linhagem do rei Bam, a que Lancelote pertence. Nestas lutas intestinas os acontecimentos finais precipitam-se. Ao partir para a batalha, Artur confia seu reino e a rainha a Morderete, que usurpa o poder e pretende casar-se com Genevra, o que provoca o retorno do rei e seu combate mortal entre pai e filho. Antes de morrer, Artur ordena a seu cavaleiro Gilfrete que lance a espada Escalibur num lago. O cavaleiro hesita e pensa enganar o rei, depois de este ter-lhe negado a preciosa espada. Ao cabo das hesitações, lança a espada no meio do lago, onde emerge um braço, cuja mão segura a espada pelo punho e a brande três vezes ou quatro (n.º 192), antes de puxá-la para o fundo das águas. Morgana e outras fadas surgem numa nave em que levam Artur.

O romance deve ao mesmo tempo ao *Tristão em prosa*[10], também ao de Thomas[11], ao *Lancelote-próprio*, à *Historia regum Britaniae*[12], à *Vita Merlini*[13] e a algumas

---

10. O *Tristão em prosa* está sendo editado por Philippe Ménard, tendo saído o v. I em 1987. Há o texto Löseth e a edição Curtis. Eilert Löseth, *Le roman de Tristan, le roman de Palamède et la compilation de Rusticien de Pise. Analyse critique d'après les manuscrits de Paris*, Paris, 1890, Bibliothèque de l'école Pratique de Hautes Études, 82. Houve uma reimpressão pela Slaktine, em Genebra, 1974. Renée Curtis, *Le roman de Tristan*, v. I, Munique, 1963; v. II, Leyde, 1976; v. III, Cambridge, 1985. Estudos fundamentais a respeito dessa obra: Emmanuèle Baumgartner, *Le tristan en prose — Essai d'interprétation d'un roman médiéval*, Genebra, Droz, 1975; mais recente e na perspectiva de aproximação da obra à *Demanda* portuguesa de Viena: Colette-Anne Van Coolput, *Aventures querant et le sens du monde — Aspects de la réception productive des premiers romans du Graal cycliques dans le Tristan en prose*, Lovaina, Leuven University Press, 1986.

11. *Tristão* de Thomas é uma obra de que só existem fragmentos. A edição de Bartina H. Wind, Thomas, *Les fragments du Roman de Tristan*, poème du XIIe. siècle, Genève, Paris, Droz, Minard, 1960.

12. Entre outras edições da *Historia regum Britanniae*, há a de Jacob Hammer: Geoffrey of Monmouth, *Historia regum Britanniae*, variant version edited from manuscripts by Jacob Hammer, Massachussets, The Mediaeval Academy of America, 1951.

13. De *Vita Merlini* há a edição Faral: Edmond Faral, *La légende arthurienne*, Paris, 1929, no volume III: *Documents*, às páginas 305-352, em seguida à *Historia regum Britanniae*, que está entre as páginas 63-303.

outras obras, sem dúvida. O que não se pode negar, porém, é que *A morte do rei Artur* destaca-se como o volume da *Vulgata* que, sem dúvida, consegue a mais forte coesão dramática, porque tecido em cadeia inexorável de causa e efeito tramando seqüência de torneios que culminam no cataclismo da sangrenta batalha entre pai e filho. Esta inexorabilidade não impede que, levada a cabo forte seqüência cronológica dos últimos momentos do reino de Artur, fique, ainda assim, o desfecho em aberto, algo apocalíptico. O aparente detalhamento dos acontecimentos finais, que pulveriza o tempo linear, simula exato cumprimento de ordem-pretexto emanada do rei Henrique ao pretenso autor Gautier Map, segundo a qual deveria, para que *As aventuras do santo Graal* ficassem completas, contar o fim daqueles de quem havia feito menção e como morreram aqueles, cujas proezas ele havia contado em seu livro. Ainda que levada a termo, esta ordem-pretexto deixou a abertura da reminiscência de uma narrativa inconclusa. Artur, morto — no túmulo da Capela Negra — ou vivo — levado por Morgana e outras fadas numa nau — é esperado. A narrativa, depois do holocausto, apocalipsiza-se.

A morte do rei Artur conserva-se em manuscritos dos quais são conhecidos hoje cerca de cinqüenta, entre completos e fragmentários. O ms. F.F. n.º 98 da Biblioteca Nacional de Paris contém todo o ciclo do *Lancelote-Graal: A estória do Santo Graal, A estória de Merlim, o Lancelote-próprio, A Demanda do Santo Graal* e a *Morte do rei Artur*. O ms. F.F. 110 da mesma Biblioteca Nacional de Paris não é integral, apresenta lacunas. O ms. F.F. 111 da mesma Biblioteca não é integral em relação ao ciclo, traz o *Lancelote-próprio*, a *Demanda do Santo Graal* e *A morte do rei Artur*. O ms. F.F. 112 da mesma Biblioteca traz *A morte do rei Artur* precedida do *Lancelote-próprio* e de uma *Demanda* em que se mesclam fragmentos do *Tristão em prosa* e do *Palamades*, além de inúmeros episódios, alguns de difícil identificação. Outros manuscritos da Biblioteca Nacional de Paris que contêm *A morte do rei Artur* são os de número, sempre do Fundo Francês (F.F.): 122, 123, 339, 342, 343 (*A morte* mutilada), 751, 758, 1424, 12573, 12580 (*A morte* incompleta), 24367, 4380 e 1119. Destes manuscritos, o 342 serviu para a edição de Douglas Bruce[14], que foi depois criticada por Jean Frappier[15] e por Ferdinand Lot[16], principalmente por ter-se limitado a um único manuscrito. Oskar Sommer, por sua vez, levou a cabo trabalhosa compilação, mas serviu-se tão-somente de manuscritos do Museu Britânico e, segundo especialistas, não foi muito feliz na aplicação de princípios ecdóticos[17]. Marjorie B. Fox publicou, em 1933, *La mort le roi Artu. Étude sur les manuscrits, les sources et la composition de l'oeuvre*[18]. Ferdinand Lot referiu-se a esta obra lamentando que a exposição deixasse de lado a maior parte dos problemas. Sob outros aspectos tem seu mérito e sua utilidade. A edição que melhor firmou-se foi a de Jean Frappier que saiu em 1936. Ferdinand Lot, em recensão crítica no volume LXIV da *Romania*, em que analisa *Étude sur la mort le roi Artu*, conta que a escolha de Jean Frappier para seu doutoramento havia sido sugestão de um dos seus mestres, Gustave Cohen, apontando-lhe a trilha de Albert Pauphilet, que havia feito seu *Étude sur la Queste del saint Graal attribuée a Gautier Map*[19] e a edição desta *Queste*[20]. E o trabalho de Jean Frappier tornou-se um

---

14. V. nota 9.
15. V. nota 9, a cuja informação convém acrescentar: Jean Frappier, *Étude sur la mort le roi Artu*, roman du XIIIe siècle, dernière partie du *Lancelot en prose*, Paris, Droz, 1936.
16. Ferdinand Lot diz expressamente em sua recensão crítica ao *Étude*, de Jean Frappier, que publicou no volume LXIV da *Romania*: "Pour traiter de la valeur de la *Mort d'Artur* il en faut posséder un sûr. Or Douglas Bruce s'était contenté de reproduire le ms. dr. 342 de la Bibl. Nat. parce qu'il est daté (1274). Observação nossa: este não é o único manuscrito datado.
17. Voltar ao texto da recensão crítica de Ferdinand Lot na *Romania*, acima referido.
18. Marjorie B. Fox, *La Mort le Roi Artu. Étude sur le manuscrits, les sources et la composition de l'oeuvre*, Paris, 1933.
19. V. nota 8.
20. V. nota 7.

clássico. Mas nenhuma obra, por acabada que seja, é perfeita. Em 1970, Jean Rychner, da Universidade de Newchatel, lançou *L'articulation des phrases narratives dans la mort Artu*[21]. E declarou por que voltou ao texto: "J'ai choisi la Mort Artu comme l'un des plus anciens romans en prose et, m'a-t-il semblé, comme l'un des plus représentatifs de la première période. Ce roman-là décrit, il devait être possible de suivre ensuite l'évolution des formes qu'on y aurait repérées. Je n'ai pas pris en considération l'ensemble du roman, de sorte que la *Mort Artu* ce sera pour nous les cent quinze premiers des deux cent quatre paragraphes que comporte l'édition de Jean Frappier, *La mort le roi Artu*, roman du XIIIe. siècle, Genève, Lille, 1954. J'ai ajouté ici ou là quelques exemples pris aux paragraphes suivants, mais l'analyse n'a été complète et systématique que jusqu'au paragraphe 115. J'ai accepté le texte de l'édition sans entrer dans la critique textuelle du roman, mais je me suis reservé le droit d'en modifier ou d'en discuter la ponctuation, très importante dans la perspective que j'adopte."[22] A seguir justificou por que se limitou ao discurso narrativo.

Entendemos que uma tradução, a primeira do texto em língua portuguesa, salvo existência sua em tempos medievais e que não se conservou, deveria levar em conta não somente uma edição, mas o que, em termos de edição, se fez até hoje. Uma limitação, no entanto, se impôs: o acesso aos manuscritos restringiu-se aos da Biblioteca Nacional de Paris, o que só foi possível como programação paralela nossa às atividades do estágio junto ao ITEM (Institut de Textes et Manuscrits Modernes), para onde fomos por indicação da Comissão de Cooperação Internacional (CCint) da Reitoria da Universidade de São Paulo, em 1989. As atenuantes que esta limitação recebe com os trabalhos de Bruce, Sommer, Marjorie, Frappier e Rychner não nos permitiram esperar o acesso a outros

---

21. Jean Rychner, *L'articulation des phrases narratives dans la mort Artu*, Genebra, Droz, 1970.
22. Idem, *Ibidem*, p. 8.

manuscritos, como por exemplo os de Chantilly, Lyon, Bruxelas, Bonn, Copenhague, Londres, Oxford, Chetelham e Manchester. Fiemo-nos na classificação e colação dos especialistas.

A quem confrontar nossa tradução com os trabalhos anteriores saltará aos olhos a paragrafação que aprendemos nos trabalhos de Augusto Magne e que convém tanto ao leitor de hoje[23].

A tradução foi um trabalho muito gratificante, porque confirmou muitas expectativas criadas pelos textos arturianos ibéricos medievais, muito embora pertençam à *Post-Vulgata*, e trouxe muitas surpresas curiosas. Sem distinguir umas e outras, calculamos que o estudioso poderá interessar-se por alguns fatos que trazemos à guisa de exemplos. O processo de entrelaçamento de episódios ou segmentos coloca o leitor diante da estória comprometidamente recontada por uma voz textualizada de alta ambigüidade: o conto. Esta voz fictícia usurpa o papel tradicional do autor e do narrador e sai contando, interrompendo, intercalando, encaixando, retomando...

Por válidas que sejam todas as especulações a respeito destas frases articuladoras da narrativa — e há opiniões de eminentes teóricos e críticos de literatura —, parece-nos necessário partir da pura e simples observação do fato na época em que ocorreu, ou seja, no período da prosificação dos textos, ora por nós designados textos-fonte. Estas frases não constituem privilégio dos textos arturianos, encontram-se genericamente nos textos prosificados. Embora não coubesse nos limites desta introdução, deixamos aqui um exemplo extraído da prosificação de um *romance antigo* da literatura francesa, também este fonte de equivalente texto ibérico. Entre as fontes do *romance antigo* francês, além da *Ilíada* e da *Odisséia*, incluem-se *De excidio Trojae Historia*, de Dares Phrygius, e *Ephemeris*

---

23. Referimo-nos aos textos Magne da *Demanda do Santo Graal*, nas edições de 1944 e de 1955-70. Além de a paragrafação facilitar a leitura, alertamos também para a necessidade de manter os números, procedimento que adotamos também nesta tradução, para que as referências bibliográficas e as citações sejam localizadas sem dificuldade.

belli Trojani, de Dictis Cretensis. Como romances antigos franceses, destacamos o *Roman de Troie*, de Benoît de Saint-Maure e o *Roman de Troie en prose*, de que são conhecidos numerosos manuscritos com várias versões independentes. Encerrando estas informações, cujo propósito é chegar ao exemplo prometido, citamos Ramón Lorenzo, à página 28 de sua introdução, na edição crítica da *Crónica Troiana*: "Amais desta circulación pola Península do texto en francés, posiblemente no século XIII e no XIV se fixeron traduccións ó castelán, pois hoxe contamos con dúas versións diferentes e unha delas, aínda que non tivo tanta expansión coma a *Crónica Troiana* (combinación de Leomarte e Guido), si ten unha importancia especial para nós, por se-lo orixinal do que saíu a *Crónica Troiana* galega que agora publicamos, independentemente de que houbesse ou non un texto galego anterior ó castelán..."[24] Ora, essa *Crônica Troiana* abre-se exatamente com esta frase: "Agora diz o conto que os gregos ouuerõ grã pesar..." Iniciando o capítulo VIII, encontramos: "Agora leixa o conto a falar dos gregos..." — "Et torna a falar en como el rrey Príamo..." Com este recurso ao longo do texto, articula-se a narrativa. Parece conseqüência natural do fato de não ser o texto criação de quem o elabora, e sim uma organização a partir de textos anteriores. De fato, o recurso a estas frases, com todas as variações que assumem, deixa o "autor" inteiramente à vontade para organizar seu texto, com todas as fontes de que dispõe. Estas frases articuladoras da narrativa resultam num anteparo por excelência para o "autor" movimentar-se, principalmente porque, via de regra, ele não tem interesse em identificar-se. O escriba,

---

24. Ramón Lorenzo: *Crónica Troiana*, Fundación Pedro Barrié de la Maza, conde de Fenosa, disposta pola Real Academia Galega, A Coruña, 1985. Em sua introdução traz a curiosa notícia de que Isidoro de Sevilha considerava Dares como o primeiro dos historiadores pagãos, citando *Etymologiarum sive originum libri XX*: "Apud gentiles vero primus Dares Phrygius de Graecis et troianis historiam edidit, quam im foliis palmarum ab eo conscriptam esse fuerunt. Post Daretem autem in Graecia Herodotus historiam primus habitus est."

acentuadamente quando simples copista, é o anônimo que se consome executando um trabalho sempre sujeito à orientação de um mentor, o arquiteto do plano, este sim, genericamente um *clerc*, que, por sua vez, freqüentemente esconde-se por trás de nomes que conferem, por si só, autoridade ao texto, como Gautier Map ou Robert de Boron, apenas séculos mais tarde reconhecidos como *Pseudos*, em textos posteriores à própria morte.

Os especialistas da matéria arturiana têm-se interrogado acerca da autoria singular ou múltipla do Ciclo. A mais convincente teoria postula um arquiteto, cujo plano teria sido levado a cabo num ou em vários *scriptoria*, mas estes verdadeiros autores continuam se escondendo tanto atrás dos *Pseudos*, como atrás desta voz do conto com todas as suas atribuições. O entrelaçamento traz esta voz nos números 22-23, 37-38, 47-48, 54-55, 61-62, 63-64, 65-66, 73-74, 75-76, 91-92, 97-98, 106-107, 121-122, 127-128, 133-134, 143-144, 162-163, 167-168, 168-169, 170-171, 175-176 e 200-201. As frases, com algumas variações, são estas: "Ora deixa o conto a falar...", no primeiro número e "Nesta parte diz o conto que...", no segundo. Sua alta freqüência no final do romance confirma a progressiva densidade dramática, à medida que a narrativa aproxima-se do holocausto de Salaber.

A sintaxe, no caso da segunda destas expressões, exigiu o mesmo tratamento que foi dado, em idênticas circunstâncias, em nossa edição da *Demanda do Santo Graal*, texto português da *Post-Vulgata*. Entre os casos típicos, exemplificamos com o n.º 98: "Or dit li contes que a celui point que li rois Artus vit revenir Mordret afuiant tout contreval la cité de Kamaalot a si pou de compaignie, si se merveilla moult que se pooit estre; si demanda a ceus qui avant venoient por quoi il fuient." — "Ora diz o conto que o rei Artur, naquela altura em que viu voltar Morderete, fugindo em direção à cidade de Camalote com tão pequena companhia, maravilhou-se muito do que poderia ser, e perguntou aos seus, que à frente vinham, por que fugiam." O mesmo processo, no n.º 122, como exemplo: "En ceste partie dit li contes que, après ce que la reine fu rendue au roi, se parti Lancelos de la

Joieuse Garde..." — "Nesta parte diz o conto que Lancelote, depois que a rainha foi entregue ao rei, partiu da Joiosa Guarda..."; entre outros números, o mesmo processo ocorre no 176, no 48, 62, 64, 66... O sujeito da subordinada objetiva direta passou a ocupar o lugar adequado na sintaxe portuguesa atual, mormente quando o sujeito de uma outra subordinada, como no caso, temporal é distinto daquele da objetiva direta, com o fito de evitar ambigüidade ou mesmo dificuldade de leitura.

Há algumas situações estranhas, não diria contraditórias, entre outras, apontamos duas: uma, o mesmo escudo, no n.º 75, tem uma banda oblíqua, cuja cor, elemento essencial para a identificação do cavaleiro, não é dada: "escu a une bande de bellic", já no n.º 82, quando a identificação interessa, a cor vermelha aparece: "une bande de bellic de synople". Outra, a ermida a que Lancelote se recolhe, no n.º 200, fica em lugar cheio de rochas — *roches* —, em outro manuscritos, o lugar é cheio de espinhos — *ronces*. O leitor não deixa também de estranhar que Leonel, o irmão de Boorz, desaparece a certa altura, e repetidamente surge o rei Leão, em circunstâncias em que Leonel ficaria bem.

Muito esclarecedor, quanto à evolução da palavra coração (*coratione*), no caso do português, tanto quanto à formação da palavra *courage*, em francês, o uso corrente no francês antigo da expressão: "comment ot il le cuer de..." — "como teve coragem de..." (n.º 100, por exemplo), ao mesmo tempo que ocorre a palavra *corage*: "...que ge connois bien une partie de vostre *corage*..." — "que conheço bem uma parte de vossa coragem..."

Aí está o último livro da *Vulgata* do Ciclo Arturiano, no qual o leitor encontrará o rei Artur com 92 anos de idade, a rainha Genevra ia bem pelos cinqüenta anos, Galvão com 76 e Lancelote cerca de vinte e um anos mais novo do que Galvão, isto na altura do último confronto entre Lancelote e Galvão, por causa da morte de Gaeriete[25]. Encontrará também a roda da Fortuna[26], e via-

---

25. V. n.º 158.
26. V., entre outros, os n.ºs 172, 176, 190 e 192.

jará por lugares geograficamente melhor situados, como Londres, Dovre, Meaux e Borgonha, do que costuma acontecer nos textos arturianos ibéricos.

No mais, como disse Bernard Cerquiglini, "l'écriture médiévale ne produit pas de variantes, elle est variance"[27], o que explica o desafio que é tornar esta escritura legível hoje. Mais do que necessário, é obrigatório recorrer a fontes com o espírito desprevenido, de modo a vivenciar o conflito entre a língua e o texto e enfrentar a manipulação constante do material lingüístico à disposição das obras.

São Paulo, 1991

Heitor Megale

---

27. Bernard Cerquiglini, *Éloge de la variante. Histoire critique de la philologie*, Paris, Seuil, 1989, p. 111.

1. Depois que mestre Gautier Map pôs por escrito *As Aventuras do Santo Graal*, tão longamente como lhe pareceu suficiente, o rei Henrique, seu senhor, considerou que o que ele havia feito não ficaria completo, se ele não contasse o fim daqueles de quem havia feito menção e como morreram aqueles, cujas proezas ele havia contado em seu livro, por isso ele começou esta última parte. E quando terminou, deu o título *A morte do rei Artur*, porque no fim está escrito como o rei Artur foi ferido na batalha de Salaber e como ele se despediu de Gilfrete, que tão longamente lhe havia feito companhia, e como, depois dele, não houve quem o tivesse visto vivo. Deste modo mestre Gautier começa esta última parte.

2. Quando Boorz veio à corte na cidade de Camalote, de tão longes terras como são as partes de Jerusalém, encontrou muitos na corte que grande alegria lhe manifestaram, porque muito o desejavam todos e todas ver. E quando ele contou o passamento de Galaaz e a morte de Persival, ficaram todos muito tristes, mas logo se reconfortaram o melhor que puderam. Então o rei mandou pôr por escrito todas as aventuras que os companheiros da demanda do santo Graal haviam contado em sua corte. E depois que isto foi feito, ele disse:
— Senhores, vede quantos de vossos companheiros perdemos nesta demanda.
E olhando, acharam que lhes faltavam trinta e dois, no total, e não havia um só que não tivesse morrido por armas.

3. O rei tinha ouvido contar que Galvão havia matado vários deles, então o fez vir a sua presença e disse:

— Galvão, eu exijo, sob o juramento que me fizestes, quando vos armei cavaleiro, que me respondais o que vos perguntarei.

— Senhor, disse Galvão, tanto me conjurastes, que não deixarei de modo algum de vos responder, ainda que fosse minha desonra a maior que alguma vez atingiu a cavaleiro de vossa corte.

— Ora vos pergunto, disse o rei, quantos cavaleiros imaginais ter matado por vossa mão nesta demanda?

E Galvão pensou um pouco, e o rei lhe disse novamente:

— Por minha honra, eu quero saber, porque há quem diga que matastes tantos, que maravilha.

— Senhor, disse Galvão, quereis ter certeza de minha grande desgraça; e vos direi, porque vejo que convém. Eu vos digo, em verdade, que matei por minha mão dezoito, e não porque eu fosse melhor cavaleiro que os outros, mas porque o destino se voltou mais contra mim do que contra meus companheiros. E sabei bem que não foi por minha cavalaria, mas por meu pecado. Assim me fizestes contar minha desonra.

— Certamente, meu sobrinho, disse o rei, isto é grande desgraça, e sei bem que vos aconteceu por vosso pecado, mas dizei-me se cuidais ter matado o rei Bandemagus.

— Sim, disse ele, eu o matei, sem falha. Nunca fiz algo que me pesasse tanto como isto.

— Certamente, meu sobrinho, disse o rei, se isto vos pesa, não é maravilha, porque, assim Deus me ajude, isto me atinge tão duramente, que enfraquece minhas forças mais do que se quatro dos melhores cavaleiros tivessem morrido nesta demanda.

Estas palavras que o rei Artur disse a respeito do rei Bandemagus deixaram Galvão mais contrariado do que antes. E o rei, porque viu que as aventuras do reino de Logres estavam tão próximas do fim, que não havia senão muito poucas, mandou realizar um torneio no campo de Wincestre, porque não queria que os companheiros deixassem de levar armas.

4. Embora Lancelote tivesse se mantido casto pelo conselho do homem bom, a quem se confessou, quando

estava na demanda do santo Graal, e tivesse renegado a rainha Genevra, assim como o conto já revelou anteriormente, logo que veio à corte, não demorou um mês que ele foi novamente tentado e excitado, como nunca tinha sido antes, e recaiu no pecado da rainha, como antigamente. E ele, se havia mantido antes tão sisuda e encobertamente aquele pecado, que ninguém havia percebido, manteve-o depois tão loucamente, que Agravaim, o irmão de Galvão, que nunca o apreciou muito e mais observava seus erros, o percebeu; e cercou-se de tantos cuidados, que soube verdadeiramente que Lancelote amava a rainha de louco amor e a rainha a ele também. E a rainha era tão bela, que todo o mundo se maravilhava, porque naquele tempo ia ela bem pelos cinqüenta anos de idade e era tão bela dama, que em todo o mundo não se achava semelhante, pelo que alguns cavaleiros diziam que sua beleza nunca falhou e ela era fonte de toda beleza.

5. Quando Agravaim soube da rainha e de Lancelote, ficou muito amargurado, e mais pelo sofrimento que Lancelote teria, do que pela vingança da honra do rei. Naquela semana, chegou o dia do torneio de Wincestre, a que compareceram os cavaleiros do rei Artur, em grande número. Lancelote, que lá desejava estar sem que ninguém o reconhecesse, disse àqueles que o rodeavam que ele estava tão ferido, que não poderia ir de modo algum; mas ele queria que Boorz e Leonel e os cavaleiros de sua companhia fossem. E eles disseram que não iriam, porque ele estava ferido. E ele lhes disse:

— Eu quero e vos ordeno que vades de manhã, e eu ficarei, e, quando voltardes, estarei completamente curado, se Deus quiser.

— Senhor, disseram eles, pois que vos agrada, iremos, mas muito quereríamos ficar para vos fazer companhia.

E ele disse que isto não quereria. Então deixaram de falar a respeito.

6. De manhã, partiu Boorz da cidade de Camalote com sua companhia. E quando Agravaim soube que Boorz ia e os cavaleiros com ele, e que Lancelote ficaria,

pensou logo que era por causa da rainha, a quem ele queria encontrar, quando o rei tivesse ido. Então veio a seu tio, o rei, e disse-lhe:

— Senhor, eu vos diria uma coisa por conselho, se não imaginasse que vos pesaria. E sabei que vo-lo digo para vingar vossa honra.

— Minha honra? — disse o rei, é algo tão grave que diga respeito à minha honra?

— Senhor, disse Agravaim, é sim, e vos direi como.

Então o tomou à parte e lhe disse em conselho:

— Senhor, Lancelote ama a rainha de louco amor e a rainha a ele. E como não podem se encontrar à vontade, quando estais aqui, Lancelote ficou, porque não irá ao torneio de Wincestre; assim mandou os de sua casa, de modo que, quando estiverdes fora, à noite ou amanhã, poderá ele facilmente falar à rainha.

O rei Artur, que ouviu estas palavras, não pôde acreditar que fossem verdadeiras; tomou tudo por mentira e respondeu:

— Agravaim, meu filho, não digais nunca isto, porque não acreditarei, porque sei verdadeiramente que Lancelote não pensa nisso de modo algum, e certamente, se alguma vez pensou, a força do amor o fez pensar, contra a qual o juízo e a razão nada podem.

— Como, senhor, disse Agravaim, nada fareis a respeito?

— Que quereis, disse ele, que eu faça?

— Senhor, disse Agravaim, eu queria que os mandásseis espiar até que fossem pegos juntos, então saberíeis a verdade e acreditaríeis no que digo.

— Fazei, então, disse o rei, o que quereis; já por mim não sereis impedido.

E Agravaim disse que não pedia nada mais do que isto.

7. Naquela noite, o rei Artur pensou muito no que Agravaim havia dito, mas não afetou muito a seu coração, porque francamente não acreditava que fosse verdade. De manhã, aprontou-se para ir ao torneio e com ele grande número de cavaleiros para lhe fazer companhia. E a rainha lhe disse:

— Senhor, irei de bom grado, se vos aprouver, ver esta reunião e me agradaria muito ir, porque ouvi dizer que haverá muito grande cavalaria.
— Senhora, disse o rei, não ireis desta vez.
E ela calou-se então. E ele a fez, por toda lei, permanecer para comprovar a mentira de Agravaim.

8. Quando o rei partiu com os seus companheiros para ir ao torneio, falaram entre si de Lancelote e disseram que não o veriam nesta reunião. E Lancelote, tão logo soube que o rei havia partido com aqueles que deviam ir a Wincestre, levantou-se do leito, aprontou-se e foi à rainha e lhe disse:
— Senhora, se concordardes, irei a este torneio.
— Por que, disse ela, demorastes mais que os outros?
— Senhora, disse ele, porque quero ir sozinho e chegar ao torneio de modo a não ser reconhecido nem pelos estranhos, nem pelos conhecidos.
— Ide então, disse ela, se vos apraz, que eu bem o quero.
Ele partiu então, voltou a sua casa e ficou lá até a noite.

9. Quando anoiteceu, estando todos recolhidos na cidade de Camalote, veio Lancelote a seu escudeiro e lhe disse:
— Convém que montes e cavalgues comigo, porque quero ir ao torneio de Wincestre, e não cavalgaremos senão à noite, porque por nada quereria ser reconhecido no caminho.
O escudeiro cumpriu sua ordem, apresentou-se o mais rápido que pôde e trouxe o melhor cavalo que Lancelote tinha, pois percebeu que seu senhor queria levar armas neste torneio. Saindo de Camalote, tomaram o caminho certo para ir a Wincestre, e cavalgaram toda a noite, sem descansar.

10. No dia seguinte, logo que amanheceu, chegaram a um castelo, onde o rei havia pernoitado, e Lancelote entrou tão-somente porque não queria cavalgar de dia, para que não fosse reconhecido. Quando se aproximou do castelo, cavalgou tão cabisbaixo que, com dificuldade, poderia ser reconhecido; e isto fazia pelos cavaleiros

do rei que saíam do castelo. Pesava-lhe muito ter chegado a esta hora.

11. O rei Artur, que estava a uma janela, viu o cavalo de Lancelote. Reconheceu bem que era aquele que ele mesmo lhe havia dado, mas a Lancelote não o reconheceu, porque estava muito inclinado, mas ao atravessar uma rua, quando Lancelote virou a cabeça, o rei o viu e o reconheceu e o mostrou a Gilfrete:

— Vistes Lancelote que ontem nos dizia estar tão ferido, e agora está neste castelo?

— Senhor, disse Gilfrete, eu vos direi por que ele faz isto. Ele quer estar no torneio sem que o reconheçam, por isso não quis vir conosco. Sabei que a verdade é esta.

E Lancelote, que disto não suspeitava, chegou ao castelo com seu escudeiro e entrou numa casa e proibiu que fosse apresentado a quem quer que fosse, salvo se o pedisse. O rei, que ainda estava na janela para esperar que Lancelote passasse, ficou lá tanto tempo, que achou que Lancelote tinha ficado na vila. Então disse a Gilfrete:

— Perdemos Lancelote, pois já está hospedado.

— Senhor, disse Gilfrete, é bem possível. Sabei que ele não cavalga senão à noite para não ser reconhecido.

— Já que ele quer esconder-se, disse o rei, ignoremo-lo. E cuidai que a ninguém seja dito que o vistes neste caminho e eu também me disponho a não falar. Assim poderá ele permanecer incógnito, porque ninguém, exceto nós dois, o viu.

E Gilfrete jurou que não falaria.

12. Então saiu o rei da janela com sua companhia e Lancelote ficou dentro, em casa de um vassalo que tinha dois filhos muito belos e fortes e haviam sido armados cavaleiros recentemente pelas mãos do próprio rei Artur. E Lancelote começou a olhar os dois escudos dos dois cavaleiros e viu que eram inteiramente vermelhos, sem identificação alguma. Era costume, naquele tempo, que nenhum cavaleiro novo levasse, no primeiro ano que tivesse sido investido na ordem da cavalaria, escudo que não fosse senão de uma cor; e, se fizesse de modo diferente, era contra a ordem.

Então disse Lancelote ao senhor de dentro:

— Senhor, gostaria muito de vos pedir, por gentileza, que me emprestásseis um destes escudos para eu levar na reunião de Wincestre, e as insígnias e os outros apetrechos também.

— Senhor, disse o vassalo, não tendes escudo?

— Nenhum, disse ele, que eu queira levar, porque, se eu levasse o meu, poderia ser reconhecido, o que não quero; assim deixarei aqui o meu com minhas armas até que eu volte.

E o homem bom lhe disse então:

— Senhor, levai o que quiserdes, porque um dos meus filhos está tão ferido, que não poderá levar armas neste torneio, mas o outro deverá ir.

A estas palavras, chegou o cavaleiro que devia ir à reunião, e, quando viu Lancelote, concordou, porque lhe parecia um homem bom, e lhe perguntou quem era. E Lancelote lhe disse que era um cavaleiro estranho das partes do reino de Logres, mas por enquanto não queria dizer seu nome, e nem revelou quem era, mas disse-lhe que iria à reunião de Wincestre, e por isso estava ali.

— Senhor, disse o cavaleiro, sorte vossa, porque também lá quero ir; então vamos juntos, assim faremos companhia um ao outro.

— Senhor, disse Lancelote, não cavalgarei de dia, porque o calor do dia me faz mal, mas, se quiserdes esperar a noite, vos farei companhia; antes da noite não cavalgarei de modo algum.

— Senhor, disse o cavaleiro, parece que sois homem tão bom, que farei qualquer coisa que quiserdes; assim esperarei todo este dia por vós e, à hora que vos agradar, iremos juntos. E Lancelote agradeceu-lhe muito desta companhia.

13. Aquele dia ficou Lancelote dentro, e foi servido e saciado do que o homem bom pôde servir. Bastante o interrogaram os da casa sobre a sua identidade, mas, por enquanto, nada puderam saber, salvo o que o escudeiro disse à filha do senhor, que era muito bela e lhe fazia corte para que lhe dissesse quem era seu senhor; e

ele, que a achou de muito grande beleza, e não lhe quis esconder, porque lhe pareceu que seria vileza, disse-lhe:

— Donzela, não posso, de modo algum, vo-lo revelar, porque seria perjuro e poderia enfurecer meu senhor, mas o que vos puder dizer, sem me prejudicar, direi: sabei que ele é o melhor cavaleiro do mundo; isto vos garanto lealmente.

— Deus me ajude, disse a donzela, já dissestes muito. Estou muito grata por estas palavras.

14. Então dirigiu-se a donzela imediatamente a Lancelote e ajoelhou-se diante dele e disse:

— Gentil cavaleiro, dai-me um dom, pela fé que deveis à coisa que mais amais no mundo.

E quando Lancelote viu diante de si ajoelhada a bela donzela, e tão graciosa como era, pesou-lhe muito e disse:

— Ah, donzela, levantai-vos. Sabei verdadeiramente que não há nada na terra que eu possa fazer que não faça por este pedido, porque muito me conjurastes. E ela levantou-se e disse:

— Senhor, cem mil vezes obrigada por esta gentileza. E sabeis o que me outorgastes? Vós me concedestes que levareis neste torneio minha manga direita no lugar do penacho sobre vosso elmo e justareis por meu amor.

E quando Lancelote ouviu este pedido, pesou-lhe muito, entretanto não ousou negá-lo, pois lhe havia prometido. Mas ficou muito triste com esta benevolência, porque sabia muito bem que, se a rainha viesse a saber, tão grande desgraça aconteceria, que não teria nunca mais paz com ela. Entretanto, como já havia prometido, dispôs-se a manter a palavra, porque de outro modo seria desleal, se não fizesse à donzela o que havia acertado. A donzela lhe trouxe a manga direita presa a um penacho e lhe pediu que fizesse muito no torneio por seu amor, de modo que ela tivesse o seu lenço bem empregado.

— E sabei verdadeiramente, senhor, disse ela, que sois o primeiro cavaleiro a quem alguma vez pedi algo, e ainda não teria feito o pedido, não fosse a grande bondade que tendes.

E ele respondeu que, por seu amor, faria tanto que não devesse ser censurado.

15. Assim permaneceu Lancelote dentro da casa todo o dia. Quando anoiteceu, partiu da casa do vassalo; recomendou a Deus o vassalo e a donzela e ordenou a seu escudeiro que levasse o escudo que havia tomado e deixasse o seu. Toda a noite cavalgou com sua companhia tanto que, no dia seguinte, antes que o sol raiasse, estavam a uma légua de Wincestre.

— Senhor, disse o cavaleiro a Lancelote, onde quereis que nos alberguemos?

— Quem sabe, disse Lancelote, em algum albergue próximo do torneio, onde possamos privadamente estar, me satisfaria, porque em Wincestre não entraria.

— Na verdade, disse o cavaleiro, estais com sorte; perto daqui, fora do caminho principal, à esquerda, há uma hospedagem de uma tia minha, mulher gentil, que muito bem nos acolherá e terá muita satisfação em nos receber.

— Por Deus, disse Lancelote, lá quero ir de muito bom grado.

16. Então afastaram-se do caminho principal e foram diretamente e às escondidas à hospedagem daquela mulher. E quando entraram, a mulher reconheceu seu sobrinho, e não tereis visto tão grande alegria como a que ela manifestou, porque ela não o via desde que se tornara cavaleiro. Então disse-lhe:

— Meu filho, onde andastes que não nos vimos, e onde está vosso irmão? Não virá ao torneio?

— Senhora, disse ele, não, porque não pode; nós o deixamos em casa um pouco ferido.

— E quem é, perguntou ela, este cavaleiro que veio convosco?

— Senhora, disse ele, assim Deus me ajude, não sei quem é, sei apenas que me parece um homem bom, e, pela bondade que cuido nele haver, farei a ele companhia amanhã no torneio, e teremos os dois as mesmas armas e insígnias.

A mulher dirigiu-se então a Lancelote e o achou muito belo e com muita sorte e o conduziu a uma câmara e o fez deitar e descansar em um leito muito rico, porque lhe havia dito que cavalgara a noite toda. Todo o dia lá ficou Lancelote e teve toda sorte de benefícios. À noite, cuidou o escudeiro das armas de seu senhor, que nada faltasse. E no dia seguinte, tão logo raiou o sol, Lancelote foi ouvir missa na capela de uma ermida, que havia ali perto num bosque. Depois que ouviu missa e fez suas orações, como cavaleiro cristão deve fazer, voltou à hospedagem e tomou a refeição com seu companheiro. E Lancelote havia mandado seu escudeiro a Wincestre, para saber quem ajudaria aos de dentro e quais seriam os de fora. Apressou-se tanto o escudeiro em saber as notícias e logo voltar, que, de volta à hospedagem, encontrou Lancelote começando a se armar. E quando viu seu senhor, disse-lhe:

— Senhor, há muita gente dentro e fora, porque de toda parte vieram cavaleiros, tanto conhecidos como estranhos. Mas os de dentro têm mais força, pelos cavaleiros da távola redonda que lá estão.

— E sabes, disse Lancelote, de que lado estão Boorz, Leonel e Heitor?

— Senhor, disse ele, do lado de dentro, e com razão, porque de outro modo não mostrariam ser companheiros da távola redonda.

— E quem está fora? — perguntou Lancelote.

— Senhor, disse ele, o rei da Escócia, o rei da Irlanda, o rei de Gales, o rei de Norgales e muitos outros altos homens, mas não são tão bons como os de dentro, porque são cavaleiros apressadamente reunidos de todos os lados e estranhos, assim não estão acostumados a levar armas, como os do reino de Logres, nem são tão bons cavaleiros.

Então montou Lancelote o seu cavalo e disse a seu escudeiro:

— Não virás comigo, porque, se viesses, te reconheceriam, o que eu não quero de maneira alguma.

E ele disse que ficaria de boa vontade, pois que lhe agradava, embora preferisse ir com ele. Então partiu Lancelote com seu companheiro e dois escudeiros que o cavaleiro havia trazido. Tanto cavalgaram que, ao chegarem ao campo de Wincestre, encontraram-no cheio de justadores, e o torneio tão prestes a começar, que a reunião de um lado e de outro era completa. Mas Galvão não levou armas naquele dia, nem Gaeriete, seu irmão; o rei lhes havia proibido levar, porque bem sabia que Lancelote viria e não queria que se batessem, se acontecesse de justarem, porque não queria de modo algum combate de espada entre eles, nem que ficassem encolerizados.

17. O rei, com grande companhia de cavaleiros, subiu à mais alta torre da vila para ver o torneio, e com ele Galvão e seu irmão Gaeriete. E o cavaleiro que com Lancelote tinha vindo perguntou a Lancelote:

— Senhor, a quem ajudaremos?

— Quem, disse ele, vos parece que leva a pior?

— Senhor, disse o cavaleiro, os de fora, porque os de dentro são homens muito bons e muito bons cavaleiros e muito hábeis em levar armas.

— Então, disse Lancelote, fiquemos com os de fora, porque não seria honra nossa ajudar aqueles que levam a melhor.

E eles responderam que estavam prontos para fazer o que lhes aconselhasse.

18. Então firmou-se Lancelote nos estribos e se meteu no meio das fileiras e feriu o cavaleiro que primeiro encontrou em sua direção tão duramente, que o levou a terra, a ele e o cavalo; esporeou de novo o cavalo para fazer seu galope, porque sua lança ainda não estava quebrada, atingiu um outro cavaleiro e o feriu de modo que nem o escudo nem a loriga impediram uma chaga profunda e grande no costado esquerdo, mas não ficou ferido de morte. Ele o atingiu violentamente, de modo que caiu embaixo do cavalo tão duramente, que ficou aturdido com a queda, e sua lança voou em pedaços. Por causa deste golpe pararam diversos cavaleiros do torneio e disseram que tinham visto um belo golpe do cavaleiro novo.

— Certamente, disse um outro, é o mais belo golpe que hoje fez, por sua mão, um cavaleiro só, mas hoje não conseguirá fazer outro igual.

E o companheiro de Lancelote se deixou ir a Heitor de Mares, que encontrou em sua direção, feriu-o de modo que quebrou sua lança e o deixou mal, e Heitor o feriu com tanta força com uma lança curta e grossa, que o abateu num monte a ele e o cavalo.

— Agora podeis ver por terra um dos irmãos do castelo de Escalote, disse alguém.

E pelo nome do castelo, ficaram os irmãos conhecidos em qualquer lugar que fossem, porque levavam as mesmas armas, pelo que os do torneio imaginaram que Lancelote fosse um dos irmãos de Escalote, pelas armas que levava.

19. Quando Lancelote viu seu anfitrião tão duramente lançado a terra, ficou furioso e deixou-se correr a Heitor, e segurou firme uma lança boa e forte, mas não se reconheceram, porque tinham trocado suas armas, para mais incógnitos virem ao torneio; assim o feriu tão violentamente com toda sua força, que o abateu por terra, diante de Galegantim, o gaulês. E Galvão, que bem reconhecia Heitor naquele que teve suas armas trocadas, quando viu este golpe, disse ao rei:

— Senhor, por minha honra, este cavaleiro das armas vermelhas, que leva a manga sobre o elmo, não é o cavaleiro que eu imaginava, mas outro; com certeza vo-lo digo, porque nunca, pela mão de um dos irmãos de Escalote, tal golpe teria acontecido.

— E quem, disse o rei, cuidais que seja?

— Não sei, disse Galvão, mas é muito bom homem.

E Lancelote, logo que isto fez, montou seu companheiro no cavalo e o retirou da multidão que lá era maior. E Boorz, que veio no torneio abatendo cavaleiros e arrebatando elmos das cabeças e escudos dos pescoços, tanto correu, que encontrou Lancelote no meio da multidão; não o saudou, como quem não o conhecia, e o feriu tão violentamente com a lança forte e firme, com toda sua força, que lhe furou o escudo e a loriga, e lhe meteu no costado direito o ferro de sua lança e lhe fez chaga profunda e grande. E ele veio com tanta força e tão firme no arção e atingiu Lancelote tão fortemente, que o abateu por terra a ele e o cavalo, e, ao cair, quebrou sua lança. Mas não ficou tanto tempo assim, porque o cavalo foi forte, rápido e ligeiro; Lancelote não se deteve pela chaga, mas levantou-se e montou o cavalo, todo banhado de suor, de angústia e de tristeza; e disse a si mesmo que não foi um jovem que o lançou a terra, porque nunca encontrou quem o pudesse fazer, mas ele nunca fez em sua vida bondade que tão logo lhe fosse retribuída, se ele algum dia pudesse retribuir. Tomou então uma lança curta e grossa que um dos escudeiros segurava e dirigiu-se contra Boorz. E o campo ficou livre para eles, assim que os do torneio viram que queriam justar, e eles tanto tinham feito já, que eram considerados os melhores no campo. E Lancelote, que vinha em tão grande forma como podia seu cavalo trazer, feriu Boorz tão violentamente, que o lançou do cavalo a terra, com a sela entre as coxas, porque as cintas e as correias do arnês romperam-se. E Galvão, que bem conhecia Boorz, quando o viu por terra, disse ao rei:

— Certamente, senhor, se Boorz está no chão, não há nisso grande vergonha, porque ele não sabia onde segurar, e este cavaleiro que fez estas duas justas a ele e a Heitor é bom cavaleiro e, na minha opinião, se não tivéssemos deixado Lancelote doente em Camalote, diria que aquele é ele. E quando o rei ouviu estas palavras, concluiu que aquele era Lancelote, e começou a sorrir e disse a Galvão:

— Por minha honra, meu filho, seja quem for, aquele cavaleiro começou bem, mas creio que ainda fará melhor no fim, na minha opinião.

20. E Lancelote, tão logo teve a lança quebrada, lançou mão da espada e começou a dar grandes golpes à direita e à esquerda e a abater cavaleiros e a matar cavalos e a arrancar escudos dos pescoços e elmos das cabeças e a fazer grandes proezas de todo lado, de modo que ninguém viu que não achasse grande maravilha. E Boorz e

Heitor, que se levantaram e tornaram a montar em seus cavalos, começaram a fazer tanto por sua vez, que não havia quem os pudesse censurar, e faziam, perante todos do campo, cavalarias tão brilhantes, que muitos tomavam belos exemplos de valentia por seu bem fazer, eram feitos de vencer o torneio. E faziam Lancelote sair e recuar, porque estavam todos à sua frente e o mantinham tão apertado, que entre suas mãos lhe convinha passar; assim o impediram aquele dia de belos golpes fazer. E não era grande maravilha, porque ele estava ferido muito duramente e havia perdido muito sangue, tanto que não estava em toda sua forma. E eles eram ambos cavaleiros de grandes proezas. No entanto, quisessem ou não, fez ele tanto por sua proeza, que os da vila foram empurrados para dentro, e levou das duas partes o prêmio do torneio, e muito perderam os de dentro e muito ganharam os de fora. E quando chegou a hora de despedir, disse Galvão ao rei:

— Certamente, senhor, não sei que cavaleiro é aquele que traz o lenço sobre o elmo, mas diria, com justiça, que ele venceu este torneio e deve ter o prêmio e a glória. E sabei que não estarei nunca à vontade, antes que saiba quem é, porque fez muitas cavalarias, na minha opinião.

— Certamente, disse Gaeriete, não cuido que o conheça, mas tenho certeza de que é o melhor cavaleiro do mundo, na minha opinião, e nunca vi igual, a não ser Lancelote do Lago.

21. Tais palavras disse o irmão de Lancelote, e Galvão disse que lhe trouxessem seu cavalo, porque queria ir saber quem era aquele cavaleiro para travar amizade com ele, e o mesmo disse Gaeriete. Então desceram da torre e vieram à corte. E Lancelote, assim que viu que os de dentro tinham perdido, disse ao cavaleiro que tinha vindo com ele:

— Senhor, vamo-nos daqui, porque por demorar mais nada ganharemos.

Então foram depressa e deixaram no campo um dos escudeiros morto, que um dos cavaleiros havia matado, por desgraça, com uma lança. O cavaleiro perguntou a Lancelote por que lado queria ir.

— Eu queria, disse ele, estar em tal lugar, onde pudesse ficar oito dias ou mais, porque estou tão duramente ferido, que cavalgar me poderia fazer mal.

— Então vamos, disse o cavaleiro, à casa de minha tia, lá onde passamos uma noite, porque lá estaremos bem em repouso, e a distância não é longa. E ele concordou. Então se meteram pela floresta, porque imaginavam que alguém da casa do rei os seguiria para conhecê-los, porque naquele dia tinham visto muitos cavaleiros na reunião, tanto da távola redonda como outros. Assim foram com pressa ele e o cavaleiro e um dos escudeiros e tanto fizeram, que chegaram à hospedagem onde tinham passado a noite anterior. Apeou Lancelote todo sangrando, porque estava muito ferido. E quando os cavaleiros viram a chaga, ficaram muito tristes e chamaram o mais rápido que puderam um velho cavaleiro que perto de lá morava e se dedicava a curar ferimentos, e mais sabia, sem falha, do que qualquer outro no reino. E quando ele viu a ferida, disse que cuidava bem sarar, com a ajuda de Deus, mas não seria muito rápido, porque a chaga era grande e profunda.

22. Assim achou Lancelote ajuda em sua chaga. Deste modo teve ele muita sorte, porque, se demorasse muito, poderia morrer. Por causa desta chaga que recebeu das mãos de Boorz, seu primo, ficou lá seis semanas, de modo que não pôde levar armas nem sair da hospedagem.

Mas ora deixa o conto de falar dele aqui neste lugar, e volta a falar de Galvão e de Gaeriete.

23. Nesta parte, diz o conto que Galvão e Gaeriete, quando montaram para ir atrás do cavaleiro que tinha vencido o torneio, cavalgaram na direção em que imaginavam que ele tivesse ido. E quando tinham cavalgado cerca de duas léguas em marcha apertada, e já o teriam alcançado, se estivessem no caminho certo, encontraram dois escudeiros que vinham fazendo grande lamento, a pé, levando um cavaleiro recentemente morto. Galvão e

Gaeriete dirigiram-se a eles e perguntaram se teriam encontrado dois cavaleiros armados com umas armas vermelhas, sendo que um levava sobre seu elmo um lenço de senhora ou donzela. E eles responderam que não tinham visto nenhum cavaleiro armado do modo como diziam, mas outros cavaleiros que vinham do torneio tinham visto em grande número.

— Senhor, disse Gaeriete a Galvão, seu irmão, ora podeis verdadeiramente saber que não vieram por aqui, porque, se tivessem vindo por aqui, há muito que os teríamos encontrado, porque viemos com muita pressa.

— Do que encontramos, disse Galvão, muito me pesa. Isto vos digo com franqueza, porque, certamente, ele é tão bom cavaleiro e homem tão bom, que desejava muito travar amizade com ele; e, se agora o tivesse aqui comigo, não o deixaria nunca, antes que o levasse a Lancelote do Lago, para apresentar um ao outro.

Então perguntaram aos escudeiros quem levavam.

— Senhor, disseram eles, ele foi um cavaleiro.

— E quem o feriu assim? — perguntaram.

— Senhor, disseram os escudeiros, foi um porco selvagem que ele tinha encontrado à entrada da floresta.

E apontaram para uma légua deles.

— Por Deus, disse Galvão, é muita pena, porque tem jeito de quem poderia ser bom cavaleiro.

24. Então se despediram dos escudeiros e voltaram a Wincestre, e já era noite escura quando chegaram. E quando o rei viu Galvão de volta, perguntou se havia encontrado o cavaleiro.

— Senhor, disse Galvão, não, porque ele voltou por caminho diferente daquele que tomamos.

E o rei começou a sorrir. E Galvão o notou e disse:

— Meu tio, não é esta a primeira vez que sorristes.

E o rei respondeu:

— Não é a primeira vez que percebestes, não será a última, imagino.

Então percebeu Galvão que o rei o conhecia, e disse:

— Ah! senhor, pois que o conheceis, podeis dizer-me quem é, por favor.

— Não vos direi agora nada, disse o rei, por esta vez, porque, se ele quer se esconder, eu faria muito grande vileza, se o revelasse a quem quer que fosse, por isso me calarei, por enquanto. E por isso não perdereis nada, porque logo o conhecereis.

— Por Deus, disse Galegantim, o gaulês, não sei quem ele é, mas isto vos posso verdadeiramente dizer que ele partiu do torneio duramente ferido e sangrando tanto, que o poderíeis seguir pelo rastro, porque o sangue saía em abundância pela ferida que Boorz lhe fez numa justa.

— É isto verdade? — perguntou o rei.

— Senhor, disse Galegantim, é sim; verdadeiramente o sabei.

— Ora, sabei então, disse o rei a Boorz, que não fizestes nunca ferimento em cavaleiro em toda vossa vida, de que mais vos arrependêsseis do que desta vez; e, se ele morrer, em má hora o tereis feito.

E Heitor, que cuidou que o rei tivesse dito isto pelo mal de Boorz, saltou à frente todo enfurecido e cheio de raiva e disse ao rei:

— Senhor, se o cavaleiro morrer da chaga, que morra, porque certamente de sua morte não nos pode sobrevir mal nem temor.

E o rei calou-se então e começou a sorrir muito triste e magoado, porque Lancelote tinha partido do torneio ferido, porque receava muito que ele estivesse em perigo de morte.

25. Muito falaram aquela noite do cavaleiro com o lenço, que havia vencido o torneio, e estavam muito desejosos de saber quem era ele. Mas isto não pôde ser, porque o rei o escondeu tão bem, que de sua boca nenhuma notícia saiu, antes de voltar a Camalote. No dia seguinte, partiram de Wincestre e, antes de partir, mandaram marcar um torneio para daí um mês, numa segunda-feira, diante de Taneburque. Taneburque era um castelo muito forte e muito bem assentado, à entrada de Norgales. E o rei, quando partiu de Wincestre, cavalgou tanto, que chegou ao castelo que chamavam Escalote, aquele mesmo a que tinha vindo Lancelote. E o rei hospedou-se na

fortaleza do castelo com muito grande companhia de cavaleiros, mas aconteceu, por acaso, que Galvão desceu à casa em que Lancelote passara a noite, e fez seu leito na mesma câmara em que o escudo de Lancelote pendia. Naquela noite não foi Galvão à corte, porque estava triste, mas comeu na hospedagem com Gaeriete, seu irmão, e Morderete e muitos outros cavaleiros que lhe fizeram companhia. E quando estavam sentados, à ceia, a donzela que havia dado o lenço a Lancelote perguntou a Galvão a verdade a respeito do torneio, se tinha sido bom e violento. E Galvão lhe disse:

— Donzela, do torneio posso dizer que foi o mais violento que há tempos tenho visto. Venceu-o um cavaleiro com quem gostaria de me encontrar, porque ele é o melhor homem que vi desde que parti de Camalote. Mas não sei quem ele é e nem como se chama.

— Senhor, disse a donzela, que armas trazia o cavaleiro que venceu o torneio?

— Donzela, disse Galvão, umas armas inteiramente vermelhas e trazia sobre o elmo uma manga, não sei se de mulher ou de donzela, e isto vos digo com franqueza que, se eu fosse donzela, gostaria que o lenço fosse meu e que ele me amasse tanto com o amor com que levava o lenço, porque nunca vi, em nenhum dia da minha vida, lenço melhor empregado do que este.

E quando a donzela ouviu isto ficou muito alegre, mas não ousou demonstrar para quem lá estava. Logo que os cavaleiros sentaram-se para comer, a donzela serviu, porque era costume, naquele tempo, no reino de Logres que, se cavaleiros errantes chegassem à hospedagem de algum alto homem, se houvesse donzela, tanto seria mais gentil, se fosse servi-los e não se sentasse à mesa, antes que tivessem todos os seus alimentos. E por isso a donzela serviu tanto a Galvão e a seus companheiros enquanto eles comeram. E a donzela era tão bela e tão bem feita em tudo como donzela melhor poderia. Observou-a Galvão com muito agrado, enquanto ela servia, e concluiu que em boa hora teria nascido o cavaleiro que desta donzela viesse a ter o prazer à sua vontade.

26. À noite, após a ceia, o senhor da hospedagem foi distrair-se num prado que havia atrás da casa e levou junto sua filha. E lá encontrou Galvão e sua companhia, que lá passava o tempo. Levantaram-se e foram a seu encontro. E Galvão o fez sentar-se a seu lado, à direita, e à esquerda, a donzela. Assim que ela sentou-se entre Galvão e Morderete, seu irmão, e o hospedeiro entre Gaeriete e Galvão. Então começaram a falar de diversas coisas. E Gaeriete chamou o anfitrião à parte, segundo a vontade de Galvão e começou a perguntar-lhe dos costumes do castelo, e ele dizia toda a verdade; e Morderete afastou-se de Galvão para que ele falasse privadamente à donzela, se quisesse. E quando Galvão se viu em condição de falar à donzela, falou-lhe e pediu-lhe amor. E ela perguntou-lhe quem era.

— Sou, disse ele, um cavaleiro, tenho nome Galvão e sou sobrinho do rei Artur, se vos tivesse por amor, com vosso agrado, de tal modo o meu amor e o vosso durariam, que eu não amaria mulher nem donzela, senão a vós e seria vosso cavaleiro destinado a fazer vossa vontade.

— Ah! senhor Galvão, disse a donzela, não zombeis de mim, sei bem que sois rico-homem e muito nobre para amar tão pobre donzela como eu, portanto, não me amareis agora por amor. Sabei que me pesaria mais por vós que por outra coisa.

— Donzela, disse Galvão, por que vos pesaria por mim?

— Senhor, disse ela, porque, se vós me amásseis até causar grande desgosto, não poderíeis vir a mim por nada, porque eu amo um cavaleiro com quem não seria falsa por nada deste mundo; e isto vos digo francamente: ainda sou donzela e nunca havia amado, mas quando o vi, logo o amei e pedi-lhe que fizesse em armas, por meu amor, neste torneio, e ele disse que faria. E tanto fez, à sua vontade, que se deveria infamar a donzela que o deixasse para vos tomar, porque ele não é menos bom cavaleiro do que vós, nem menos valente em armas, nem menos belo, nem menos prudente; isto não digo para vos desagradar. Sabei que seria tempo perdido querer demandar-me de amores, porque eu já não faria nada por nenhum cavaleiro do mundo, fora aquele a quem amo de todo o meu coração e amarei todos os dias de minha vida.

E quando Galvão ouviu aquela que tão orgulhosamente se recusava, respondeu-lhe muito enfurecido:

— Donzela, fazei, tanto por cortesia, como por meu amor, que eu possa provar contra ele que valho mais em armas do que ele fez e, se puder vencê-lo em armas, deixai-o e tomai-me.

— Como, senhor cavaleiro, disse ela, cuidais que eu aja deste modo? Assim poderia eu fazer morrer dois dos melhores homens do mundo.

— Como, donzela, disse Galvão, é então ele um dos melhores homens do mundo?

— Senhor, disse a donzela, não há muito que o ouvi testemunhar ao melhor cavaleiro do mundo.

— Donzela, disse Galvão, como se chama vosso amigo?

— Senhor, disse a donzela, seu nome não vos direi nunca, mas vos mostrarei seu escudo, porque ele o deixou aqui, quando ia à reunião de Wincestre.

— O escudo, disse ele, quero bem ver, porque, se é de cavaleiro de tal proeza como dizeis, não pode ser que não o reconheça pelo escudo.

— O escudo, disse ela, vereis quando quiserdes, porque ele pende na câmara em que passareis a noite, diante de vosso leito.

E ele respondeu que o veria muito proximamente.

27. Então levantou-se, e levantaram-se também todos os outros, quando viram que Galvão queria ir-se. E ele pegou a donzela pela mão, e entraram na hospedagem, e os outros atrás. E a donzela o conduziu à câmara, onde havia grande claridade e tão grande iluminação de velas e de tochas, como se a câmara tivesse pegado fogo. Ela mostrou-lhe então o escudo e disse:

— Senhor, vede aqui o escudo do homem do mundo que eu mais amo. Observai se sabeis quem é o cavaleiro e se o conheceis, para saber se poderíeis concordar com o fato de ser ele o melhor cavaleiro do mundo.

Galvão olhou o escudo e reconheceu que era de Lancelote do Lago. Então afastou-se muito atordoado e muito triste pelas palavras que havia dito à donzela, porque tinha receio de que Lancelote viesse a saber. Entretanto, se pudesse ter paz com a donzela, se consideraria bem pago. Então disse à donzela:

— Donzela, por Deus, não vos peseis das palavras que vos disse, porque dou-me por vencido nesta questão; concordo convosco, pelo que vi. E sabei que aquele que amais é o melhor cavaleiro do mundo, e não há no mundo donzela que ele amasse por amor, que, por direito, não me deixasse e ficasse com ele, porque ele é melhor cavaleiro do que eu, e mais belo, mais hábil e mais prudente. E se eu cuidasse que era ele e que tínheis o coração em tão alto amor, sem falta não me teria metido a vos pedir e demandar de amores. Por isso vos digo verdadeiramente que sois a donzela do mundo que eu mais queria que me amasse de amor, se não houvesse o impedimento que há. E se é assim que Lancelote vos ama tanto como creio que vós o amais, nunca a mulher nem a donzela aconteceu tanto bem em amores; e, por Deus, rogo-vos, se vos disse alguma coisa que vos desagradasse, que me perdoeis.

— Senhor, disse ela, de boa vontade.

28. Quando Galvão viu que a donzela lhe havia prometido que, de palavra que ele havia dito, nada seria contado a Lancelote nem a outro, disse:

— Donzela, rogo-vos que me digais que armas Lancelote levou à reunião de Wincestre.

— Senhor, disse ela, ele levou um escudo vermelho e cobertura da mesma cor e teve sobre o elmo uma manga de seda que lhe dei por amor.

— Por minha honra, donzela, disse Galvão, são boas insígnias, porque é verdade, e eu vi tudo desta maneira como dizeis, por isso acredito mais agora que ele vos ama de amor, o de que não me fiava, porque de outro modo não teria ele nunca levado tal insígnia. Assim é minha opinião que muito vos deveis prezar, que sois amiga de homem tão prudente. E certamente é muito bom que eu saiba, porque ele é sempre tão fechado em relação a toda gente, que nunca pude saber verdadeiramente na corte a quem ele amasse de amores.

— Assim Deus me ajude, senhor, disse ela, tanto melhor, porque bem sabeis que amores descobertos não podem muito alto chegar.

29. Então saiu a donzela e Galvão a acompanhou, e depois foi dormir. Aquela noite, pensou muito em Lancelote, e disse a si mesmo que não cuidava que Lancelote aspirasse a outro amor naquele lugar, ou que quisesse meter jamais em seu coração outro amor que não fosse o mais honroso de todos. Entretanto, disse ele, não posso, por direito, censurá-lo, se ele ama esta donzela, porque ela é tão bela e tão graciosa em tudo que, se o mais alto homem do mundo lá tivesse posto seu coração, ele o teria bem empregado, imagino.

30. Esta noite dormiu Galvão muito pouco, porque bastante pensou na donzela e em Lancelote; e de manhã, tão logo raiou o dia, levantou-se, e o mesmo fizeram os outros, porque o rei já havia mandado dizer a Galvão que se levantasse, porque ele queria partir do castelo. E quando ficaram todos prontos, Galvão veio a seu anfitrião e o recomendou a Deus e lhe agradeceu muito a boa acolhida que havia dado em sua hospedagem. Depois voltou à donzela e lhe disse:

— Donzela, recomendo-vos muito a Deus, e sabei que sou vosso cavaleiro e onde quer que esteja, por mais estranho que seja o lugar, se me mandardes dizer vossa necessidade, virei o mais depressa que puder. E por Deus, saudai por mim Lancelote, porque cuido bem que o vereis antes de mim.

E a donzela respondeu que, tão logo o visse, o saudaria da parte de Galvão; e Galvão agradeceu-lhe muito e partiu montado e dirigiu-se para a corte do rei Artur, seu tio, que o esperava com grande companhia de cavaleiros.

Então saudaram-se e puseram-se a caminho e foram juntos falando de muitas coisas; e então disse Galvão ao rei:

— Senhor, sabeis quem é o cavaleiro que venceu este torneio de Wincestre, aquele das armas vermelhas, que levava um lenço sobre o elmo?

— Por que o perguntais? — disse o rei.

— Porque, disse Galvão, não cuido que saibais quem é.

— Sei bem, disse o rei, mas vós não sabeis; assim devíeis bem saber a maravilha que fez de armas, porque ninguém, fora ele, não pode fazer outro tanto.

— Certamente, senhor, disse Galvão, verdadeiramente o deveria bem conhecer, mas muitas vezes já o vi fazer igual em armas, mas o que ele disfarçou em semelhança de cavaleiro novo chegou diretamente a meu conhecimento; e pude tanto saber que sei verdadeiramente quem ele é:

— E quem é? — perguntou o rei. Saberei bem se dizeis a verdade.

— Senhor, disse ele, é Lancelote do Lago.

— É verdade, disse o rei, e veio tão disfarçado ao torneio, para que ninguém recusasse justar com ele, por conhecê-lo. Com certeza, verdadeiramente ele é o mais prudente homem do mundo e o melhor cavaleiro vivo. E se eu tivesse acreditado em Agravaim, vosso irmão, eu o teria mandado matar; assim teria feito grande felonia e muito alta deslealdade, de que todo o mundo me deveria infamar.

— É verdade, disse Galvão. O que vos disse a respeito Agravaim, meu irmão? — dizei-mo.

— Isto vos direi bem, disse o rei. Ele veio outro dia a mim e me disse que se maravilhava muito de como eu tinha coragem de manter Lancelote a meu lado, que tão alta desonra me fazia, como de desonrar-me com minha mulher. E disse-me também que Lancelote a amava de louco amor, sob meus olhos, e que ele a havia conhecido carnalmente e que eu ficasse ciente de que ele não havia permanecido em Camalote, senão para ir à rainha à sua vontade, quando eu saísse para o torneio de Wincestre. E tudo isto me fez crer Agravaim, vosso irmão; assim estaria eu agora muito bem infamado, se tivesse acreditado em sua mentira, porque agora sei bem que, se Lancelote amasse a rainha de amores, ele não teria partido de Camalote, logo que eu estivesse fora, mas teria ficado para ter a rainha à vontade.

— Certamente, senhor, disse Galvão, Lancelote não ficaria, senão para vir mais incógnito ao torneio; e tudo isto podeis ainda bem saber que é verdade. E cuidai que não acrediteis jamais em quem vos disser tais palavras, porque vos digo, com franqueza, que nunca Lancelote pensou em tal amor com a rainha, assim vos digo, verdadeiramente, que ele ama uma das mais belas donzelas do mundo, e ela a ele, e ela é ainda donzela. E ainda sabemos nós bem que ele amou de todo seu coração a filha do rei Peles, de quem Galaaz, o muito bom cavaleiro, nasceu, que deu cima às aventuras do santo Graal.

— Certamente, disse o rei, se fosse verdade que Lancelote a amasse muito bem de amores, eu não poderia crer que ele tivesse coragem de cometer tão grande deslealdade como de me infamar por minha mulher; porque no coração em que há tão alta proeza, não poderia haver traição, que não fosse a maior diabrura do mundo.

— Isto disse o rei Artur a respeito de Lancelote. E Galvão lhe disse bem que ficasse seguro de que nunca Lancelote desejou a rainha de tão louco amor, como Agravaim havia dito.

— E ainda vos digo bem, senhor, disse ele, que sinto Lancelote tão a salvo disto, que não há no mundo tão bom cavaleiro que lutasse contra Lancelote que, se ele me chamasse, eu não entrasse em campo para defendê-lo.

— E o que diríeis, disse o rei, se todo o mundo me ficasse dizendo cada dia que percebesse melhor o que não percebia, nem assim acreditaria.

E Galvão o louvou muito que não se afastasse da boa vontade em que estava.

31. Então deixaram de falar e cavalgaram em marcha tão apertada, que chegaram a Camalote. E quando desceram, muitos houve que perguntaram novas do torneio e quem o havia vencido. Mas não houve ninguém, salvo o rei e Galvão e Gilfrete, que lhes soubesse dizer notícias verdadeiras; nem estes não queriam ainda revelar, porque sabiam bem que Lancelote queria manter-se incógnito. Assim disse Galvão à rainha:

— Senhora, não sabemos muito bem quem foi que venceu o torneio, porque cuidamos que era um cavaleiro estranho, mas isto vos sabemos dizer: ele levou à reunião armas vermelhas e, sobre o elmo, num penacho, um lenço de mulher ou de donzela.

Então pensou a rainha que não foi, de modo algum, Lancelote, porque não imaginava que levasse ao torneio alguma insígnia, se ela não lhe tivesse entregue. Então deixou de falar, que não mais iria inquirir, salvo que perguntou a Galvão:

— Não esteve Lancelote neste torneio?

— Senhora, disse ele, se foi e o vi, não o reconheci; e, se foi, creio bem que venceu o torneio. Entretanto vimos tantas vezes suas armas que, se ele tivesse ido, a não ser que fosse incógnito, poderíamos bem reconhecê-lo.

— E eu vos digo, falou a rainha, que ele foi o mais disfarçadamente que pôde.

— Eu digo-vos, senhora, disse Galvão, que, se ele foi, ele era aquele de armas vermelhas que venceu o torneio.

— Este não era ele, disse a rainha, sabei-o, verdadeiramente, porque ele não está tão preso a dama nem donzela, de quem levasse insígnias.

32. Então saltou Gilfrete à frente e disse à rainha:

— Senhora, sabei verdadeiramente que aquele das armas vermelhas, que levou o lenço sobre o elmo, era Lancelote, porque, quando ele venceu o torneio e partiu, eu fui atrás dele para saber quem era, e ainda eu duvidava, porque ele estava disfarçado; andei tanto, que o vi muito claramente à minha frente, quando ia muito ferido, com um cavaleiro armado como ele, porque ambos levavam armas iguais.

— Senhor Galvão, disse a rainha, cuidais vós que ele diz a verdade? Pela fé que deveis ao rei, dizei-me o que sabeis, se é que sabeis alguma coisa.

— Senhora, disse ele, vós me conjurastes tanto, que não vos esconderei nada do que sei. Digo-vos francamente que era ele aquele corpo que tinha armas vermelhas e levava um lenço sobre o elmo e venceu o torneio.

E quando a rainha ouviu isto, calou-se e entrou em sua câmara chorando. Fazia grande lamento e dizia a si mesma: "Ah! Deus, tanto me atingiu vilmente aquele coração em que eu cuidava que morava toda lealdade, por quem eu tanto havia feito, que, por seu amor, havia eu infamado o mais prudente homem do mundo! Ah! Deus, quem encontrará mais lealdade em cavaleiro ou em algum homem! Quanta deslealdade há no melhor de todos os bons!"

Tais palavras dizia a rainha a si mesma, porque ela cuidava verdadeiramente que Lancelote amava aquela, cuja manga havia levado no torneio; e que ele a havia deixado. Estava tão contrariada, que não sabia que conselho tomar, salvo que se vingaria de Lancelote ou da donzela, se pudesse, de algum modo, tão logo tivesse ocasião. Muito triste ficou a rainha com as novas que Galvão lhe havia trazido; e ela não cuidava, de modo algum, que Lancelote tivesse coragem de amar outra mulher, fora ela; assim ficou todo o dia muito magoada e deixou de rir e de jogar.

33. No dia seguinte, veio à corte Boorz com Leonel e Heitor e sua companhia que voltava do torneio e, quando desceram na casa do rei, onde tinham seus aposentos e seu domicílio, sempre que vinham à corte, Heitor começou a perguntar a uns e outros que dentro tinham ficado com a rainha, quando foram à reunião, onde Lancelote havia ido, porque o haviam deixado dentro, quando partiram.

— Senhor, disseram eles, ele saiu no dia seguinte ao que partistes; não levou senão o escudeiro consigo, de tal modo que não o vimos nem dele ouvimos falar.

34. Quando a rainha soube que o irmão de Lancelote e seu primo tinham chegado, ela mandou Boorz vir à sua presença e lhe disse:
— Boorz, fostes àquela reunião?
— Senhora, sim, disse ele.
— E vistes Lancelote, vosso primo?
— Senhora, não, porque não esteve lá.

— Por Deus, disse a rainha, sim, foi.

— Senhora, disse ele, salvo vossa graça, não foi; não pode ter ido, e, se tivesse ido, por que não teria falado comigo e não o teria eu reconhecido?

— Em verdade, sabei, disse a rainha, que ele foi com tais insígnias, que tinha armas vermelhas todas de uma tinta e levava sobre seu elmo um lenço de dama ou donzela e foi ele que venceu o torneio.

— Em nome de Deus, disse Boorz, este de quem me falais não queria de modo algum que fosse o senhor meu primo. Ele partiu muito duramente ferido da reunião, com uma chaga que eu lhe fiz numa justa, no costado esquerdo.

— Maldita seja a hora, disse a rainha, em que não o matastes, pois ele é tão desleal comigo, que não cuidava, por nada do mundo, que fosse ele.

— Senhora, disse Boorz, como?

E ela contou-lhe tudo como pensava. E quando disse tudo o que queria, assim lhe respondeu Boorz:

— Senhora, não acrediteis que seja assim como pensais, antes que o saibais mais verdadeiramente, porque, Deus me ajude, não poderia crer que ele tivesse sido falso deste modo para convosco.

— Eu vos digo, verdadeiramente, disse ela, que alguma dama ou donzela o surpreendeu, ou por veneno ou por encantamento, de tal forma que jamais em nenhum dia de sua vida terá bem de mim ou dele; e, se ele voltar à corte, por ventura, interditarei a ele toda a casa do rei, e proibirei que seja tão ousado de pôr dentro seus pés.

— Senhora, disse Boorz, farei toda a vossa vontade, mas ainda vos digo que certamente nunca meu senhor se meteu a fazer tais coisas como dissestes.

— Ele bem o mostrou nesta reunião, disse a rainha, pesa-me que a prova seja tão evidente.

— Senhora, disse Boorz, se é assim como dizeis, ele não fez nada de que me pesasse tanto, porque contra quem quer que ele tenha feito mal, contra vós não devia ter feito mal de modo algum.

Toda esta semana e a outra ficou Boorz na casa do rei Artur com sua companhia, e ficaram muito tristes e muito pensativos, mais do que costumavam, pela rainha que viam muito profundamente magoada.

Neste prazo nunca veio alguém à corte que trouxesse novas de Lancelote, que o tivesse visto de longe nem de perto; disto maravilhou-se muito rei Artur.

35. Um dia estavam o rei e Galvão à janela do paço, e falavam entre si de diversas coisas tanto, que o rei disse a Galvão:

— Meu filho, muito me maravilha que Lancelote demore tanto; nunca aconteceu que ele se afastasse tanto da corte, como agora.

E quando Galvão ouviu isto, começou a sorrir e disse ao rei:

— Senhor, sabei que o lugar onde ele está não o aborrece, porque, se o aborrecesse, ele não demoraria a chegar; e, se lhe agrada, ninguém deve se maravilhar, porque deveria agradar ao mais rico-homem do mundo, se ele também tivesse posto seu coração onde cuido que Lancelote pôs o seu.

Quando o rei ouviu estas palavras, ficou muito desejoso de saber o que era; e pediu a Galvão que lhe dissesse a verdade, sob a fé e sob o juramento que lhe fez.

— Senhor, disse Galvão, eu vos direi a verdade, como cuido, mas que seja segredo entre nós dois, porque, se cuidasse que fosse contado em outro lugar, nunca vos diria mais nada.

E o rei lhe disse que fora dali nada seria sabido.

— Senhor, disse Galvão, eu vos direi verdadeiramente que Lancelote está em Escalote, por uma donzela que ele ama de amores. Mas sabei bem, por verdade, que ela é uma das mais belas jovens que há no reino de Logres; e era ainda donzela, quando lá estivemos. Pela grande beleza que vi nela, demandei-a de amores, não há muito. Mas ela se afastou muito bem de mim e disse que era amada de mais belo cavaleiro e melhor do que eu. Fiquei muito curioso de saber quem era ele, assim lhe pedi muito cortesmente que me dissesse seu nome, mas ela não quis nada dizer, entretanto disse-me que mostraria seu escudo. Eu lhe respondi que não pedia mais, e ela me mostrou. E eu o reconheci então; soube bem que era o escudo de Lancelote. E perguntei-lhe: "Donzela, dizei-me, por amor, quando foi este escudo deixado aqui" — E ela me respondeu que seu amigo o havia deixado quando ia à reunião de Wincestre; e que levara as armas de um seu irmão; as armas eram inteiramente vermelhas, e o lenço que levara sobre o elmo era seu.

36. A rainha estava apoiada, toda pensativa, a uma das janelas, e ouviu tudo o que o rei e Galvão diziam. Então veio à frente deles e disse:

— Meus senhores, quem é esta donzela que considerais tão bela?

— Senhora, é a filha do vassalo de Escalote, e, se ele a ama bem, não é maravilha, porque ela é cheia de muito grande beleza.

— Certamente, disse o rei, não poderia crer que ele metesse seu coração em dama ou donzela, que não fosse de alta posição; e vos direi verdadeiramente que não é por isso que ele demora, mas porque está doente ou ferido, e nunca soube nada de chaga que Boorz, seu primo, lhe fez ao costado, no torneio de Wincestre.

— Por Deus, disse Galvão, isto poderia bem ser, nem sei eu agora bem o que pensar, senão que, se ele estivesse doente, nos teria feito saber, ou pelo menos teria mandado avisar a Heitor, seu irmão, e a seus primos que aqui moram.

Muito falaram aquele dia o rei e a rainha e Galvão. E a rainha se separou deles tão triste e tão irada como nunca, como quem cuidava bem que Galvão dizia toda a verdade da donzela e de Lancelote. E foi diretamente a sua câmara e pediu a Boorz que viesse falar com ela, e ele veio logo. E a rainha lhe disse, assim que o viu:

— Boorz, ora sei bem a verdade de vosso senhor, vosso primo; ele está em Escalote, com uma donzela que ele ama de amores. Ora podemos dizer bem que o temos perdido, porque ela o tem tão envolvido, que não poderia partir, ainda que quisesse. E isto disse agora perante mim e perante o rei um cavaleiro, em cuja palavra acreditaríeis bem, se ele vos dissesse; e sabei francamente que ele nos afirmou a verdade.

— Certamente, senhora, disse Boorz, não sei quem é o cavaleiro que vos disse tais coisas, mas, ainda que ele fosse o mais veraz do mundo, é mentiroso de passar tal coisa adiante, que eu sei bem que meu senhor é de tão alto coração, que não se dignaria fazer tal coisa. Assim vos queria pedir que me dissesse quem foi que disse isto, porque ele não será tal, que eu não o faça ainda esta noite ser tido por mentiroso.

— Não sabereis jamais por mim, disse ela, mas digo-vos bem que Lancelote não terá paz comigo jamais.

— Certamente, senhora, disse Boorz, isto me pesa, e já que por meu senhor estais tomada de tão grande ódio, os nossos não podem mais aqui ficar. E, por isso, senhora, me despeço de vós e vos recomendo a Deus, porque iremos embora amanhã cedo. E quando nos tivermos posto a caminho, buscaremos tanto meu senhor, que o encontraremos, se Deus quiser, e quando o tivermos encontrado, ficaremos neste reino, se lhe agradar, e, se não lhe agradar ficar, iremos a nossas terras, onde nossos homens estão muito ansiosos por nos ver, porque há muito tempo que não nos vêem. E sabei verdadeiramente, disse Boorz, que não teríamos tanto demorado neste reino como demoramos, se não fosse pelo amor de nosso senhor, nem ele não teria demorado tanto depois da demanda do santo Graal, senão por vós; e sabei certamente que ele vos tem o mais lealmente amado, como nunca cavaleiro amou a dama e donzela.

Quando a rainha ouviu estas palavras, ficou tão contrariada como nunca, e não pôde segurar as lágrimas que vinham a seus olhos. E quando falou, disse que maldita era a hora em que tais notícias tinham chegado até ela, porque "estou" — disse ela — "em péssima situação". E depois voltou a Boorz:

— Como, senhor, me deixaríeis vós assim?

— Sim, senhora, disse ele, porque fazê-lo me convém.

Então saiu da câmara e veio a seu irmão e a Heitor, e lhes contou as palavras que a rainha lhe havia dito, e eles ficaram muito contrariados. Não sabiam o que fazer, senão que cada um amaldiçoou a hora em que Lancelote dormiu com a rainha. E Boorz lhes disse:

— Despeçamo-nos do rei, e vamos embora, então procuraremos tanto Lancelote até que o encontremos; poderemos levá-lo ao reino de Gaunes, ou ao de Benoic.

Nunca tão bem teremos feito, porque teríamos repouso, se ele puder passar sem a rainha. Nisto concordaram Heitor e Leonel, e foram se despedir do rei para ir procurar Lancelote. E ele despediu-se deles muito a contragosto, porque muito apreciava vê-los perto de si, sobretudo Boorz, que então era da mais alta fama de vida boa e de cavalaria, entre os cavaleiros que houve no reino de Logres.

37. No dia seguinte, partiu da corte a linhagem do rei Bam. Cavalgaram pelo caminho certo até que chegaram a Escalote. E quando chegaram, perguntaram novas de Lancelote por toda parte, onde cuidaram encontrar informações, mas não puderam encontrar quem notícia soubesse dar. Muito procuraram aqui e acolá, mas quanto mais demandaram, menos encontraram. Cavalgaram deste modo oito dias, que nenhuma notícia puderam saber, e, estando assim, disseram:

— Por nada nos esforçaremos mais, porque não o encontraremos mais antes do torneio, mas sem falha, lá irá ele, porque ele está neste país e em liberdade.

Então ficaram por isso num castelo chamado Ateão, que fica a uma jornada de Taneburque, e até o torneio não havia senão seis dias; e o rei de Norgales, que estava em seu abrigo, cerca de oito léguas de Ateão, logo que soube que os parentes do rei Bam lá estavam — eles que eram os mais famosos do mundo e de maiores proezas e de mais altas cavalarias — foi lá vê-los, porque muito desejava ter seu conhecimento, e queria muito, se pudesse ser, que fossem juntos à reunião contra o rei Artur e contra sua companhia. Quando viram o rei que os vinha ver, tiveram-no por muito generoso e o receberam muito bem e cortesmente como aqueles que bem o sabiam fazer; fizeram-no ficar com eles naquela noite, e ele lhes rogou tanto, que foram no dia seguinte a seu abrigo. Assim os teve o rei de Norgales em sua hospedagem com grande alegria e com grande honra até o dia do torneio e tanto lhes rogou, que eles prometeram que estariam, naquele torneio, do seu lado. Ficou o rei muito lisonjeado com esta promessa e lhes agradeceu muito.

Mas ora deixa o conto a falar de Boorz e de sua companhia e volta a falar de Lancelote que estava doente na casa da tia do novo cavaleiro de Escalote.

38. Ora diz o conto nesta parte que Lancelote, quando chegou lá, ficou de cama doente. Assim ficou bem um mês ou mais, pela chaga que Boorz, seu primo, lhe fez no torneio de Wincestre. O cavaleiro, que com ele tinha ido à reunião, não esperava dele senão a morte. Isto lhe pesava muito duramente, porque ele havia visto tanto bem em Lancelote, que o prezava de boa cavalaria sobre todos aqueles que alguma vez tivesse visto, e nem sabia ainda que era Lancelote. E quando ele estava lá há mais de um mês, aconteceu que a donzela que lhe havia entregue a manga veio e, quando viu que não estava ainda curado, pesou-lhe muito, e perguntou a seu irmão como estava. E ele respondeu:

— Minha irmã, ele vai bem, graças a Deus, segundo as aventuras, mas eu o vi, não há quinze dias, em tal estado, que não pude cuidar que escapasse da morte. Sua chaga foi muito perigosa de curar, por isso cuidava bem que pudesse morrer.

— Morrer? — disse a donzela. Deus o guarde. Certamente esta seria a mais dolorosa pena, porque depois dele não haveria mais homem bom no mundo.

— Minha irmã, disse o cavaleiro, sabeis então quem é ele?

— Senhor, disse ela, sim, muito bem; é Lancelote do Lago, o melhor cavaleiro do mundo. Isto me disse Galvão, o sobrinho do próprio rei Artur.

— Por Deus, disse o cavaleiro, creio que pode bem ser, porque nunca vi alguém tanto fazer em armas, como ele fez na reunião de Wincestre, nem nunca lenço de mulher foi melhor empregado, nem tão prestigiado como o vosso.

E a donzela entrou e ficou com seu irmão até que Lancelote melhorou, de modo que ele pudesse sair. E quando ficou quase curado e quase inteiramente tornado a sua beleza, a donzela, que ficava com ele de dia e de noite, tanto o amou que, pelo bem que dele se dizia e pela beleza que nele viu, concluiu que não poderia viver de modo algum se não o tivesse à sua vontade. Assim amou a donzela a Lancelote, tanto como mais podia. E quando ela não podia mais calar aquilo que pensava, veio um dia diante dele, estando pronta e adornada, do modo mais belo que podia, e vestida da mais bela roupa que podia ter. Sem falha, ela estava em beleza plena. E deste modo veio diante de Lancelote e disse-lhe:

— Senhor, não seria o cavaleiro muito vilão, se eu o demandasse de amores, e ele recusasse?

— Donzela, disse Lancelote, se ele tivesse seu coração tão livre, que pudesse fazer a sua vontade em tudo, seria muito vilão se recusasse; mas se ele estivesse de tal forma que não pudesse dispor de seu coração a seu mandamento, se recusasse o vosso amor, ninguém o poderia censurar. Isto vos digo por mim antes de tudo, porque, Deus me ajude, se fôsseis tal que vos dignásseis vosso coração pôr em mim, e eu pudesse de mim fazer meu prazer e minha vontade, assim como muitos outros cavaleiros poderiam, eu sou aquele que se consideraria muito bem pago, se vos dignásseis entregar-me vosso amor, porque, Deus me ajude, não vi, há tempos, dama ou donzela que melhor devesse amar do que a vós.

— Como, senhor, disse a donzela, não está vosso coração tão livre, que possais fazer vossa vontade?

— Donzela, disse ele, minha vontade faço eu bem, porque ela está lá onde eu quero que esteja, nem em nenhum outro lugar não quereria que estivesse, porque não poderia estar em nenhum outro lugar tão assentada como lá, onde eu a assentei; nem já Deus não quer que meu coração desta vontade se separe, porque depois não poderia eu viver à vontade como agora.

— Certamente, senhor, disse a donzela, tanto me dissestes, que conheço bem uma parte de vossa coragem. E me pesa muito que seja assim, porque isto que agora me dissestes e ensinastes numa só palavra me fará, por vós, proximamente morrer. E se me tivésseis dito um pouco mais ocultamente, vós me teríeis posto o coração num langor pleno de todas as boas esperanças, de modo que a esperança me fizesse viver em toda minha alegria e em toda a doçura em que os corações amorosos podem ficar.

39. Então foi a donzela a seu irmão e lhe revelou logo seu pensamento e lhe disse que amava Lancelote de tão grande amor, que estava com a morte próxima, se ele não fizesse logo que ela pudesse ter toda sua vontade. E ele ficou por isso muito angustiado e disse-lhe:

— Minha irmã, em outro colocai vossos desejos, porque a este não podereis conseguir, porque sei bem que ele tem seu coração tão altamente assentado, que não se dignaria descer para amar tão pobre donzela como sois, embora sejais uma das mais belas donzelas do mundo. Assim vos convém, se desejais amar, que coloqueis vosso coração mais baixo, porque de tal alta árvore não podereis vós colher fruto.

— Certamente, meu irmão, disse a donzela, isto me pesa, e eu queria bem, se Deus quisesse, que não fosse mais que outro cavaleiro e que fosse assim que eu o visse, mas isto não pode agora ser, porque deste modo me está destinado que eu morra por ele. E morrerei como claramente o vereis.

Deste modo revelou a donzela sua morte. Assim aconteceu como ela disse, porque ela morreu, sem falha, pelo amor de Lancelote, como o conto relatará adiante.

40. Naquele mesmo dia aconteceu que um escudeiro, que vinha de Nortumberlande, hospedou-se lá. Lancelote mandou que viesse à sua presença e perguntou-lhe aonde ia.

— Senhor, disse ele, vou a Taneburque, onde o torneio deve ser e será daqui a três dias.

— E que cavaleiros estarão lá? — perguntou Lancelote — Sabes?

— Senhor, disse ele, os da távola redonda estarão lá, e aqueles que foram à reunião de Wincestre e, para ver o torneio, segundo me disseram, irão o rei Artur e a rainha Genevra.

Quando Lancelote ouviu que a rainha Genevra iria, perturbou-se tanto, que foi opinião, que morreria de dor. Começou a ter febre violentamente; e quando falou, disse tão alto que todos, que lá estavam, ouviram:

— Ah! Senhora, já não vereis mais vosso cavaleiro, porque não faço aqui senão enlanguescer. Ah! cavaleiro, que esta chaga me fizestes, queira Deus que te encontre de tal modo que te reconheça! Certamente não me perdoarei nunca, que não te faça de má morte morrer.

Então estendeu-se com a grande dor que teve e, ao estender-se, fez romper sua ferida e soltou um jato de sangue tão grande, como de um animal apunhalado. E todos pasmaram. E quando seu mestre o viu, disse ao escudeiro:

— Vós o matastes com vossas palavras.

Fizeram-no então despir e deitar e esforçaram-se muito para estancar o sangue, porque senão teria morrido logo.

41. Todo aquele dia ficou Lancelote de tal maneira que não abria os olhos, não dizia palavra, e estava como meio morto. No dia seguinte revigorou-se o mais que pôde, fingiu que não tinha nenhum mal nem dor, que estava inteiramente curado, e disse a seu mestre:

— Mestre, graças a Deus e a vós, tanto me fizestes e preparastes para mim tão grande cura, com tal esforço, que me sinto são e de tão boa saúde, que já agora posso cavalgar, sem me amedrontar de nada. Por isso, queria rogar à dama e a meu companheiro, este cavaleiro que aqui está, que tantas honras me tem feito nesta doença, que me liberassem para ir a esta reunião, porque logo a flor da boa cavalaria do mundo lá estará.

— Ah! senhor, disse o homem bom, o que estais dizendo? Certamente, se estivésseis agora montado sobre o mais manso cavalo do mundo, sabei que todo o mundo não poderia impedir que morrêsseis, assim que tivésseis cavalgado uma légua, porque estais ainda muito fraco e doente, que não vejo como, senão Deus, vos possa dar perfeita cura.

— Ah! doce mestre, disse Lancelote, pelo amor de Deus, não me direis outra cousa?

— Certamente não, disse o mestre, senão que estais morto, se vos moveis daqui neste estado.

— Por Deus, disse Lancelote, se eu não for à reunião que deve haver no castelo de Taneburque, nunca poderei curar-me; assim morrerei de dor e, se morrer é o caso, mais vale morrer cavalgando do que enlanguescendo.

— Fareis, disse o mestre, o que vosso coração manda. Quanto a mim, não vos deixaria por nada. Já que meu conselho não quereis aceitar, eu vos deixarei a vós e a vossa companhia, porque, se morrerdes neste caminho, não quero nunca que digam que foi por minha culpa, e, se vos curardes, se Deus quiser, não quero ser louvado nem censurado.

— Ah! mestre, disse Lancelote, quereis assim deixar-me de todo, vós, que nesta doença tanto me valestes e me ajudastes até aqui? Como vós poderíeis ter essa coragem?

— Por Deus, disse o mestre, convém que vos deixe, muito a contragosto, porque homem bom e tão bom cavaleiro como vós não quereria, de modo algum, que morresse sob minha guarda.

— Doce mestre, disse Lancelote, dizeis então lealmente que eu morreria, se partisse daqui neste estado para ir à reunião que deve haver em Taneburque?

— Lealmente vos digo, disse o mestre, que, se todo o mundo viesse a vossa ajuda, salvo apenas Deus, não teríeis força para cavalgar duas léguas, que não morrêsseis no caminho. Ficai ainda aqui conosco quinze dias, e digo-vos lealmente que, neste prazo, cuido vos devolver são e em tão bom estado, com a ajuda de Deus, que podereis cavalgar com segurança para onde quiserdes.

— Mestre, disse Lancelote, ficarei, por tal conveniência, tão triste e magoado como ninguém.

Então virou-se para o escudeiro que perto estava e que notícias do torneio havia trazido e que ele havia segurado de manhã para lhe fazer companhia, porque cuidava verdadeiramente ir ao torneio com ele, e disse-lhe:

— Doce amigo, ide agora, porque me convém ficar, parece-me. E quando fordes ao torneio de Taneburque e virdes Galvão e a senhora rainha Genevra, saudai-os da parte do cavaleiro que venceu a reunião de Wincestre. E, se perguntarem como estou, não lhes digais nada de mim, nem onde estou.

E ele disse que esta mensagem cumpriria bem. Montou então o escudeiro em seu rocim e partiu e cavalgou tanto, que chegou à reunião. E este escudeiro era um pouco ligado ao rei de Norgales, então foi à sua hospedagem e passou lá a noite anterior ao dia em que seria o torneio. Quando anoiteceu, Galvão chegou à hospedagem do rei de Norgales, foi à corte e ficou lá para ver Boorz e sua companhia e para falar-lhes. E receberam-no com grande alegria e muita festa. E o escudeiro servia vinho e, quando chegou a Galvão para lhe servir vinho, começou a sorrir, porque se lembrou do cavaleiro e da extravagância que queria fazer para vir ao torneio. Quando Galvão o viu que bem tomava cuidado, pensou que não era por nada. Tomou seu vinho e, assim que o havia tomado, disse ao escudeiro:

— Rogo-te que me digas o que vou te perguntar.

E o escudeiro disse que de muito bom grado, se soubesse — "mas perguntai com certeza" — disse.

— Eu te pergunto, disse Galvão, por que começaste, há pouco, a sorrir?

— Por Deus, disse o escudeiro, lembrei-me do cavaleiro mais louco que alguma vez tinha visto e de quem ouvi falar que estava tão ferido como de morte e, doente assim como estava, queria vir ao torneio, quisesse seu mestre ou não. E estava ainda tão doente que, com muita dificuldade, poderia alguém de sua boca tirar palavra. Não vos parece que isto foi grande loucura?

— Ah! doce amigo, disse Galvão, quando viste este cavaleiro de quem falas?

— Digo-vos que, a meu ver, é homem muito bom, e, pelo que imagino dele saber, se estivesse em sua inteira forma, não deixaria facilmente de ir lá.

— Deus lhe dê saúde, disse Galvão, porque, sem falha, é muito grande pena que a doença impeça homem tão bom de fazer proezas.

— Em nome de Deus, senhor, disse o escudeiro, não sei quem ele é, mas isto vos digo bem que o vi testemunhar como o melhor cavaleiro do mundo. E ainda me disse ele e rogou, quando me despedi dele ontem de manhã, que vos saudasse da parte daquele que venceu a reunião de Wincestre, e à senhora rainha também manda ele saudação.

Quando Galvão ouviu estas palavras, soube então que era Lancelote. E disse ao escudeiro:

— Ah! doce amigo, em que lugar deixaste o cavaleiro de quem me falas?

— Senhor, disse o escudeiro, não vos posso dizer mais nada, que me prejudicaria.

— Mas nos disseste, falou Galvão, que ele está ferido.

— Senhor, disse o escudeiro, se vos disse, arrependo-me, e já vos revelei mais do que deveria, entretanto vos rogo que, se virdes a rainha antes de mim, a saudeis da parte de quem vos disse.

E Galvão disse que o faria de muito bom grado.

42. Com estas palavras, ficaram muito tocados os três primos que tinham ouvido tudo o que o escudeiro dissera. Perceberam bem que era de Lancelote que falava, que saudasse a rainha e Galvão. Assim foram muito corteses com o escudeiro para que dissesse onde o havia deixado. E ele disse-lhes que nada mais diria, por mais que lhe pedissem.

— Ao menos, disseram eles, não podes dizer onde o deixaste?

Então lhes disse ele um outro lugar diferente daquele onde o deixara, e eles disseram que iriam procurar até achar, depois do torneio.

43. No dia seguinte, no campo diante de Taneburque, os cavaleiros de quatro reinos encontraram os da távola redonda. Assim houve muita bela justa e muito corpo ferido de espada. Poderíeis ver o campo coberto de cavaleiros estranhos que vinham ao encontro dos da távola redonda, que por proezas e valentia eram famosos, mas sobre todos os que lá foram sobrepujou a linhagem

do rei Bam, e Galvão e Boorz. E o rei, quando viu e soube que Lancelote não estava, ficou muito triste, porque tinha vindo mais para ver Lancelote e para falar com ele do que por outra cousa. Então fez, ali mesmo e por consentimento de muitos, marcar um outro torneio, no prazo de um mês, no campo de Camalote. Com isto concordaram todos do campo. Assim terminou o torneio que nada mais teve daquela vez.

44. Naquele dia disse o rei a Boorz que viesse a sua corte, ele e sua companhia. E ele disse que não iria, antes de saber novas de Lancelote, que fossem verdadeiras, e o rei não ousou mais pedir. E Galvão contou à rainha o que o escudeiro havia dito a respeito de Lancelote, e como ele queria vir ao torneio, mas o mestre não deixara, porque estava muito doente. A rainha não pôde acreditar que ele tivesse ficado tão demoradamente doente, e cuidou verdadeiramente que a donzela, a quem Galvão tanto havia louvado, fosse a causa de sua demora, e que ele tivesse ficado com ela, e concluiu que não tinha havido outra razão para tanta demora em vir à corte. Assim odeia-o tão mortalmente, que não há desonra que ela não quisesse vê-lo sofrer. Mas de Boorz e de sua companhia, que haviam deixado a corte pela ausência de Lancelote, teve ela muita pena e ficou tão contrariada de os ter perdido, que não sabia o que pudesse acontecer. Desejava muito, se pudesse ser, que eles voltassem atrás, porque ela amava tanto sua companhia, pelo grande conforto que lhe trazia, que não prezava ninguém como a eles. No seu íntimo, dizia ela algumas vezes que não conhecia no mundo cavaleiro tão digno e capaz de manter um grande império como Boorz de Gaunes. E, pelo amor dele, pesava-lhe muito que a toda sua companhia não permanecesse na corte. Três dias ficou o rei em Taneburque para descansar o corpo. Mandou dizer a Boorz e a sua companhia que estavam com o rei de Norgales, que viessem vê-lo. Eles disseram que não iriam e não entrariam lá antes que soubessem notícias verdadeiras de Lancelote. E no dia seguinte ao que lhes havia mandado esta mensagem, partiu o rei de Taneburque e cavalgou para Cama-

lote, com os de sua casa. Naquele mesmo dia despediu-se Boorz do rei de Norgales, com seus companheiros, e Galvão foi com eles e disse que não se separaria de sua companhia antes que tivesse encontrado Lancelote. Então cavalgaram naquela direção que o escudeiro havia ensinado para o lugar onde ele o havia deixado. Quando lá chegaram, não encontraram quem novas dele soubesse dizer. Então disse Galvão a Boorz:

— Senhor, eu louvaria, em correto conselho, que fôssemos a Escalote, porque naquele castelo conheço uma hospedagem, onde creio que nos informarão a respeito de nossa busca.

— Senhor, disse Boorz, queria que fôssemos já para lá, porque muito me tarda encontrar o senhor meu primo.

Então partiram de lá e cavalgaram até a noite. E passaram aquela noite num bosque. E no dia seguinte, assim que clareou, montaram e cavalgaram, pela fresca, e erraram por tantas jornadas, que chegaram a Escalote. E Galvão desceu à hospedagem, onde havia outrora pernoitado, e levou Boorz à câmara em que havia ficado o escudo de Lancelote, e o encontrou lá ainda pendente. Então disse:

— Senhor, este escudo, alguma vez já o vistes?

E Boorz disse que aquele escudo havia ele deixado em Camalote, quando fora à reunião de Wincestre.

Então pediu Galvão ao anfitrião que viesse falar com ele. E ele veio logo. E Galvão lhe disse:

— Senhor, rogo-vos, por cortesia, e peço-vos, pela fé que deveis à cousa do mundo que mais amais, que me digais onde está o cavaleiro que este escudo aqui deixou; pois sei, com certeza, que sabeis bem onde ele está, assim nos podeis dizer, se quiserdes. E se vos calardes, que não queirais atender nosso rogo, certo estai de que vos prejudicaremos e vos guerrearemos, se pudermos.

— Se cuidasse, disse o homem bom, que o pedísseis pelo seu bem, vo-lo ensinaria, mas de outro modo, não o faria de maneira alguma.

— Eu vos prometo, disse Galvão, por tudo que me prende a Deus, que somos os homens do mundo que mais o amam de bom coração e que mais fariam por ele; e porque não o vemos há tempos, não sabemos se está mal ou bem, nós o estamos buscando e o temos buscado há oito dias.

— Então ficai aqui hoje, disse o homem bom, e amanhã, quando quiserdes partir, eu vos ensinarei onde o podereis encontrar. E se quiserdes, vos deixarei um dos meus servos, que vos guiará no caminho certo.

45. Aquela noite ficaram os companheiros com muita alegria e fizeram muito grande festa e ficaram mais à vontade do que costumavam, pelas novas que tinham recebido. No dia seguinte, tão logo clareou, levantaram-se e, quando vieram à sala, encontraram seu anfitrião de pé. E o cavaleiro que estava doente, quando Lancelote lá chegara, e agora estava curado, disse que iria com eles e lhes faria companhia até onde estava o cavaleiro que iam buscar; e eles disseram que muito lhes aprazia. Então montaram e partiram juntos. Recomendaram seu anfitrião a Deus e apressaram-se tanto em cavalgar que, à noite, chegaram à hospedagem da mulher, em cuja casa Lancelote tinha ficado. E ele estava então de tal modo curado, que pôde se divertir lá dentro. Quando lá chegaram, apearam à porta, e Lancelote estava na sala, e ia se divertindo e passando o tempo com o homem bom que para o curar havia se esforçado, e atrás ia o cavaleiro que com ele tinha ido ao torneio e que, em sua doença, lhe havia mantido companhia, porque nunca o havia deixado dia e noite. Quando apearam e entraram no pátio, e Lancelote os reconheceu, não pergunteis se houve grande alegria. Ele correu então para Boorz e disse que era bem-vindo, e a Heitor, e a Leonel e a Galvão, e naquele dia fez alegria maravilhosa, e depois lhes disse:

— Senhores, sede bem-vindos.

— Senhor, Deus vos abençoe. O muito grande desejo que tínhamos de vos ver e a grande apreensão, por não terdes estado no torneio de Taneburque, nos puseram a vossa procura. Assim nos aconteceu agora, graças a Deus, que nossa busca chegou ao fim, porque menos dificuldade do que imaginávamos tivemos em vos encontrar. Por

Deus, falai-nos de vós e de como passastes, porque ouvimos ontem dizer que estáveis muito gravemente doente.

— Certamente, disse ele, graças a Deus, estou agora muito bem, porque estou de todo curado, mas, sem falha, estive muito doente e sofri muita angústia e estive como em perigo de morte.

— Senhor, disse Boorz, onde cuidais que esta doença pegastes?

— Sei bem, disse ele, que a peguei no torneio de Wincestre, de uma ferida muito grande que um cavaleiro me fez numa justa. Tornou-se a ferida muito mais perigosa do que imaginava, e ainda aparece, porque não estou ainda tão curado, que possa amanhã cavalgar à vontade.

— Senhor, disse Galvão, já que estais curado, não me importo muito com a dor passada, porque dela não tendes agora muito grande cuidado, mas dizei-me quando cuidais que estareis a ponto de poder ir à corte?

— Certamente, disse ele, se Deus quiser, proximamente.

E o homem bom que dele cuidava disse a Galvão:

— Senhor, disse ele, sabei, sem falha, que não estará curado, senão dentro de oito dias. Então poderá cavalgar e levar armas tão esforçadamente, como fez no torneio de Wincestre.

E eles responderam que esta nova os deixava muito alegres.

46. No dia seguinte, quando se sentaram à ceia, disse Galvão rindo a Lancelote:

— Senhor, do cavaleiro que esta chaga vos fez, soubestes alguma vez quem era ele?

— Certamente, disse Lancelote, não, mas se pudesse reconhecê-lo e o encontrasse por ventura em alguma reunião, cuido que ele não faria nunca algo cuja violência não lhe fosse logo retribuída, porque, assim que ele saísse, lhe faria eu sentir que minha espada pode furar o ferro; e, se ele tirou sangue do meu costado, eu lhe tirarei da cabeça outro tanto ou mais.

Então começou Galvão a bater palmas e a fazer a maior alegria do mundo. E disse a Boorz:

— Ora aparecerá o que fareis, porque não estais nada ameaçado pelo homem mais covarde do mundo; e, se ele me tivesse assim ameaçado, não estaria nunca à vontade, antes que tivesse paz com ele.

Quando Lancelote ouviu isto, ficou todo atrapalhado e disse:

— Boorz, fostes vós que me feristes?

E ele ficou tão embaraçado, que não soube o que dizer, porque não ousou reconhecer, nem pôde negar; em todo caso, respondeu:

— Senhor, se o fiz, pesa-me, e ninguém me poderia censurar, porque do modo como Galvão me põe nisto, se sois vós aquele que feri, estáveis tão disfarçado, que não vos reconheci nunca, porque as armas eram como de cavaleiro novo, e vós levais armas há mais de vinte e cinco anos; e, se foi assim que não vos pude reconhecer, parece-me que não me podeis censurar.

E ele respondeu que não, pois que de fato tinha sido assim.

— Em nome de Deus, meu irmão, disse Heitor, aquele dia me lançastes muito longe de vós que me fizestes sentir a terra dura de tal modo que não tinha necessidade.

E Lancelote respondeu rindo:

— Meu irmão, já não vos lamentareis por mim daquele dia, que não me lamente muito mais de vós, porque agora sei bem que vós e Boorz sois os dois cavaleiros que mais me impediram, naquele torneio, de fazer minha vontade. Estáveis sempre diante de mim e não desejáveis senão me derrotar e infamar, assim cuido que teria levado o prêmio daquela jornada, mas vós me impedistes; por isso bem vos digo que nunca encontrei em nenhum lugar tais dois cavaleiros que me criassem dificuldade e me atingissem como vós; nem acontecerá jamais que eu diga novamente isto, assim vos perdôo.

— Senhor, disse Galvão, agora sabeis bem como sabem eles ferir com lança e com espada.

— Verdadeiramente, sei, disse ele, eu o experimentei bem, e ainda levo tais insígnias que são bem evidentes.

47. Bastante falaram aquela vez a respeito disto; e Galvão retomava, de boa vontade, a palavra, porque via que

Boorz estava tão envergonhado como se tivesse feito a maior desgraça do mundo. Ficaram lá uma semana com muita alegria e grande festa e felizes por verem Lancelote ficar curado. Enquanto lá estiveram, não ousou Boorz revelar o que tinha ouvido da rainha, porque receava que Lancelote se atormentasse muito, se ouvisse as cruéis palavras que ela havia dito a respeito dele.

Mas ora deixa o conto a falar deles e volta a rei Artur.

48. Nesta parte diz o conto que o rei Artur, quando partiu de Taneburque com a rainha, cavalgou o primeiro dia até um castelo seu que chamavam Tauroc. A noite passou dentro em companhia dos cavaleiros, e no dia seguinte mandou que a rainha fosse para Camalote. O rei ficou em Tauroc e permaneceu lá três dias e, quando partiu, cavalgou até um bosque. Neste bosque Lancelote tinha ficado outrora prisioneiro dois invernos, e um verão tinha sido em casa de Morgana, a desleal, que ainda lá estava, e com ela muitas pessoas que lhe faziam companhia em todas as estações. O rei se meteu no bosque com sua companhia, e ele não estava muito bem apetrechado. Desviaram tanto que perderam o caminho certo; assim andaram tanto que chegou a noite escura. Então parou o rei e perguntou aos seus:

— Que faremos? Perdemos nosso caminho.

— Senhor, disseram eles, é melhor permanecer aqui do que ir adiante, porque não faríamos senão esforço perdido, porque não há casa nem abrigo que saibamos, e temos comida suficiente. Levantemos nossas tendas e repousemos hoje; e amanhã, se Deus quiser, quando nos pusermos a caminho, encontraremos aquele que nos levará fora da floresta, à nossa vontade.

E o rei concordou. Logo que começaram a levantar as tendas, ouviram um corno bastante próximo que soou duas vezes.

— Por Deus, disse o rei, há alguém aqui perto, ide ver quem é.

E Sagramor, o imoderado, montou seu cavalo e foi na direção de onde veio o som do corno, e não tinha ido muito, que encontrou uma torre forte e grande e bem guarnecida de ameias e fechada de todos os lados por muro muito alto. Ele apeou e foi à porta. Quando o porteiro ouviu que havia alguém à porta, perguntou quem era e o que queria.

— Sou, disse ele, Sagramor, o imoderado, um dos cavaleiros do rei Artur, que aqui perto está neste bosque, e me enviou aqui. Ele manda dizer aos do castelo que deseja pernoitar aqui. Assim estai preparados para recebê-lo como deveis, porque vo-lo trarei agora com toda sua companhia.

— Meu senhor, disse o porteiro, esperai um pouco, por favor, até que tenha falado a minha senhora, que está recolhida à sua câmara, e logo voltarei e tereis resposta.

— Como, disse Sagramor, não há aí senhor?

— Nenhum, disse ele.

— Vai então e volta logo, disse Sagramor, porque não quero aqui demorar.

O servo subiu os degraus e foi à sua dama; passou-lhe a mensagem como Sagramor lhe havia dito, que o rei Artur queria pernoitar lá.

Assim que Morgana ouviu estas palavras, teve muito grande alegria e disse ao servo:

— Volta depressa e dize ao cavaleiro que traga o rei, porque será recebido do melhor modo que pudermos.

Ele voltou a Sagramor e disse-lhe o que a dama ordenara.

Então partiu Sagramor da porta e correu tanto, que voltou ao rei e disse-lhe:

— Senhor, tivestes sorte, porque encontrei uma hospedagem, onde vos hospedareis esta noite à vontade, como me disseram.

E quando o rei ouviu, disse àqueles que com ele estavam:

— Montemos e sigamos diretamente para lá.

Quando o rei disse isto, montaram todos. E Sagramor os conduziu naquela direção; quando chegaram à porta, encontraram-na aberta e entraram, e viram o lugar tão belo e agradável e tão rico e bem aparelhado, como não tinham visto em sua idade tão bela hospedagem nem tão bem assentada como lhes pareceu. E havia dentro tão grande número de velas, cuja iluminação era tão forte, que se maravilharam todos de que isto pudesse existir, e não havia dentro parede nem mobília que não estivesse tudo coberto de panos de seda. E o rei perguntou a Sagramor:

— Tínheis vós visto alguma coisa deste aparato?
— Certamente, senhor, disse ele, não.

E o rei persignou-se pela maravilha que teve, porque ele nunca tinha visto mais rico cortinado de igreja nem mosteiro, como a sala estava encortinada.

— Por Deus, disse o rei, que tenha dentro tão grande riqueza me maravilha, porque de fora não aparece.

O rei desceu mais para dentro, e os outros, que em sua companhia estavam, atrás, e quando entraram na grande sala, encontraram Morgana e com ela bem cem damas e cavaleiros, que lhe faziam companhia, e estavam todos e todas tão ricamente vestidos, que nunca em festa que tivesse tido em dia de sua vida tinha o rei Artur visto pessoas tão ricamente vestidas como estavam todas naquela sala. E quando viram o rei dentro, gritaram todos a uma voz:

— Senhor, bem podeis aqui dentro estar, porque nunca nos aconteceu tão grande honra como esta de vos hospedar.

E o rei respondeu que Deus os enchesse a todos de alegria. Então o tomaram e o conduziram a uma câmara tão bela e rica como nunca, na sua opinião, tinha visto outra tão bela e tão agradável.

49. Assim que o rei sentou-se e teve suas mãos lavadas, foram postas as mesas; sentaram-se todos os que tinham vindo na companhia do rei, porque eram cavaleiros. Então começaram as donzelas a trazer os alimentos, como se estivessem esperando a vinda do rei e dos cavaleiros um mês antes; nem o rei nunca tinha visto em sua vida mesa tão cheia de baixelas de ouro e de prata como estava aquela e, se fosse na cidade de Camalote e o rei fizesse seu poder de ter grande riqueza de alimentos, não teria mais do que naquela noite naquela mesa, nem mais belo nem mais acolhedor seria o serviço. E maravilharam-se de onde tão grande quantidade pudesse vir.

50. Depois que comeram a saciar como lhes agradou, o rei escutou numa câmara, que ao lado dele estava, todos os diversos instrumentos de que alguma vez ouviu falar em sua vida. Soavam todos juntos, uns com os outros, tão docemente, que nunca ouvira música que tão suave fosse e agradável de ouvir. E naquela câmara havia muito grande claridade; e não demorou muito, que viu saírem duas donzelas muito belas que levavam em dois candelabros de ouro duas grandes velas ardentes, e vinham diante do rei e diziam:

— Senhor, se vos agradasse, seria hora de repousar vossos ossos, porque a noite vai alta e tanto cavalgastes, que estais muito cansado, como imaginamos.

E o rei respondeu:

— Queria já estar deitado, porque tenho grande necessidade.

— Senhor, disseram elas, viemos aqui para conduzi-lo a vosso leito, porque nos foi ordenado.

— Isto quero bem, disse o rei.

Então levantou-se o rei, e elas foram à mesma câmara em que Lancelote outrora ficara. Naquela câmara havia ele pintado o seu amor com a rainha Genevra. E naquela câmara as donzelas deitaram o rei Artur. E quando ele dormiu, saíram e foram a sua dama. E Morgana pensou muito no rei Artur, porque ela desejava logo fazer o rei saber dos amores de Lancelote e da rainha e, por outro lado, ela temia que, se ela revelasse a verdade e Lancelote ouvisse falar que o rei tinha sabido por ela, todo o mundo não lhe garantiria que ele não a matasse. Muito pensou aquela noite nisso: se diria ou se se calaria, porque, se ela falasse, estaria numa aventura de morte, se Lancelote o pudesse saber; e, se ela se calasse, não teria nunca outra ocasião como esta de lhe dizer. Nestes pensamentos ficou até que dormiu. De manhã, assim que clareou o dia, levantou-se e foi ao rei, saudou-o muito bem e disse-lhe:

— Senhor, peço-vos um dom, em recompensa de todos os serviços que já vos prestei.

— E eu vo-lo devo, disse o rei, se é algo que possa dar.

— Podeis bem, disse ela, e sabeis o que é? Ficareis aqui dentro hoje e amanhã e sabei que, se estivésseis na melhor cidade que tendes, não seríeis melhor servido, nem mais saciado do que aqui, porque já não saberíeis nenhum desejo revelar por palavras, que não tivésseis.

E ele respondeu que ficaria, porque lhe havia concedido.

— Senhor, disse ela, estais na casa do mundo que mais vos desejava ver. E sabei que não há no mundo mulher que mais vos ame do que eu, e eu vos devo bem amar, salvo de amor carnal.

— Senhora, disse o rei, quem sois que tanto me amais como dizeis?

— Senhor, disse ela, sou vossa mais carnal amiga e tenho nome Morgana, e sou vossa irmã, e vós me devíeis melhor conhecer do que conheceis.

E ele a olhou e reconheceu. Então saltou do leito, e fez a maior alegria do mundo e disse que estava muito alegre com esta aventura, que Deus lhe permitiu encontrar.

— Porque vos digo, minha irmã, disse o rei, que eu cuidava que tivésseis morrido e passado deste mundo; e pois que a Deus agrada que vos tenha encontrado viva e sã, eu vos levarei comigo a Camalote, quando daqui partir, assim que ficareis doravante na corte e fareis companhia à rainha Genevra, minha mulher; e sei muito bem que ela terá muito grande alegria e ficará muito feliz, quando souber a verdade a vosso respeito.

— Meu irmão, disse ela, isto não quero de forma alguma; garanto-vos com franqueza que nunca irei à corte, mas, sem falha, quando sair daqui, irei à ilha de Avalon, onde vivem as damas que sabem todos os encantamentos do mundo.

O rei vestiu-se a aprontou-se, depois sentou-se em seu leito e depois fez sua irmã sentar-se a seu lado e começou a perguntar dela. Ela respondeu uma parte e calou outra. Assim ficaram em tais palavras até hora de prima.

51. Aquele dia fez muito bom tempo e o sol levantou belo e claro e entrou na casa por todos os lados, de

modo que a câmara ficou mais clara que antes; e ficaram a sós, porque se deleitavam muito em falar juntos os dois. E quando tinham falado bastante de si um ao outro, aconteceu que o rei começou a olhar em volta e viu as pinturas e as imagens que Lancelote havia pintado, quando lá ficara em prisão. O rei Artur conhecia tanto de letras, que pôde um pouco entender do escrito. Quando ele viu os letreiros das imagens, que revelavam os significados das pinturas, começou a ler. E logo soube que aquela câmara estava pintada com os feitos de Lancelote e das cavalarias, que ele fez quando era jovem cavaleiro. Assim nada viu cuja verdade não conhecesse pelas novas que levavam todos os dias os cavaleiros à corte, tão logo as proezas tivessem acontecido.

52. Assim começou o rei a ler os feitos de Lancelote pelas pinturas que via. Quando ele viu as imagens que contavam o conhecimento de Galeote, ficou muito triste e perturbado. Começou a olhar isto e disse a si mesmo muito baixo:

— Por Deus, disse ele, se o significado destes letreiros é verdadeiro, então Lancelote me desonrou com a rainha, porque vejo muito claramente que ele dormiu com ela. E se é verdade, assim como esta escritura o testemunha, esta é a causa que me meterá na maior dor que alguma vez tive, que não me podia mais Lancelote aviltar do que me desonrando com minha mulher.

Então disse a Morgana:

— Minha irmã, eu vos rogo que me digais a verdade do que vos perguntarei.

E ela respondeu que faria de boa vontade, se soubesse.

— Garanti-me, disse o rei.

E ela lhe garantiu.

— Então vos peço, disse o rei, pela fé que me deveis e que aqui me garantistes, que me digais o que estas imagens representam, se sabeis delas a verdade, e não o deixeis de dizer, por nada.

— Ah! senhor, disse Morgana, o que dizeis e o que perguntais? Certamente, se eu vos disser a verdade e aquele que pintou vier a saber, nada, salvo Deus, poderia ser garantia de que não me matasse.

— Em nome de Deus, disse o rei, convém que me digais, e vos prometo, como rei, que já por mim não sereis acusada.

— Senhor, disse ela, não vos deixareis abater por nada que vos diga?

— Certamente, disse o rei, não; convém que me digais.

— Eu vo-lo direi então, de tal forma que não vos mentirei em nada. Verdade é, disse Morgana, não sei se já o sabeis, que Lancelote ama a rainha Genevra, desde o primeiro dia que recebeu ordem de cavalaria; e, por amor da rainha, quando era novo cavaleiro, fez todas as proezas que fazia. E isto podeis bem saber no castelo da Dolorosa Guarda, quando lá fostes nas primícias de sua cavalaria e não pudestes pôr os pés lá, que vos fizeram parar junto ao rio; e quando lá enviastes algum cavaleiro, de vossa parte, não pôde lá entrar. Mas quando Quéia, que era cavaleiro da rainha foi lá, lá entrou, nem isso percebestes bem, como alguns perceberam.

— Certamente, disse o rei, isto não percebi, mas sempre aconteceu como dizeis; mas não sei se foi por amor da rainha ou por mim.

— Senhor, disse ela, ainda há mais.

— Dizei, disse o rei.

— Senhor, disse ela, ele ama a rainha tanto como nenhum mortal poderia amar alguma dama, mas nunca revelou por ele nem por outrem, e tanto se esforçou por amor, que fez todas as cavalarias que vedes aqui pintadas.

53. Muito tempo ficou deste modo, que não fazia senão languir, como quem amava e não era amado, e não ousava seu amor revelar, até que se aproximou de Galeote, o filho da Giganta, no dia em que levou as armas negras e venceu o torneio de vós dois, assim como a pintura, que aqui vedes, o revela, e quando fez a paz entre vós e Galeote, de modo que as honras todas foram vossas. E quando Galeote viu que ele não fazia senão piorar dia a dia e que tinha deixado de beber e de comer, tanto ama-

va perdidamente a rainha, apressou-se tanto e tanto lhe rogou, que Lancelote lhe revelou que amava a rainha e que morria por ela. Galeote rogou-lhe muito que não se inquietasse mais com isso, porque ele faria tanto, que teria da rainha suas vontades. E, assim como lhe prometeu, fez, porque rogou tanto a rainha, que ela se entregou de todo a Lancelote e se prendeu em seu amor, por um beijo.

— Bastante, disse o rei, me dissestes, porque vejo toda minha desonra aparecendo na traição de Lancelote, mas ora dizei-me quem fez estas pinturas.

— Certamente, senhor, disse ela, Lancelote as fez, e vos direi quando. Lembrai-vos dos dois torneios que houve em Camalote, quando os companheiros da távola redonda diziam que não iriam a torneio em que Lancelote estivesse do lado deles, por que ele levava sempre o prêmio? E quando Lancelote o soube, virou-se contra eles e os fez abandonar o campo e sair, por toda lei, da cidade de Camalote? Lembrai-vos agora bem?

— Certamente, disse o rei, ainda agora me parece que vejo o torneio, porque nunca depois, em lugar que estivesse, vi fazer tanto de armas um cavaleiro, como fez ele naquele dia. Mas por que me dizeis isto?

— Porque, disse ela, quando ele partiu aquela vez da corte, ficou perdido mais de um ano e meio, que ninguém sabia onde ele estava.

— Certamente, disse o rei, dizeis a verdade.

— Digo-vos, disse ela, que então o mantive em prisão dois invernos e um verão, e então pintou ele estas imagens que aqui vedes. E ainda o manteria em prisão, se não tivesse saído, e não fosse o que ele fez a maior diabrura do mundo que alguma vez alguém viu.

— Qual foi? — perguntou o rei.

— Por Deus, disse ela, ele rompeu com as mãos os ferros daquela janela.

E lhe mostrou os ferros que ela havia mandado consertar. Então disse o rei que aquilo não era obra de homem, mas de diabo. Muito observou o rei as pinturas da câmara e pensou bastante seriamente a respeito, e ficou muito tempo neste estado, sem dizer palavra. E depois que pensou bastante, disse:

— Aquilo que Agravaim me disse anteontem e que não acreditei, pois cuidava que mentia, está aqui e leva meu coração à grande certeza que antes não tinha, por isso vos digo que não estarei nunca à vontade, antes que saiba a pura verdade. E se for como estas imagens testemunham, que Lancelote me fez tal afronta de me desonrar por minha mulher, eu me esforçarei muito para que sejam pegos em flagrante. E então se não fizer tal justiça, que seja para sempre falada, juro que nunca mais trarei coroa.

— Certamente, disse Morgana, se não fizésseis, bem vos deveria Deus e todo o mundo infamar, porque não é rei nem homem quem tal desonra sofre, que nada faça.

Muito falaram disso naquela manhã o rei e sua irmã e muito admoestou Morgana que vingasse esta afronta proximamente. E ele prometeu, como rei, que o faria tão cruelmente, que para sempre seria falada, se acontecesse que ele os pudesse pegar em flagrante.

— Não demorará muito, disse Morgana, para que sejam pegos juntos, se se quiser tomar cuidado.

— Farei tanto por isso, disse o rei, que, se um ama o outro de louco amor, como dizeis, eu os farei pegar juntos, antes que passe um mês, se acontecer que Lancelote venha à corte neste prazo.

54. Aquele dia ficou o rei com sua irmã e o dia seguinte e a semana inteira. Ela odiava Lancelote mais que nenhum homem, porque ela sabia que a rainha o amava. Assim não desistiu, enquanto o rei esteve com ela, de lhe admoestar que vingasse sua honra, quando voltasse a Camalote, se tivesse ocasião.

— Minha irmã, disse o rei, não é preciso mais pedir, porque ponho nisso a metade de todo o meu reino, se não fizer o que me comprometi a fazer.

O rei ficou lá toda a semana, porque o lugar era belo e divertido e cheio de animais selvagens. O rei prendeu-se tanto durante a semana, que pôde ocupar-se bastante dele.

Mas ora deixa o conto de falar dele e de Morgana, salvo que ele não queria que ninguém entrasse na câmara, exceto Morgana, enquanto lá estivesse, por causa das pinturas que tão abertamente revelavam sua infâmia. Assim não queria, de forma alguma, que outros soubessem a verdade a respeito, porque muito receava a vergonha e que a história fosse levada adiante. Assim cala-se a respeito disso ora o conto e fala de Lancelote e de Boorz e de sua companhia.

55. Nesta parte diz o conto que Boorz, Galvão e o outro companheiro tanto demoraram com Lancelote, que ele ficou inteiramente curado e novamente com a força de antes. Tão logo sentiu que estava inteiramente recuperado e não tinha mais receio de levar armas, disse a seu mestre:

— Não vos parece que possa, a partir de agora, fazer do meu corpo o que quero, sem perigo da chaga que tanto me afligiu?

— Digo-vos, verdadeiramente, falou o homem bom, que estais inteiramente curado e não precisais mais recear da doença que tivestes.

— Esta nova me agrada, disse Lancelote, porque então posso ir, quando quiser.

56. Aquele dia fizeram muito grande festa e muita alegria os companheiros. À noite, disse Lancelote à senhora que ele partiria no dia seguinte e agradeceu-lhe muito a bela companhia e a boa acolhida que lhe havia feito em sua hospedagem. Depois mandou tanto dar-lhe e àquele que o curara de sua chaga, que ficaram mais à vontade que em todos os dias de suas vidas. Naquele mesmo rogaram os dois irmãos de Escalote a Lancelote que os deixasse ir em sua companhia como cavaleiros, que nunca o deixariam mais por outro senhor. Ele os recebeu de muito boa vontade, porque eram ambos muito bons homens e muito bons cavaleiros; e disse-lhes:

— Senhores, eu vos recebo bem como meus companheiros, mas estarei muitas vezes longe de vós, tão só, que não sabereis novas de mim, enquanto não voltar.

— Senhor, disseram eles, isto não nos afeta, apenas que possamos nos orgulhar de ser cavaleiros de vosso lado e que nos tenhais como vossos cavaleiros.

E ele disse que isto faria de bom grado, e lhes daria terras e heranças no reino de Benoic ou no reino de Gaunes. E tornaram-se assim seus cavaleiros.

57. Naquele mesmo dia, veio a Lancelote a donzela que era irmã dos dois irmãos de Escalote e disse-lhe:

— Senhor, vós vos ides e a volta é uma aventura; e, porque nenhuma mensagem da necessidade de seu senhor não deve ser tão acreditada, como a expressa pelo próprio senhor, digo-vos a minha necessidade que tanto é grande. Quero bem que saibais verdadeiramente que estou perto da morte, se não sou por vós possuída.

— A morte? — Donzela, disse Lancelote. Certamente não morrereis por cousa que eu possa vos ajudar.

Então começou a donzela muito sentidamente a chorar. E disse a Lancelote:

— Certamente, senhor, posso dizer muito bem que em má hora vos vi.

— Por quê, donzela? — disse Lancelote, dizei-me.

— Senhor, disse ela, assim que vos vi, vos amei além do que coração de mulher a homem pode amar, porque nunca depois pude beber nem comer, nem dormir nem repousar; assim fui atormentada até hoje em pensamentos, e toda dor e toda desventura tenho sofrido noite e dia.

— Foi loucura, disse Lancelote, desejar-me deste modo, sobretudo porque vos disse que meu coração não estava mais sob meu poder e que, se dele pudesse fazer à minha vontade, me consideraria feliz, se tal donzela como vós se dignasse amar-me. Desde aquela hora não deveríeis desejar-me, porque pudestes bem saber que quis dizer por tais palavras que não amaria nem a vós nem a outra, salvo aquela em que tinha posto meu coração.

— Ah! senhor, disse a donzela, não acharei outro conselho vosso nesta desgraça?

— Certamente, donzela, disse Lancelote, não, porque eu não poderia pagar nem por morte nem por vida.

— Senhor, disse ela, isto me pesa; e sabei bem que estou com a morte chegada e, pela morte partirá de meu coração o vosso amor. Esta será a recompensa da boa companhia que meus irmãos vos fizeram, desde que viestes a este reino.

Então partiu a donzela de sua presença e veio a seu leito e deitou-se de tal sorte que nunca mais se levantou, a não ser para a morte, como a estória revelará claramente. E Lancelote, que estava muito triste e muito revoltado com o que ouviu a donzela dizer, aquela noite ficou mais abatido e quieto do que costumava, pelo que todos os companheiros maravilharam-se muito, porque não sabiam vê-lo triste.

58. Aquela noite enviou Boorz o cavaleiro que tinha curado Lancelote ao rei de Norgales, e lhe mandou que cuidasse de tal modo do cavaleiro, que o fez de bom grado, porque muito havia feito o cavaleiro por ele. No dia seguinte, tão logo clareou, partiu Lancelote com toda sua companhia e recomendou muito a Deus a senhora. Quando estavam no caminho, erraram tanto por suas jornadas, que chegaram à cidade de Camalote e chegaram ao pátio do castelo real. Na hora que Lancelote entrou, estava a rainha à janela e, assim que o viu, saiu da janela em que estava apoiada e entrou em sua câmara. E assim que Galvão apeou, entrou na câmara da rainha e encontrou-a sobre seu leito e tinha o ar de mulher muito enfurecida. Galvão a saudou; ela levantou-se em sua direção e disse-lhe que era bem-vindo.

— Senhora, disse ele, nós vos trazemos Lancelote do Lago, que muito tempo ficou fora deste reino.

Ela respondeu que ora não podia falar-lhe, porque se sentia mal. Galvão saiu da câmara, voltou aos outros companheiros e disse-lhes:

— Senhores, sabei que a rainha está doente. Não podemos falar-lhe. Descansemos até que o rei venha. Se ele tardar muito, e, se nos enfastiarmos, poderemos ir caçar no bosque perto daqui. E todos concordaram.

59. Aquela noite falou Boorz à rainha e perguntou-lhe o que tinha.

— Não tenho, disse ela, doença nenhuma, mas não tenho a menor vontade de entrar na sala, enquanto Lancelote lá estiver, porque não tenho olhos com que o possa ver, nem coragem de me permitir falar com ele.

— Como, senhora, disse Boorz, vós o odiais assim tão duramente?

— Certamente sim, disse ela, não odeio nada neste mundo agora, tanto como a ele, nem nunca algum dia de minha vida o amei tanto como agora o odeio.

— Senhora, disse Boorz, esta é nossa grande desgraça e de toda nossa linhagem, por isso muito me pesa que seja assim, que muitos perderão, que não mereciam, nem a Fortuna reuniu jamais o amor de vós dois, de tal maneira como o vejo, senão para nossa grande desgraça, porque vejo bem que meu primo, que é o melhor homem do mundo e o mais belo, não teme mais que não possa chegar acima de todo o mundo, a não ser que algo o impeça, isto é, a vossa ira. Mas, sem falha, isto pode transtorná-lo de todas as nossas boas venturas, porque certamente, se ele soubesse as palavras que aqui dissestes, não cuido que eu pudesse chegar a tempo, antes que se matasse. Esta é, na minha opinião, desgraça muito grande, quando ele, que é o melhor dos bons, vos ama tanto e vós o odiais.

— Se o odeio, disse a rainha, mortalmente, ele o mereceu bem.

— Senhora, disse Boorz, que vos direi? Certamente nunca vi homem bom que tão longamente amasse por amor que, ao final, não fosse tido por infame; e, se quiserdes ver os feitos antigos dos judeus e dos sarracenos, muito vos poderia mostrar daqueles que a verdadeira história testemunha que foram infamados por mulher. Vede a história do rei Davi: podereis encontrar que tinha ele um filho, a mais bela criatura que Deus formou; ele começou a guerra contra seu pai, por instigação de mulher, e morreu muito vilmente. Assim podeis ver que o mais belo judeu morreu por mulher. E depois podeis ver nessa mesma história que Salomão, a quem Deus deu tanto bom senso, além do que corações mortais podem compreender, e deu-lhe ciência; renegou a Deus por mulher, e foi infamado e decaído. Sansão, que foi o homem mais forte do mundo, recebeu morte por isso. Heitor, o valente, e Aquiles, que de armas e de cavalaria tiveram a glória e o prêmio acima de todos os cavaleiros do tempo antigo, morreram por isso e foram ambos mortos, e mais de cem mil homens com eles; e tudo isto foi por causa de uma mulher que Páris tomou pela força na Grécia. E em nosso tempo mesmo, não há cinco anos que Tristão morreu, o sobrinho do rei Mars, que tão lealmente amou Isolda, a loira, que nunca em sua vida tinha desprezo por ela. Que mais vos direi? Nunca algum homem se apaixonou tanto, que não morresse por isso. E sabei que fareis pior que todas as outras damas fizeram, porque fareis perecer no corpo de um só cavaleiro todas as boas graças pelas quais pode alguém subir em honra terrena e por que seja chamado gracioso, isto é: beleza e proeza, valentia e cavalaria, cortesia. Senhora, todas estas virtudes podeis encontrar em meu senhor tão perfeitamente, que nenhuma falta, porque isto sabeis bem que ele é o mais belo homem do mundo, o mais prudente, o mais valente e o melhor cavaleiro de que se saiba e com isto saiu ele de tão alta linhagem de pai e de mãe, que não conheço no mundo mais cortês do que ele. Mas todo assim como é agora vestido e coberto de todas as virtudes, assim o despojareis vós e o desnudareis. Assim podeis por isso dizer verdadeiramente que tínheis entre as estrelas o sol, isto é, a flor das cavalarias do mundo, entre os cavaleiros de rei Artur e por isso podeis ver, senhora, abertamente, que prejudicareis este reino e muitos outros, como nunca dama fez, pelo corpo de um só cavaleiro; e este é o grande bem que esperamos de vosso amor.

A estas palavras respondeu a rainha e disse a Boorz:

— Se acontecesse agora assim como dizeis, nisto não perderia alguém tanto como eu, porque perderia o corpo e a alma. Assim deixai-me agora em paz, porque desta vez agora não tenho resposta.

— Senhora, disse Boorz, sabei verdadeiramente que não me tereis mais a falar, se antes não me dirigis a palavra.

Então partiu Boorz da rainha e foi a Lancelote, e deu-lhe um conselho puxando-o à parte, longe dos outros:

— Senhor, disse ele, aconselharia muito que saíssemos, porque não é bom demorarmos aqui, me parece.

— Por quê? — disse Lancelote.

— Senhor, senhor, disse Boorz, a rainha já interditou seus aposentos a vós e a mim e a todos que de vossa parte chegarem.

— Por quê? — disse Lancelote — sabeis?

— Sim, disse ele, bem o sei e vo-lo direi, quando estivermos fora daqui.

— Montemos então, disse Lancelote, e me direis o que é, porque muito me tarda saber.

60. Então veio Lancelote a Galvão e disse-lhe:

— Senhor, a nós convém partir daqui, a mim e a toda minha companhia e ir a um assunto que não posso deixar. E quando virdes o rei, saudai-o de minha parte. Dizei-lhe que voltarei o mais cedo que puder.

— Em nome de Deus, disse Galvão, se Deus quiser, não partireis, mas esperareis o rei.

E Lancelote disse que não o faria. Então montou ele e sua companhia, e Galvão o acompanhou bastante e disse-lhe:

— Senhor, haverá neste campo de Camalote proximamente um torneio grande e maravilhoso; cuidai de lá estar, porque poucos serão os cavaleiros do reino de Logres que lá não estarão.

E ele disse que iria, se pudesse estar livre. Então separaram-se, e voltou Galvão a Camalote, magoado de que Lancelote tivesse ido tão cedo. E Lancelote cavalgou tanto, que chegou à floresta de Camalote; e, quando nela entraram, pediu a Boorz que lhe dissesse por que a rainha estava enfurecida.

— Senhor, disse ele, isso vos direi muito bem.

Então começou a contar do lenço que levou no torneio de Wincestre, de que a rainha ficou muito profundamente magoada e disse que nunca mais teria paz com ele. E quando acabou de contar tudo, Lancelote parou e começou a chorar tão sentidamente, que ninguém pôde dele tirar palavra. Depois respondeu:

— Ah! amor! estas são as recompensas por vos servir, porque quem de todo a vós se entrega não pode escapar sem morte, e tal prêmio ofereceis por lealmente amar. Ah! Boorz, meu primo, que tão bem conheceis meu coração como eu, que sabeis que por nada no mundo faltaria a minha dama, por que me não desculpastes diante dela?

— Senhor, disse Boorz, fiz isto o mais que pude, mas ela não quis nunca concordar com o que eu dizia.

— Então aconselhai-me, disse Lancelote, e dizei-me o que poderei fazer, porque, se eu paz não posso achar com ela, não poderia durar muito. Se ela me tivesse manifestado sua má vontade e sua raiva, mais alegremente eu iria, mas de tal modo como agora estou que tenho sua raiva e sua má vontade e não tenho licença de lhe falar, não creio que possa viver longamente, porque dor e raiva me perfuram o coração. Por isso vos digo, meu doce amigo, que me aconselheis, porque não vejo o que possa fazer de mim depois disto que me dissestes.

— Senhor, disse Boorz, se pudésseis deixar de ir lá onde ela está e vê-la, digo-vos verdadeiramente que já não veríeis passar um mês que tivesse ela ficado sem vos ver nem novas vossas tivesse tido, que ela não estivesse muito mais desejosa de vos ver em sua companhia, do que nunca e mais vos desejasse. Sabei em verdade que ela mandaria vos procurar, se soubesse que estivésseis perto ou longe. Por isso vos dou, por direito, conselho de irdes combatendo e guerreando por este reino e acompanhando os torneios que forem marcados. E tendes convosco vossa companhia bela e gentil e grande parte de vossa linhagem, pelo que vos deveríeis muito alegrar, porque vos farão companhia, se vos agradar, em qualquer lugar a que quiserdes ir.

Ele respondeu que este conselho era muito bom, mas de companhia não tinha ele necessidade, porque queria ir só, salvo a companhia de um escudeiro que traria consigo, enquanto lhe agradasse. "Mas vós" — diz ele — "Boorz, vós iríeis logo que vísseis meu corpo ou minha mensagem que vos viesse procurar."

— Senhor, disse Boorz, muito me será grave cousa vos fazer partir assim de nós e ir em tão pobre companhia por este reino; e, se vos acontecesse um mal feito, como saberíamos?

— Não receeis, disse ele, porque quem até agora me ajudou a ter vitória por todos os lugares por onde fui não deixará, por sua graça, que me sobrevenha mal, onde quer que vá; e, se me sobrevier algum mal, sabereis antes que qualquer outro, tende certeza.

61. Então voltou Lancelote a seus companheiros que no campo o esperavam e disse-lhes que lhe convinha ir a um assunto a que não poderia levar grande companhia. Tomou então consigo um escudeiro que tinha nome Anguis e disse-lhe que o seguisse. Ele disse que o faria de muito boa vontade, porque muito se alegrava com isso. Então separou-se deste modo de seus amigos, e eles lhe disseram:

— Senhor, não deixeis de estar à reunião de Camalote, de tal modo que o reconheçamos.

E ele disse que lá estaria, se algum grande impedimento não o detivesse. Então chamou Boorz e disse-lhe:

— Se eu for à reunião, levarei armas brancas, sem outra tintura, assim podereis me reconhecer.

Então separaram-se um do outro e recomendaram-se muito a Deus.

Mas ora deixa o conto a falar deles e volta ao rei Artur.

62. Ora diz o conto que o rei, depois que demorou com Morgana, sua irmã, o quanto lhe agradou, partiu com sua grande companhia. E quando saiu do bosque, cavalgou tanto, que chegou a Camalote. E quando chegou e soube que Lancelote não tinha estado na corte, senão um dia, ficou seu coração em muitos pensamentos, porque lhe parecia que, se Lancelote amava a rainha de louco amor, assim como lhe mostravam, não podia afastar-se tanto da corte, nem voltar-lhe as costas tanto como fazia. Esta era uma coisa que punha o coração do rei mais à vontade e que muito o fazia descrer das palavras que tinha ouvido de Morgana, sua irmã. Entretanto não ficou nunca depois feliz, que não tivesse a rainha mais suspeita que antes pelas palavras que tinha ouvido. No dia seguinte à vinda do rei a Camalote, aconteceu que, à hora da ceia, comia Galvão à mesa com a rainha e muitos outros cavaleiros. Numa câmara ao lado da sala, havia um cavaleiro que tinha nome Avarlão e odiava Galvão de morte e tinha um fruto envenenado, com que cuidava fazer Galvão morrer. Tinha ele opinião de que, se o enviasse à rainha, ela lhe daria antes que a qualquer

outro; e, se ele o comesse, morreria logo. A rainha, que da traição não cuidava, tomou o fruto e deu-o a um cavaleiro que era companheiro da távola redonda e tinha nome Gaeris de Karaeu. E ele que, por muita delicadeza o pegou, por amor da rainha que lhe havia dado, comeu, e assim que lhe passou a garganta, caiu morto repentinamente diante da rainha e de todos aqueles que estavam à mesa. Então levantaram-se todos da mesa e ficaram atordoados com esta maravilha. Quando a rainha viu o cavaleiro morto diante dela, ficou tão abatida com esta desgraça, que não soube que conselho tomar, porque tantos homens bons tinham presenciado, que ela não poderia negar. A notícia chegou ao rei, e disse-lhe um dos cavaleiros que à sala havia comido:

— Senhor, disse o cavaleiro, maravilhas aconteceram agora aqui dentro; a rainha matou um cavaleiro, na maior desventura do mundo. Ele era companheiro da távola redonda e irmão de Mador da Porta.

E contou-lhe a aventura como foi. E o rei persignou-se logo da maravilha que ouviu. Saltou da mesa para saber se era verdade ou não o que ele havia contado, e também foram todos os outros que na sala estavam. E quando o rei chegou à câmara onde estava o cavaleiro morto, disse que muito grande desgraça e muito grande vilania havia a rainha feito, se é que ela fizera por vontade própria.

— Certamente, disse alguém de dentro, por este feito merece ela a morte, se ela sabia verdadeiramente que o fruto de que o cavaleiro morreu estava envenenado.

A rainha não sabia o que dizer, tanto estava perturbada com esta desgraça, e respondeu:

— Deus, isto me pesa cem vezes mais do que convém. Se eu cuidasse que o fruto que lhe dei estava envenenado, não o teria dado por nada do mundo.

— Senhora, disse o rei, seja como for que o tenhais dado, a obra é má e vilã, e receio muito que não sejais mais odiada do que cuidais.

Então disse o rei a todos os que estavam em volta do corpo:

— Senhores, este cavaleiro está morto. É pena. Cuidai fazer ao corpo tão grande honra como se deve fazer a homem tão bom, porque certamente ele era um homem bom e um bom cavaleiro da minha corte, como não vi nunca em minha vida cavaleiro mais leal do que ele. Pesa-me muito mais do que muitas pessoas poderiam imaginar:

Então saiu o rei da câmara e voltou ao grande paço e persignou-se mais de mil vezes pela maravilha do cavaleiro que morreu por desventura. E a rainha foi atrás do rei; depois foi a um prado com grande companhia de donas e donzelas e, assim que ela chegou, começou a fazer grande pranto e disse que Deus a havia esquecido, quando por desventura matou homem tão bom como aquele.

— Assim Deus me ajude, disse ela, quando dei-lhe o fruto para comer não o fiz senão por generosidade.

63. Muito grande pranto fez a rainha pelo que lhe sucedera. E as damas amortalharam o corpo o mais ricamente que puderam e lhe fizeram tão grande honra como deviam fazer a homem tão bom. Assim foi enterrado no dia seguinte à entrada do mosteiro de Santo Estêvão de Camalote. E a tumba era tão bela e rica como se pôde no reino encontrar. Os companheiros da távola redonda, por comum assentimento, puseram o letreiro que dizia: "Aqui jaz Gaeris, o branco, de Karaeu, irmão de Mador da Porta, que a rainha fez morrer por envenenamento." Tais palavras dizia o letreiro que estava sobre a lápide do cavaleiro morto. O rei Artur estava muito triste e todos os que lá estavam sofriam tanto, que pouco falaram a respeito até o torneio.

Mas ora deixa o conto a falar do rei Artur e de sua companhia, e volta a Lancelote, para revelar a causa que o impediu de ir ao torneio que foi feito no campo de Camalote.

64. Nesta parte diz o conto que Lancelote, quando partiu de Boorz e de Heitor, seu irmão, cavalgou no meio da floresta de Camalote, ora adiante, ora atrás e passou muitas noites em casa de um ermitão, a quem se confes-

sou. Este lhe fazia toda honra que podia. Três dias antes da reunião, chamou Lancelote seu escudeiro e disse-lhe:

— Vai a Camalote e traze-me um escudo branco com três bandas oblíquas vermelhas e armaduras inteiramente brancas. Tantas vezes tenho levado tais armas, que, se Boorz for à reunião, poderá facilmente me reconhecer. E o faço mais por ele, que por nenhum outro, porque, de modo algum, queria que me ferisse ou eu a ele.

O escudeiro despediu-se de Lancelote para ir à cidade e trazer as armas, e Lancelote partiu da ermida a sós para ir distrair-se na floresta e não levou nenhuma arma, a não ser a espada. Aquele dia estava muito quente e, pelo calor que Lancelote sentia, apeou, tirou a sela e o freio do animal e atou-o a um carvalho. Depois foi deitar perto de uma fonte e logo dormiu, porque o lugar era agradável e fresco, e tinha sofrido muito com o calor. Aconteceu que os caçadores do rei caçavam um grande cervo e o tinham encurralado na floresta. E veio o cervo à fonte para saciar a sede, porque muito tinha sido caçado de um lado e de outro. E quando o cervo chegou ferido à fonte, um arqueiro que montava um grande cavalo de batalha e vinha muito à frente dos outros, quando chegou perto, preparou-se para o ferir no meio do peito, mas aconteceu que ele errou o cervo, porque ele saltou um pouco antes. Mas o golpe não foi nulo, porque feriu Lancelote no meio da coxa esquerda tão violentamente, que o ferro passou do outro lado e grande parte do cabo da lança. Quando Lancelote se sentiu ferido, saltou muito angustiado e abatido, e viu o caçador que vinha atrás do cervo, tão depressa quanto o cavalo podia, e gritou:

— Debochado, mesquinho, o que vos fiz para que me ferísseis, estando eu dormindo? Sabei que em má hora o fizestes, e certamente má ventura vos trouxe aqui.

Então pegou Lancelote a espada e veio sobre ele, ferido como estava. E quando este o viu vir e reconheceu que era Lancelote, voltou fugindo o mais depressa que pôde. E quando encontrou seus companheiros, disse-lhes:

— Senhores, não vades adiante, se não quereis morrer, porque Lancelote está na fonte e eu o feri com a lança, quando cuidava ferir o cervo. Tenho medo de tê-lo ferido de morte e que ele me siga.

65. Quando os outros ouviram estas palavras, disseram a seu companheiro:

— Muito mal agistes, porque, se ele tiver algum mal e o rei o vier a saber, estaremos todos infamados e seremos exilados. E se o rei nada fizer, ainda assim ninguém nos poderá garantir, senão Deus, contra seus parentes, porque poderiam vir a saber do que ele foi vítima neste caminho.

Então voltaram fugindo pela floresta. E Lancelote, que ficou na fonte muito duramente ferido, tirou a lança da coxa com muita dificuldade e grande dor e viu a chaga profunda e grande, porque a lança era muito larga. Cortou um pedaço da camisa para estancar o sangue que corria abundante. E quando estancou o melhor que pôde, veio a seu cavalo, pôs a sela e o freio e montou com dificuldade e foi à ermida, onde tinha ficado desde que se separara de Boorz. E quando o homem bom o viu tão ferido, ficou muito abatido e perguntou-lhe quem lhe tinha feito aquilo.

— Não sei, disse ele, que velhacos me aprontaram esta, só sei que são da casa do rei Artur.

Então contou como foi ferido e por quê.

— Certamente, disse o homem bom, foi muita desventura.

— Não me importo tanto por mim, disse Lancelote, como por não poder ir desta vez ao torneio de Camalote; já perdi o outro que houve outro dia em Taneburque, por um ferimento que tive naquela época. Isto é o que mais me magoa e me pesa, porque, já que não pude estar no outro, queria muito estar neste.

— Pois que assim é, disse o homem bom, vos convém desistir, porque, se fôsseis, não faríeis nada que vos trouxesse honra, por isso deveis ficar, se confiais em mim.

E ele disse que verdadeiramente ficaria, querendo ou não, porque lhe convinha. Assim ficou Lancelote, por causa daquela chaga. Ficou muito doente e chegou a pensar que ia morrer de desgosto. À noite, quando chegou o escudeiro e o achou tão violentamente ferido, ficou muito aborrecido. E Lancelote pediu-lhe que trouxesse o escudo que havia trazido e a armadura e disse que estava então como lhe convinha. Esteve lá quinze dias inteiros, antes que pudesse cavalgar à vontade.

Deixa ora o conto a falar dele e volta ao rei Artur.

66. Nesta parte diz o conto que o rei Artur, da morte de Gaeris até o torneio, ficou em Camalote. No dia do torneio, poderíeis ver no campo de Camalote tais vinte mil homens, de um lado e de outro, que não havia quem os não considerasse homens bons e bons cavaleiros. E logo que se reuniram, poderíeis ver cavaleiros bater muito. Naquele dia Boorz ganhou o prêmio e todos disseram que a todos os que naquela praça estavam, ele os havia vencido de um lado e de outro. E o rei, que bem o reconheceu, disse-lhe:

— Boorz, eu vos rogo, convém que entreis aqui, e, demoreis ou não, eu vos farei companhia como quiserdes.

— Não irei, de modo algum, disse Boorz, porque meu primo não está lá. Se estivesse, iria, de bom grado, e ficaria tanto tempo quanto lhe agradasse. Deus me ajude, se não cuidasse encontrá-lo nesta reunião, não teria vindo. Ele me disse, quando se separou de mim, na última vez, que viria, salvo impedimento de força maior.

— Ficareis comigo, disse o rei, e esperareis até que ele venha à corte.

— Senhor, disse Boorz, por nada ficaria, porque cuido que o vereis mais tarde que eu.

— Por quê? — disse o rei. Não virá ele aqui? Está magoado conosco?

— Senhor, disse Boorz, não sabereis ora mais por mim. A outro perguntai, se quereis saber a verdade.

— Se conhecesse alguém na minha corte que soubesse, eu lhe perguntaria, disse o rei, mas, como não conheço, me convém suportar e esperar até que venha aquele de quem vos pergunto.

Então partiu Boorz do rei e veio a seu irmão Heitor e a seus companheiros. E Galvão os acompanhou muito tempo e disse a Boorz:

— Muito me maravilha que Lancelote não tenha vindo a esta reunião.

— Certamente, disse Boorz, sei verdadeiramente que está doente ou preso ou que quer que seja, porque, se estivesse em perfeita forma ou livre, sei bem que teria vindo.

Então despediram-se um do outro. Boorz dirigiu-se para o lado onde cuidava achar o rei de Norgales, e disse a seu irmão e a Heitor:

— Não receio senão que meu senhor esteja magoado com a rainha que dele tem raiva. Maldita a hora em que este amor começou, por que receio que muita coisa pior ainda esteja por acontecer.

— Certamente, disse Heitor, se um pouco sei das coisas, vereis ainda entre nossa linhagem e a do rei Artur a maior guerra que nunca vistes por isso.

Então começam a falar de Lancelote a quem mais amavam e por quem tinham muito receio.

67. Galvão, quando se separou deles, cavalgou até que chegou a Camalote e, quando apeou, veio ao paço e disse ao rei:

— Senhor, sabei verdadeiramente que Lancelote está doente, pois não veio a esta reunião. Nada há que tanto quisesse saber, como a verdade a respeito, para saber se está ferido, ou se ficou por causa de outra doença.

— Certamente, disse o rei, se está doente, muito me pesa que não esteja aqui, porque, por sua vinda e daqueles que com ele estão tanto melhora minha casa, que ninguém saberia avaliar o quanto.

Tais palavras disse o rei Artur de Lancelote e da linhagem do rei Bam e ficou lá com grande companhia de cavaleiros.

No terceiro dia depois da reunião, aconteceu que Mador da Porta veio à corte, e não houve alguém tão valente que ousasse dar-lhe a notícia de seu irmão, porque o conheciam como cavaleiro de ânimo tão forte, que sabiam que, assim que soubesse a verdade, não deixaria, por nada, de vingar-se como pudesse. No dia seguinte, aconteceu que foi à matriz de Camalote. E quando viu o túmulo novo que lá haviam posto, pensou logo que era de um dos companheiros da távola redonda e foi saber quem lá estava. E quando viu o letreiro que dizia: "Aqui jaz Gaeris de Karaeu, o irmão de Mador da Porta, que a rainha fez morrer envenenado," então o veríeis abatido e desvairado, porque não podia crer que fosse verdade. Então olhou para trás e viu um cavaleiro da Escócia, que era companheiro da távola redonda e o chamou e esconjurou-o pela fé, que lhe dissesse se era verdade o que lhe ia perguntar.

— Mador, disse o cavaleiro, sei bem o que quereis perguntar. Quereis que vos diga se é verdade que a rainha matou vosso irmão. Sabei que é, como este escrito o testemunha.

— Em verdade, disse Mador, certamente é muita pena, porque era meu irmão muito bom, e tanto o amava de coração, como irmão deve a irmão amar. Assim buscarei a vingança como puder.

Mador fez muito grande pranto por seu irmão e ficou lá até que a grande missa fosse cantada. E quando soube que o rei estava à mesa para comer, afastou-se do túmulo de seu irmão chorando e foi à sala, diante do rei e falou tão alto que todos os que lá estavam o puderam ouvir. E começou deste modo seu arrazoado:

— Rei Artur, se és justo como rei deve ser, assegura meu direito em tua corte, de tal modo que, se ninguém aqui souber o que me demandar, eu farei o direito a teu prazer, e, se eu souber o que demandar a alguém que aqui esteja, cumpre meu direito como a corte o julgar.

O rei respondeu que isto não podia recusar, que dissesse o que queria e ele cumpriria o direito como pudesse.

— Senhor, disse Mador, sou cavaleiro vosso, há quinze anos, e ganhei de vós a terra; ora vos rendo homenagem e devolvo a terra, porque não me agrada agora que tenha mais de vós terra.

Então foi à frente e renunciou a toda terra que tinha do rei. Depois disse:

— Senhor, como rei, quero que façais justiça à rainha que, por traição, matou meu irmão. E se ela o quer negar e desconhecer que traição fez e deslealdade, serei obrigado a convencê-la lutando contra o melhor cavaleiro que ela escolher.

Depois desta fala, houve grande murmúrio na corte e muitos disseram entre si:

— Ora está a rainha em má situação, porque não encontrará quem, por ela, queira lutar contra Mador, porque sabem todos, com certeza, que ela matou o cavaleiro, como é acusada.

E o rei, que estava muito transtornado com esta acusação, que não podia negar o direito do cavaleiro, que significava claramente a destruição da rainha, ordenou que a rainha viesse a sua presença para responder ao que demandava o cavaleiro. E ela veio muito triste e muito abatida, porque sabia bem que não encontraria cavaleiro que por ela entrasse no campo, porque sabiam todos a verdade que ela havia envenenado o cavaleiro. As mesas estavam postas e havia lá grande número de cavaleiros e de altos homens. A rainha entrou cabisbaixa. Parecia mulher muito abatida. Traziam-na de um lado Galvão e do outro, Gaeriete, os mais apreciados em armas da linhagem do rei Artur. Quando ela chegou diante do rei, ele disse:

— Senhora, este cavaleiro vos acusa da morte de seu irmão e diz que o matastes por traição.

Ela levantou a cabeça e disse:

— Onde está o cavaleiro?

E Mador pulou à frente e disse:

— Aqui me vedes.

— Como? — disse ela. Dizeis então que matei vosso irmão à traição e com conhecimento?

— Digo, disse ele, que o fizestes morrer deslealmente e à traição e, se houver aqui cavaleiro tão valente que queira por vós entrar no campo contra mim, estou certo de que o darei por morto ou vencido à noite ou amanhã, ou no dia que esta corte determinar.

68. Quando a rainha viu que ele se oferecia tão valentemente para provar a traição contra o melhor cavaleiro, começou a olhar à volta para ver se alguém se apresentava à frente que da acusação a defendesse, e, quando

viu que ninguém se mexia, antes baixavam os olhos e balançavam a cabeça, ela ficou tão transtornada e revoltada, que não sabia o que fazer nem dizer; entretanto, no meio de toda aquela angústia e grande pavor que tinha, respondeu e disse:

— Senhor, rogo-vos que me assegureis o direito, segundo julgar vossa corte.

— Senhora, disse o rei, o juízo de minha corte é tal que, se reconheceis o fato como foi colocado diante de nós, estais perdida, mas, sem falha, o que não podemos recusar, é que tenhais o prazo de quarenta dias para vos aconselhar a respeito desta causa para saber se, dentro deste prazo, poderíeis achar algum homem bom que por vós entrasse em campo e vos defendesse da acusação.

— Senhor, disse a rainha, poderia eu achar diferente decisão vossa?

— Senhora, disse o rei, não faria nada errado nem por vós nem por outrem.

— Senhor, disse ela, aceito o prazo de quarenta dias, e, no fim, se Deus quiser, acharei algum homem bom que entre em campo por mim; e, se ao quadragésimo dia não encontrar, fazei de mim o que vos aprouver.

E o rei deu-lhe o prazo. E quando Mador viu que a coisa estava neste ponto, disse ao rei:

— Senhor, fazeis justiça para comigo dando à rainha tão longo prazo?

— Sim, disse o rei, isto sabei verdadeiramente.

— Então vou-me embora, disse ele, e no dia acertado estarei aqui. Que Deus defenda meu corpo de morte e de prisão.

— Bem vos digo, disse o rei, se então não cumprirdes o que combinastes, depois não saberíeis reclamar.

E ele disse que assim será, se a morte não o detiver, porque por esta causa não poderia ser retido em nenhuma prisão.

69. Então partiu Mador da corte e saiu fazendo grande pranto por seu irmão que não houve quem o visse que o não tivesse por maravilha. E a rainha ficou tão triste e desamparada, porque ela bem sabia que não encontra-

ria cavaleiro que, por ela, quisesse entrar em campo, se não fosse algum da linhagem do rei Bam, e estes, sem falhas, não lhe faltariam nunca, se lá estivessem, mas ela os havia afastado de todo e podia bem considerar-se infame. Então arrependeu-se tão sentidamente, que não havia nada no mundo, salvo a própria honra, que não fizesse, de boa vontade, para tê-los outra vez ali dentro como tinham estado, não havia ainda muito tempo.

70. No dia seguinte a este julgamento, aconteceu, por volta do meio-dia, que uma nave coberta de ricos tecidos de seda chegou próximo à torre de Camalote. O rei tinha comido com grande companhia de cavaleiros e estava à janela da sala e olhava o rio lá em baixo e estava muito pensativo e triste por causa da rainha, porque bem sabia que ela não teria socorro de nenhum cavaleiro, porque todos tinham visto claramente que ela havia dado o fruto, de que o cavaleiro morrera e, porque o sabiam claramente, não haveria um que ousasse meter-se em aventura de tal empenho. Quando o rei, que nisto pensava, viu chegar nave tão bela e rica, mostrou-a a Galvão e disse:

— Meu sobrinho, vede a mais bela nave que alguma vez já vi. Vamos ver o que tem dentro.

— Vamos! — disse Galvão.

Então desceram do paço e, quando chegaram lá em baixo, viram a nave tão acolhedoramente aparelhada, que se maravilharam todos.

— Por Deus, disse Galvão, se esta nave for tão bela dentro, como é por fora, seria grande maravilha, por pouco não digo que as aventuras recomeçam.

— Outro tanto quero eu dizer, disse o rei.

A nave estava coberta. Galvão levantou um tecido e disse ao rei:

— Senhor, entremos e vejamos o que há dentro.

O rei foi à frente e Galvão atrás. E quando entraram, encontraram no meio da nave um leito muito belo, enfeitado de todas as ricas coisas de que um belo leito pudesse enfeitar-se, e nele jazia uma donzela recentemente morta que tinha sido muito bela e parecia ainda ser. Então disse Galvão ao rei:

— Ah! senhor, não vos parece que foi a morte muito vil e triste quando se meteu no corpo de tão bela donzela como esta?

— Certamente, disse o rei, muito bela parece-me ter sido. É muita pena que tenha morrido nesta idade. E pela sua grande beleza, saberia eu, de boa vontade, quem era e de quem nasceu.

Muito demoradamente a olharam e quando Galvão a viu bem, reconheceu que era a donzela que ele demandou de amores, aquela que disse que não amaria senão Lancelote. Então disse ao rei:

— Senhor, sei bem quem era esta donzela.

— E quem foi ela? — disse o rei. Dizei-me.

— Senhor, disse Galvão, com muito gosto. Lembrai-vos daquela bela donzela de quem vos falei anteontem, aquela de quem vos disse que Lancelote amava de amores?

— Sim, disse o rei, lembro-me bem, dissestes-me que a demandastes de amores, mas ela recusou.

— Senhor, disse Galvão, esta é aquela de quem falamos.

— Certamente, disse o rei, isto me pesa, queria muito saber a causa de sua morte, porque creio que foi morte de dor.

71. Enquanto assim falavam, Galvão olhou ao lado da donzela e viu pender uma pequena bolsa muito rica, que parecia estar meio vazia. Levou a mão e abriu-a e tirou dela uma carta e a entregou ao rei. Ele começou a ler e viu que a carta dizia o seguinte: "A todos os cavaleiros da távola redonda envia saudação a donzela de Escalote. Levo a todos minha queixa, não porque possais algum dia pagar, mas porque vos considero os mais prudentes do mundo e os mais amáveis, faço-vos saber plenamente que, por amar lealmente, cheguei a este fim. E se perguntardes por amor de quem sofri a angústia da morte, eu vos respondo que morri pelo melhor homem do mundo e o mais vilão: Lancelote do Lago, o mais vilão que conheço, porque nunca soube tanto rogar-lhe aos prantos e lágrimas que quisesse de mim ter mercê. Assim foi com meu coração que meu fim chegou, por leal-

mente amar." Tais palavras diziam a carta e quando o rei as leu, ouvindo Galvão a leitura, disse:

— Certamente, donzela, em verdade, podeis dizer que aquele por quem morrestes é o mais vilão cavaleiro do mundo e o mais digno, porque esta vileza que vos fez é tão grande e tão vergonhosa, que todo o mundo deveria censurar, certamente, eu que sou rei e que nisto não devo me meter, de modo algum suportaria que morrêsseis, pelo melhor castelo que tenho.

— Senhor, disse Galvão, ora podeis bem saber que o julguei errado, quando dizia anteontem que ele ficara com dama ou donzela que amava de amores e dissestes verdade que não se dignaria abaixar seu coração para amar donzela de tão baixa posição.

— Então dizei-me, disse o rei, o que faremos com esta donzela, que não sei o que decidir. Ela foi mulher gentil e uma das mais belas donzelas do mundo. Façamos-lhe a grande honra de ser enterrada na matriz de Camalote e ponhamos sobre seu túmulo letreiro que testemunhe a verdade de sua morte. Assim os que vierem depois guardarão a lembrança.

Galvão respondeu que concordava. Enquanto olhava a carta e a donzela, cuja desventura lamentava, os altos homens desceram do paço e foram ao pé da torre para ver o que havia na nave. O rei mandou descobrir a nau, retirar a donzela e levá-la ao paço. Apareceram uns e outros para ver aquela maravilha. O rei começou a contar a Ivã e a Gaeriete a verdade da donzela e como morrera porque Lancelote não quis dar-lhe seu amor. E estes contaram aos outros que muito curiosos estavam. Assim espalhou-se tanto a história de um lado e de outro que a rainha soube tudo como havia acontecido. Isto disse a ela o próprio Galvão:

— Senhora, senhora, ora sei bem que menti a respeito de Lancelote, quando vos disse que ele amava a donzela de Escalote e havia ficado com ela, porque certamente, se ele a amasse de tão grande amor como lhe atribuí, ela não estaria morta e Lancelote teria feito o que lhe pedira ela.

— Senhor, disse ela, calunia-se muito homem bom. É pena porque, muitas vezes, perdem mais do que se pensa.

72. Então partiu Galvão da rainha e ela ficou muito mais triste do que antes chamando-se mulher fraca, mesquinha, pobre de todos os sentidos e disse a si mesma: — "Infeliz, como ousas cuidar que Lancelote fosse inconstante, infiel, que amasse outra mulher além de ti? Por que te consideras traída e vencida? Ora bem vês que todos desta corte te falharam e te desampararam em tão grande perigo de que não podes escapar sem morte, se não encontras quem contra Mador te defenda; a estes falhaste, que nenhum te ajudará, porque eles bem sabem que o erro é teu e a justiça, de Mador, por isso te abandonarão e te deixarão levar à morte vilmente. E ainda, no meio do erro em que estou, meu amigo se foi, o mais leal de todos, aquele que outrora me livrou da morte; sei bem que me livraria ele agora do perigo em que me meti. Ah! Deus, por que não sabe ele agora a grande angústia em que está meu coração por mim e por ele? Ah! Deus, ele não ficará sabendo a tempo, assim me convirá morrer vergonhosamente. Nisto perderá ele tanto, que morrerá de dor, tão logo ouça dizer que terei passado deste mundo, porque nunca homem amou tanto mulher como me amou ele, nem tão lealmente."

73. Assim lamentava-se a rainha e queixava-se e censurava e infamava seu malfeito de ela amar e prezar sobre todos os homens aquele que ela afastou e arredou de sua volta. O rei fez enterrar a donzela na matriz de Camalote e fez uma tumba muito bela e rica e sobre ela mandou pôr o letreiro que diz: "Aqui jaz a donzela de Escalote que, por amor de Lancelote, morreu." As letras eram de ouro e azul muito ricamente feitas.

Mas ora deixa o conto a falar do rei Artur e da rainha e da donzela e volta a Lancelote.

74. Ora diz o conto que tanto ficou Lancelote em casa do ermitão que ficou quase curado da chaga que o

caçador lhe havia feito. Um dia, após a hora de terça, montou seu cavalo, como quem queria ir combater na floresta, partiu da ermida e se meteu por uma trilha. Não tinha cavalgado muito, que achou uma fonte em baixo de duas árvores. Ao lado desta fonte estava deitado um cavaleiro inteiramente desarmado, e tinha suas armas do lado e seu cavalo atado a uma árvore. Quando Lancelote viu o cavaleiro dormindo, pensou que não o acordaria, assim deixou-o repousar e quando acordasse lhe falaria para perguntar-lhe quem era. Então apeou e atou seu cavalo um pouco perto do outro e deitou do outro lado da fonte. Não demorou que o cavaleiro acordou pelo barulho dos dois cavalos que se atacaram. Quando viu Lancelote à sua frente, maravilhou-se muito que ventura o tivesse trazido. Saudaram-se e perguntaram um ao outro como estavam. E Lancelote, que não queria revelar-se, respondeu que era um cavaleiro do reino de Gaunes.

— E eu sou, disse ele, do reino de Logres.

— E de onde vens? — perguntou Lancelote.

— Venho, disse ele, de Camalote, onde deixei o rei Artur com grande companhia de pessoas; mas isto vos digo que há lá mais tristeza do que alegria, por uma aventura que recentemente aconteceu e atingiu a própria rainha.

— À senhora rainha? — perguntou Lancelote. Por Deus, dizei-me o que foi, porque desejo muito saber.

— Eu vo-lo direi, disse o cavaleiro. Não faz muito tempo que a rainha comia num seu aposento e tinha consigo grande companhia de damas e de cavaleiros e eu, sem falha, comia naquele dia com a rainha. Tínhamos comido os primeiros alimentos, quando veio um servo que apresentou um fruto à rainha. Ela o deu a um cavaleiro para comer e este morreu instantaneamente ao pôr na boca o fruto. Um clamor se espalhou e vieram todos ver a maravilha. E quando viram o cavaleiro morto, muitos houve que censuraram a rainha. Enterraram o cavaleiro e não falaram mais a respeito nem nada disseram à rainha. Na outra semana aconteceu que Mador da Porta, que era irmão do cavaleiro, veio à corte e, quando viu o túmulo do irmão e soube da verdade que a rainha o havia feito morrer, veio à presença do rei e acusou a rainha de traição. E a rainha olhou à volta para saber se haveria cavaleiro que viesse à frente para defendê-la, mas não houve um tão valente que quisesse tomar sua defesa. E o rei deu à rainha o prazo de quarenta dias, combinando que, se ao quadragésimo dia não encontrasse a rainha um cavaleiro que por ela entrasse em campo contra Mador, ela seria destruída. Esta é a causa por que os da corte estão mais tristes, porque certamente ela não achará cavaleiro que por ela queira entrar em campo.

— Ora dizei-me, senhor cavaleiro, disse Lancelote, quando a rainha foi acusada como me contastes, não havia nenhum dos homens bons da távola redonda?

— Sim, disse o cavaleiro. Os cinco sobrinhos do rei lá estavam, Galvão, Gaeriete e os outros irmãos e Ivã, o filho do rei Urião e Sagramor, o imoderado, e muitos outros bons cavaleiros.

— E como foi então, disse Lancelote, que suportaram que a rainha fosse desonrada diante deles e não houve quem a defendesse?

— Por Deus, disse o cavaleiro, não houve quem se esforçasse. Fizeram bem, porque não quiseram se desonrar por ela, porque bem sabiam com certeza que ela havia matado o cavaleiro. Seriam desleais, parece-me, se se entregassem em falsa defesa, de propósito deliberado.

— E cuidai que este Mador da Porta venha algum dia à corte por esta causa?

— Sim, creio, disse o cavaleiro. Sei bem que ao quadragésimo dia voltará para seguir a acusação que fez. E acredito que a rainha será infamada, porque não achará tão bom cavaleiro que para defendê-la tome seu escudo.

— Certamente, disse Lancelote, cuido que assim será, porque empregou mal os bens que fez aos cavaleiros estranhos, de modo que não achará quem para defendê-la empreenda esta batalha. Digo-vos que há alguém no mundo que por ela poria seu corpo à morte antes que a jogassem neste perigo. E rogo-vos que me digais quando será o quadragésimo dia.

E ele lhe disse.

— Ora sabei, disse Lancelote, que há um cavaleiro neste reino que não deixaria, pela honra do rei Artur, de estar, nesse dia, na corte e defenderia a rainha contra Mador.

— Digo-vos, disse o cavaleiro, que quem se meter nesta aventura não poderá conquistar nenhuma honra, porque, se ele vencesse a batalha saberiam todos da corte que ele teria ido contra a justiça, por deslealdade.

Deixaram então de falar, que nada mais disseram e assim ficaram lá até hora de vésperas. Então foi o cavaleiro a seu cavalo, montou e despediu-se de Lancelote e o recomendou muito a Deus. Quando o cavaleiro estava um pouco afastado, Lancelote olhou e viu vir um cavaleiro armado e um escudeiro com ele. Olhou tanto que viu que era Heitor de Mares, seu irmão. Ficou muito alegre e foi a seu encontro a pé e gritou-lhe tão alto que ele pôde bem ouvir:

— Heitor, bem-vindo! Que aventura vos trouxe aqui?

E quando Heitor o viu, apeou, tirou seu elmo e retribuiu-lhe a saudação, alegre como nunca, e disse-lhe:

— Senhor, vou a Camalote para defender a rainha contra Mador da Porta que a acusou de traição.

— Ficareis esta noite em minha companhia, disse Lancelote, e até que eu esteja bem curado. E quando chegar o dia da batalha, iremos juntos à corte e então, se o cavaleiro que esta acusação fez não encontrar quem contra ele defenda a rainha, não o encontrará nunca mais.

75. Nisto concordaram ambos. Então montou Lancelote seu cavalo e também Heitor. Foram diretamente à ermida em que Lancelote tanto havia permanecido. Quando o homem bom viu Heitor, fez muito grande alegria por amor de Lancelote e porque o via novamente. Aquela noite ficou Heitor muito curioso por saber quem havia ferido Lancelote; e ele lhe contou tudo como acontecera e ele o teve por grande maravilha, e ficaram lá oito dias até que Lancelote ficasse de todo curado da chaga que o caçador lhe havia feito. E ficou são e de boa saúde como nunca. Então partiu da casa do homem bom e começou a cavalgar pelo reino ele e Heitor e os dois escudei-

ros, tão disfarçadamente, que, com dificuldade, poderiam reconhecer que era Lancelote. Aconteceu um dia que encontraram Boorz que cavalgava e procurava Lancelote para saber onde poder encontrá-lo e, naquela semana, tinha se separado de Leonel, seu irmão, e o havia deixado em casa do rei de Norgales que o havia segurado consigo para lhe fazer companhia. Quando se encontraram então veríeis a alegria maravilhosa que os primos fizeram um ao outro. Então Boorz puxou Lancelote à parte e disse-lhe:

— Já ouvistes as novas de que a rainha está muito inculpada diante do rei?

— Sim, disse ele, já me contaram.

— Senhor, disse Boorz, sabei que muito me maravilha, porque, como não pôde achar quem a defendesse, convirá por toda lei que ela faça as pazes convosco e que um de nós combata contra Mador.

— Certamente, disse Lancelote, ainda que ela me odiasse para sempre, de tal modo que eu não fizesse as pazes com ela, ainda assim não queria que ela fosse desonrada, enquanto eu viver, porque é a dama do mundo que mais me honrou desde que levo armas, assim meter-me-ei em aventura para defendê-la, mas não serei menos ousado do que fui em outra batalha, porque sei verdadeiramente, pelo que ouço dizer, que o erro seria meu e o direito de Mador.

Aquela noite pousaram os primos num castelo que chamavam Alfano. E daquele dia não faltavam mais que quatro dias de prazo. Então disse Lancelote a Heitor e a Boorz:

— Ireis a Camalote e ficareis lá até terça-feira, porque este é o dia da minha dama; entrai e perguntai a minha dama se eu poderia algum dia ter paz com ela. Então vireis atrás de mim, quando tiver ganho a batalha, se prouver a Nosso Senhor que eu tenha essa honra, e então me direis o que tereis sabido dela.

Disseram eles que fariam assim, de boa vontade. De manhã, separaram-se de Lancelote e ele ordenou que não dissessem a ninguém que ele viria à corte.

— Mas para que me reconheçais quando tiver chegado, digo-vos que levarei umas armas brancas e um escudo com uma banda diagonal e assim me reconhecereis lá, onde ninguém saberá quem sou.

Então partiram os dois de Lancelote e ele ficou no castelo na companhia apenas de um escudeiro e fez preparar suas armas do modo como havia dito.

Mas ora deixa o conto a falar dele e volta a Boorz, seu primo.

76. Nesta parte diz o conto que os dois primos, quando se separaram de Lancelote, cavalgaram tanto, que, à hora de noa, chegaram a Camalote. E isto puderam bem fazer, porque Alfano não está senão a quatro léguas de Camalote. Quando apearam e foram desarmados, o rei foi a seu encontro para recebê-los, porque eram eles os dois cavaleiros do mundo que ele mais prezava. Também foram Galvão e todos os homens bons. Receberam-nos com grande honra, como convém a tais cavaleiros receber. Quando a rainha ouviu dizer que haviam chegado, não teve nunca tão grande alegria, como com sua vinda. E disse a uma donzela que com ela estava:

— Donzela, pois que eles vieram, agora estou segura de que não morrerei abandonada, porque são homens tão bons, que meterão seu coração e sua alma na aventura antes que eu receba morte, onde quer que seja. Bendito seja Deus que nesta altura os trouxe, porque senão me aconteceria muita desgraça.

77. Enquanto ela dizia tais palavras, veio Boorz, que estava muito desejoso de falar à rainha. Assim que ela o viu vir, dirigiu-se a ele e disse-lhe que era bem-vindo.

E ele respondeu que Deus lhe desse alegria.

— Certamente, disse ela, alegria não me pode faltar, pois estais aqui. Imaginava estar distante de toda alegria, mas agora sei bem que a recobrarei por Deus e por vós brevemente.

E ele respondeu como se nada soubesse:

— Senhora, como aconteceu que perdestes toda alegria e não a recuperareis senão por Deus e por mim?

— Como, senhor, disse ela, não sabeis o que me aconteceu desde que não me vistes?

E ele respondeu que não.

— Não? — disse ela, eu vos direi o que aconteceu e não vos mentirei em nada.

Então contou a verdade como acontecera, que nada faltou.

— Agora acusa-me Mador de traição, mas não há nenhum cavaleiro tão valente que me defenda contra ele.

— Certamente, disse Boorz, se cavaleiros vos faltam não é nenhuma maravilha, porque falhastes com o melhor cavaleiro do mundo. Não será muito contraditório que vos desprezem, porque fizestes morrer o melhor cavaleiro do mundo, que eu saiba. Agora estou mais satisfeito com esta desgraça que vos aconteceu, como há tempos não estive, porque sabereis e conhecereis que perda tem quem homem bom perde, porque, se ele aqui estivesse, não deixaria, por todo o mundo, de fazer esta batalha contra Mador, ainda sabendo que o erro era seu. Chegastes a tal ponto, ó Deus! que não encontrareis quem se comprometa, quando podeis bem receber toda desonra, parece-me.

— Boorz, disse a rainha, de outro sei que me faltará socorro, mas de vós não, sei bem.

— Senhora, disse ele, Deus me ajude, se em mim encontrardes socorro; porque, depois que me tirastes aquele que amo sobre todos os homens, não vos devo ajudar, mas prejudicar-vos como puder.

— Como? — disse a rainha, eu vô-lo tirei?

— Sim, disse ele, de tal modo que não sei o que se tornou, nem depois que lhe dei notícias de vós, não sei aonde foi nem se está morto.

78. Então ficou a rainha muito contrariada e começou a chorar tão sentidamente e ficou tão pensativa, que não sabia o que aconteceria. E quando falou disse tão alto que Boorz pôde bem ouvir:

— Ah! Deus, por que fui nascer, já que tenho que acabar a vida em tão grande dor?

Então partiu Boorz, que muito se vingou da rainha em palavras. E quando ele saiu da câmara e ela viu que nada encontraria que a confortasse, começou um pranto tão maravilhoso e tão grande como se visse diante de si morta a coisa que mais amava. E disse baixinho: "Doce amigo, bem sei que os da linhagem do rei Bam não me amam, mas somente vós, porque eles me falharam, cuidando que vós falhastes; ora posso dizer que terei vossa falta nesta necessidade."

79. Muito grande pranto fez a rainha e chorou noite e dia, nem nunca cessava sua dor, antes aumentava dia a dia. O rei ficou muito magoado, porque não podia encontrar cavaleiro que por ela entrasse em campo para lutar contra Mador; e disseram alguns que não se meteriam, porque sabiam bem que a rainha estava errada e Mador certo. O rei mesmo falou a respeito com Galvão e disse-lhe:

— Meu sobrinho, rogo-vos, por Deus e por mim, que entreis na batalha contra Mador para defender a rainha do que está acusada.

E ele respondeu:

— Senhor, estou disposto a fazer vossa vontade, desde que me afianceis, como rei, que me aconselhais lealmente, como deve fazer leal cavaleiro, porque sabemos bem que a rainha matou o cavaleiro, de cuja morte é acusada. Eu o vi e muitos outros. Julgai se a posso defender lealmente, porque, se o posso fazer, estou pronto para ir a campo por ela. E se não posso, digo-vos que, ainda que fosse minha mãe, não entraria, porque não nasceu ainda aquele que me torne desleal.

Outra coisa não pôde o rei achar em Galvão nem em nenhum dos homens bons, porque eram tais, sem falha, que não queriam ser desleais nem pelo rei nem por ninguém. O rei ficou muito triste e contrariado. Na noite anterior à batalha, poderíeis ver no paço de Camalote todos os mais altos homens do reino de Logres, porque se reuniram para ver que desfecho daria a rainha à sua batalha. Aquela noite, disse o rei à rainha, muito magoado:

— Senhora, não sei o que vos dizer: todos os bons cavaleiros da minha corte me falharam, pelo que podeis então dizer que amanhã recebereis morte vergonhosa e vil. Como quereria mais ter perdido toda minha terra do que acontecer isto em minha vida, porque nunca amei nada no mundo como vos amei e vos amo ainda!

E quando a rainha ouviu isto, começou a chorar muito sentidamente, e o mesmo fez o rei. E depois que por muito tempo fizeram este pranto, o rei disse à rainha:

— Pedistes alguma vez a Boorz e a Heitor que fossem por vós a esta batalha?

— Certamente, senhor, disse a rainha, não, porque não cuido que fizessem apenas por mim, pois não têm nada de vós, antes são de terra estranha.

— Entretanto, disse o rei, quero que peçais a um e ao outro e, se os dois falharem, então não sei o que dizer, nem sei que conselho dar.

E ela disse que lhes pediria, para saber se poderia encontrar.

80. Então saiu o rei tão triste como nunca. E a rainha mandou chamar Heitor e Boorz que viessem falar-lhe. E logo vieram. Quando a rainha os viu chegar, deixou-se cair a seus pés e disse-lhes chorando:

— Ah! homens gentis, afamados por terem bom coração e serem de alta linhagem, se alguma vez amastes aquele que se chama Lancelote, socorrei-me e ajudai-me nesta necessidade, não pelo meu amor, mas pelo amor dele. Se o não quiserdes fazer, sabei que serei infamada antes de amanhã à noite e vilmente desonrada, porque afinal todos os desta corte me falharam nesta grande necessidade.

Quando Boorz viu a rainha tão angustiada e contrariada, tomou-se de grande piedade, levantou-a do chão e disse-lhe chorando:

— Senhora, não fiqueis mais tão abatida. Se não tiverdes amanhã até hora de terça melhor socorro que o meu, eu sou aquele que por vós entrará na batalha contra Mador.

— Melhor socorro? — disse a rainha, de onde me poderia vir?

— Senhora, disse Boorz, isto não vos direi, mas o que vos digo cumprirei.

Quando a rainha ouviu estas palavras, tornou-se muito alegre, porque na hora pensou que seria Lancelote de quem ele falava que deveria vir socorrê-la. E Boorz partiu então da rainha e com ele Heitor e foram a uma grande câmara, onde dormiam habitualmente, quando vinham à corte.

81. No dia seguinte, à hora de prima, ficou o paço cheio de barões e de cavaleiros que esperavam a vinda de Mador; e tais lá havia que estavam com muito grande receio pela rainha, porque cuidavam que ela não encontraria nenhum cavaleiro para defendê-la. Um pouco depois da hora de prima, chegou Mador e com ele grande companhia de cavaleiros que eram todos parentes. Ele apeou e depois subiu ao paço todo armado, exceto de elmo, escudo e lança. E era grande cavaleiro à maravilha e cheio de tão grande força, que não se conhecia na corte de Artur outro cavaleiro mais forte do que ele. Quando chegou diante do rei, apresentou-se à batalha, como havia feito antes. E o rei respondeu e disse:

— Mador, a questão da rainha deve ser levada a cabo de tal maneira que, se hoje ela não achar quem queira defendê-la, será feito de seu corpo o que a corte julgar. Ficai então aqui até hora de vésperas e, se, dentro deste prazo, não se apresentar quem por ela empreenda esta batalha, estais quite da acusação e ela, inculpada.

E ele disse que esperaria. Sentou-se no meio do paço e todos os cavaleiros seus parentes, à sua volta. A sala ficou tão cheia, que não foi senão maravilha. Mantinham-se tão silenciosos, que nada ouviríeis. E assim ficaram até muito tempo depois de prima.

82. Um pouco antes de terça, aconteceu que Lancelote entrou tão armado que nada faltava do que a cavaleiro convém. Veio de tal modo que não trouxe consigo nem cavaleiro nem servo, e estava armado de umas armas brancas e tinha em seu escudo um banda oblíqua de cor vermelha. Quando chegou à corte, apeou e atou

seu cavalo a um olmo que lá havia e nele pendurou seu escudo. Depois subiu ao paço, sem tirar o elmo e veio de tal modo diante do rei e dos barões, que não houve quem o reconhecesse, salvo Heitor e Boorz. Quando chegou perto do rei, falou tão alto que todos puderam ouvi-lo, e disse ao rei:

— Senhor, vim à corte por uma maravilha que ouvi contar neste reino, porque algumas pessoas me fizeram saber que hoje deve vir um cavaleiro que acusa a senhora rainha de traição. Se for verdade, nunca ouvi falar de tão louco cavaleiro. Isto sabemos bem, privados e estranhos que, em todo o mundo, não há tão corajosa dama como ela e, pelo valor que dela conheço, vim aqui pronto para defendê-la, se houver cavaleiro que de traição a acuse.

83. A estas palavras saltou Mador à frente e disse:
— Senhor cavaleiro, estou pronto a provar que ela, deslealmente e por traição, matou meu irmão.
— E eu estou pronto, disse Lancelote, a defendê-la, porque ela nunca pensou em deslealdade e traição.

E ele não levou em conta esta palavra, e manteve seu compromisso com o rei, e Lancelote também o seu. E o rei os recebeu a ambos. Então disse Galvão ao rei:

— Ora creio bem que Mador entrou em má disputa, porque, pelo modo como seu irmão morreu, juro seguramente, pelo que vi, que ela não pensou em deslealdade nem traição, assim poderia advir-lhe mal, se o cavaleiro não tivesse alguma valentia.

— Certamente, disse o rei, não sei quem é o cavaleiro, mas cuido que terá a honra (de defender a rainha) e eu o quererei bem.

84. Então começou o paço a esvaziar de pessoas. Desceram os grandes e os pequenos e foram para o campo fora da vila, onde faziam costumeiramente as batalhas numa praça muito bela. Galvão pegou a lança do cavaleiro e disse que a levaria ao campo e Boorz, o escudo. Lancelote montou ligeiro e foi até o campo. O rei mandou vir a rainha e disse-lhe:

— Senhora, vedes aqui um cavaleiro que, por vós, se mete em aventura de morte; e sabei que, se for vencido, sereis destruída.

— Senhor, disse ela, Deus seja justo, como verdadeiramente não pensei em deslealdade e traição.

Então pegou a rainha seu cavaleiro e o levou ao campo e lhe disse:

— Senhor, vindes da parte de Deus, que Nosso Senhor vos ajude hoje.

Então lançaram-se os cavaleiros um sobre o outro, deixaram correr os cavalos e se entrechocaram a grande velocidade, como puderam os cavalos levar, e se feriram tão violentamente que nem escudo nem loriga lhes serviram que não fizessem grandes chagas e profundas. Mador voou do cavalo a terra, ficou todo quebrado ao cair, porque era grande e pesado, mas levantou-se logo, como quem não estava nada seguro, porque tinha encontrado para justar um inimigo forte e duro. Quando Lancelote o viu a pé pareceu-lhe que, se o atingisse sem cavalo, seria censurado, então apeou e deixou seu cavalo ir aonde quisesse. Depois puxou a espada, protegeu a cabeça com o escudo e quis atingir Mador onde pudesse e deu-lhe sobre o elmo tão grande golpe, que ficou atordoado, mas defendeu-se o melhor que pôde e deu em Lancelote grandes e seguidos golpes, mas tudo isto não o abateu, porque, logo que passou do meio-dia, Lancelote o trouxe de tal modo, que lhe fez jorrar o sangue do corpo em mais de dez lugares. De tal modo o levou e o golpeou de um lado e de outro, que todos na praça viam que Mador estava por baixo e com a morte chegando, se seu adversário quisesse. Louvaram todos da praça aquele que contra Mador combatia, porque não viam há tempos ninguém tão bom, parecia-lhes. E Lancelote, que bem conhecia Mador e não queria sua morte, porque algumas vezes tinham sido companheiros de armas, viu que o levara a ponto de matá-lo, se quisesse. Teve piedade dele e disse:

— Mador, estás vencido e infamado, se eu quiser, e vejo bem que estás perdido, se a batalha durar mais, por isso aconselho que retires a acusação, antes que mal te aconteça, e farei por ti que a senhora rainha te perdoe o malfeito que lhe causaste e o rei te deixará quite.

85. Quando Mador ouviu a generosidade e a franqueza que ele lhe oferecia, reconheceu então que era Lancelote, ajoelhou-se diante dele, pegou sua espada, segurou-a e disse-lhe:

— Senhor, tomai minha espada, coloco-me inteiramente à vossa mercê e sabei que disso não tenho vergonha, porque certamente, a homem tão bom como vós não poderia comparar-me, bem o mostrastes aqui e em outros lugares.

Então disse ao rei:

— Senhor, vós me enganastes, porque contra mim pusestes Lancelote.

Quando o rei ouviu que era Lancelote, não esperou que saísse do campo, antes saltou adiante e correu para Lancelote e o abraçou armado como estava. E Galvão veio e lhe desenlaçou o elmo. Então poderíeis ver entre eles tão grande alegria que de maior nunca ouvistes falar. A rainha foi declarada quite da acusação que Mador lhe havia feito e, se ela estivera magoada com Lancelote, considerou isto loucura. Um dia aconteceu que a rainha estava só com Lancelote e começaram a falar de diversas coisas até que a rainha lhe disse:

— Senhor, julguei-o erradamente pela donzela de Escalote, porque sei verdadeiramente que, se amásseis de tão grande amor como várias pessoas me contavam, ela não teria morrido.

— Como, senhora, disse Lancelote, morreu esta donzela?

— Sim, certamente, disse a rainha, e jaz no mosteiro de Santo Estêvão.

— Por Deus, disse ele, é pena, porque era muito bela, pesa-me, Deus me ajude.

Tais palavras e outras diziam juntos. E se Lancelote havia antes amado a rainha, e amou-a então mais que nunca e ela também a ele e se conduziram tão loucamente, que vários o souberam verdadeiramente. Galvão mesmo o soube abertamente e também seus quatro irmãos. Aconteceu um dia que estavam todos os cinco no meio do paço e falavam disso muito particularmente; e Agravaim estava mais angustiado que os outros. Enquanto falavam a respeito, veio o rei, que saía da câmara da rainha. Quando Galvão viu, disse a seus irmãos:

— Calai-vos, vede aqui o rei.

E Agravaim respondeu que não se calaria por ele. O rei ouviu bem esta fala e disse a Agravaim:

— Meu sobrinho, dizei-me de que falais tão alto.

— Ah! disse Galvão, por Deus, deixai. Agravaim está mais aborrecido do que deveria. Não vos preocupeis em saber, porque nenhum proveito vos poderia advir nem a vós nem a nenhum homem bom.

— Em nome de Deus, disse o rei, quero saber.

— Ah! senhor, disse Gaeriete, isso não poderia ser de modo algum, porque no que diz não há senão lenda e mentira a mais desleal do mundo. Por isso vos aconselharia que, como meu senhor, deixásseis de perguntar.

— Por minha honra, disse o rei, não farei, antes vos exijo, sob o juramento que me fizestes, que me digais o que estáveis agora discutindo.

— Maravilha é que vós, disse Galvão, sejais tão zeloso e curioso de saber novas. Certamente, ainda que devêsseis vos magoar comigo e expulsar-me pobre e exilado deste vosso reino, não vos diria, porque, acreditai, tudo isto é a maior mentira do mundo e poderiam advir tais males como nunca em vosso tempo houve.

Então o rei ficou mais contrariado que antes, e disse que ou saberia ou os mandaria a todos destruir.

— Por Deus, disse Galvão, se Deus quiser, por mim não o sabereis, porque no fim ganharia vosso ódio. E não haveria ninguém, nem eu nem outrem, que não se arrependesse.

Saiu então da sala e o mesmo fez Gaeriete; e o rei os chamou muitas vezes, mas não quiseram voltar, antes ficaram tristes e nada disseram entre si, senão que foi mal começada esta empresa e que, se o rei o soubesse e combatesse contra Lancelote, a corte seria destruída e infamada, porque Lancelote teria em sua ajuda toda a força de Gaula e de muitos outros reinos.

86. Assim foram os dois irmãos tão tristes que não sabiam o que deviam fazer. O rei, que ficou com os outros sobrinhos, levou-os a uma câmara perto do jardim. Quando entraram, fechou a porta e falou com eles e os conjurou, pela fé que lhe deviam, que lhe dissessem o que lhes perguntasse. E primeiramente perguntou a Agravaim. E ele disse que não diria, que perguntasse aos outros. E eles disseram que não falariam.

— Já que não quereis contar, disse o rei, ou me matarei ou vos matarei.

Correu a pegar uma espada que estava sobre um leito, puxou-a da bainha, veio a Agravaim e disse que o mataria, sem falha, se não lhe dissesse o que estava desejoso de saber. Levou-a ao alto para o ferir no meio da cabeça. E quando ele viu que o rei estava muito decidido, gritou:

— Ah! senhor, não me mateis. Eu vo-lo direi. Eu dizia a Galvão, meu irmão, e a Gaeriete e a meus outros irmãos, que aqui vedes, que eles eram desleais e traidores por suportarem tão longamente a desonra que Lancelote do Lago vos faz.

— Como, disse o rei, Lancelote me faz desonra? Do quê? Dizei-me, porque dele não esperei nunca que buscasse minha desonra, porque o tenho todos os dias tanto honrado e querido, que não deveria, de modo algum, fazer minha infâmia.

— Senhor, disse Agravaim, ele vos é tão leal que vos faz desonra da rainha, vossa mulher, que ele conheceu carnalmente.

Quando o rei ouviu estas palavras, mudou de cor e empalideceu, e disse:

— Isto é grande maravilha.

Então começou a pensar e não disse palavra muito tempo.

— Senhor, disse Morderete, nós o escondemos quanto pudemos de vós; mas agora convém que a verdade seja conhecida e que vos digamos. E de tanto que vos escondemos, fomos perjuros e desleais para convosco, agora nos quitamos. Se vos dizemos, é seguramente assim, agora cuidai que esta desonra seja vingada.

A respeito disso, ficou o rei pensativo e triste e em tão má situação que não soube o que devia fazer. Quando falou, disse:

— Se algum dia me amastes, fazei com que os pegueis em flagrante e, se não tomar vingança como se deve fazer a traidor, não quero mais levar coroa.

— Senhor, disse Guerrees, aconselhai-nos, porque é algo que causa muito temor levar à morte homem tão bom como Lancelote, porque é forte e destemido e sua linhagem é poderosa, pelo que acontecerá que, isso sabei-o bem, se Lancelote morrer, a linhagem do rei Bam começará contra vós guerra tão grande e tão maravilhosa, que os mais poderosos de vosso reino terão muita dificuldade em mantê-la. E vós mesmo, não o queira Deus, podereis ser morto, porque desejarão mais vingar Lancelote do que garantir-se.

— Comigo, disse o rei, não vos preocupeis, mas fazei o que vos disse, que sejam pegos juntos, se puderdes. Isso vos exijo, sob juramento que me fizestes quando vos tornastes companheiros da távola redonda.

E eles prometeram que fariam, pois que ele estava tão desejoso, garantiram os três. Depois saíram da câmara e foram ao paço.

87. Naquele dia ficou o rei mais pensativo do que costumava e parecia que estava magoado. À hora de noa, chegou Galvão e Gaeriete com ele, e, quando viram o rei, perceberam que lhe haviam contado as novas de Lancelote, por isso não o procuraram, mas foram à janela do paço. A sala estava silenciosa e quieta. Não havia quem ousasse dizer palavra, porque viram que o rei estava enfurecido.

Neste momento entrou um cavaleiro todo armado, que disse ao rei:

— Senhor, trago-vos novas do torneio de Karaeu. Os do reino de Sorelois e da Terra Gasta perderam tudo.

— E houve, disse o rei, algum cavaleiro daqui?

— Houve, sim; Lancelote esteve lá, que traz o prêmio de um lado e de outro.

O rei abaixou a cabeça ao ouvir estas novas e começou a pensar. Depois que pensou bastante, levantou-se e disse alto, que todos puderam ouvir:

— Ah! Deus, que dor e que pena quando em tão bom homem se instalou a traição!

O rei entrou em sua câmara e deitou no leito todo pensativo, porque bem sabia que, se Lancelote fosse pego e recebesse morte, nunca tão grande tormento teria acontecido em seu reino pela morte de um só cavaleiro. No entanto era melhor que ele morresse do que sua desonra não ser vingada diante dele. Então mandou que viessem os três sobrinhos e, quando chegaram, disse-lhes:

— Senhores, Lancelote logo virá do torneio. Ensinai-me, pois, como se poderá surpreendê-lo no caso que me revelastes.

— Na verdade, disse Guerrees, não sei.

— Em nome de Deus, disse Agravaim, eu vos ensinarei bem. Fazei saber a todos os vossos servos que ireis de manhã ao bosque e dizei a todos os cavaleiros que vão convosco, menos Lancelote; sei bem que, assim que estiverdes no bosque, ele virá deitar com a rainha, e nós ficaremos para saber a verdade. Estaremos a postos numa câmara e os prenderemos e os vigiaremos até que volteis.

E o rei concordou de boa vontade com isto.

— Mas cuidai, disse, que ninguém o saiba antes que seja feito o que decidistes.

A este conselho sobreveio Galvão e, quando ele os viu falar tão sigilosamente, disse ao rei:

— Senhor, queira Deus que este conselho não vos traga senão bem, porque dele espero mais mal a vós que a outrem. Agravaim, meu irmão, rogo-vos que não comeceis algo que não possais acabar e não digais nada de Lancelote, se não souberdes verdadeiramente, porque ele é o melhor cavaleiro que alguma vez vistes.

— Galvão, disse o rei, ide daqui, porque sois um homem em quem não confiarei nunca, pois mal vos comportastes comigo, que sabíeis de minha desonra e a suportastes e não me fizestes saber.

— Certamente, disse Galvão, nunca minha traição vos causou mal.

Então saiu da câmara e viu Gaeriete e disse-lhe:

— Agravaim contou ao rei o que não ousávamos dizer. Sabei verdadeiramente que mal lhe advirá por isso.

— Convém, disse Gaeriete, que não me meta. Tão bom homem é Lancelote, que não será por mim acusado desta vileza. Deixemos Agravaim fazer o que começou. Se sobrevier bem, que o colha; se, mal, não poderá dizer que foi por nós.

88. Então saíram e foram à casa de Gaeriete. Enquanto desciam à vila, encontraram Lancelote e seus companheiros. Tão longe como se viram, fizeram grande alegria.

— Senhor Lancelote, disse Gaeriete, peço-vos um dom.

E ele concordou de boa vontade, se fosse algo que pudesse fazer.

— Muito obrigado, disse Gaeriete, quero que vos hospedeis hoje comigo, e vossa companhia também. E sabei que o faço mais para vosso proveito que por vosso aborrecimento.

Quando Lancelote ouviu estas palavras, concordou, e desceram à casa de Gaeriete, assim como estavam. Então saíram os escudeiros e os servos para desarmar Lancelote e aqueles que tinham chegado do torneio. E quando foi hora da ceia, foram à corte todos juntos, porque muito amavam Lancelote. Muito maravilhou-se Lancelote, quando entrou, de que o rei, que tão bem o costumava acolher, não lhe dissesse, desta vez, palavra, antes voltasse seu rosto para outro lado, assim que o viu chegar. Não imaginou que o rei estivesse irado com ele, porque não cuidava que o rei tivesse ouvido tais notícias que lhe haviam sido ditas. Sentou-se com os cavaleiros e começou a divertir-se não como costumava, porque viu o rei pensativo. Depois da ceia, quando as toalhas foram tiradas, o rei convidou os cavaleiros para ir caçar na floresta de Camalote no dia seguinte de manhã, então disse Lancelote ao rei:

— Senhor, vós me tereis por companheiro nesta jornada.

— Senhor, disse o rei a Lancelote, podeis bem ficar desta vez, porque tenho tantos outros cavaleiros, que passaria bem sem vossa companhia desta vez.

Então percebeu Lancelote que o rei estava enfurecido com ele, mas não sabia por quê. Pesava-lhe muito.

89. À noite, quando foi hora de dormir, Lancelote partiu com grande companhia de cavaleiros e, quando chegaram à sua hospedagem, Lancelote disse a Boorz:

— Vistes a cara que o rei Artur fez para mim? Cuido que está com raiva de alguma coisa.

— Senhor, disse Boorz. Sabei que ele ouviu coisas a respeito de vós e da rainha. Ora cuidai o que fareis, porque entramos numa guerra sem fim.

— Ah! disse Lancelote, quem será que ousou falar de nós?

— Senhor, disse Boorz, se foi algum cavaleiro, foi Agravaim; se mulher, foi Morgana, a irmã do rei Artur.

Muito falaram aquela noite os dois primos a respeito disso. No dia seguinte, quando amanheceu, disse Galvão a Lancelote:

— Senhor, eu e Gaeriete iremos à floresta. Quereis ir conosco?

— Não, disse Lancelote, ficarei, porque não tenho muita vontade de ir.

Galvão e Gaeriete foram com o rei à floresta. E logo que o rei partiu, a rainha chamou um mensageiro e o enviou a Lancelote, que ainda dormia, e mandou dizer-lhe que de modo algum deixasse de vir a ela. Quando Lancelote recebeu a mensagem, ficou muito alegre e disse que ele voltasse, porque ele iria. Então vestiu-se e aprontou-se e pensou como poderia ir o mais escondidamente de modo que ninguém o soubesse. Aconselhou-se com Boorz e este rogou-lhe, por Deus, que não fosse:

— Se fordes, mal vos sobrevirá, que meu coração, que nunca teve medo por vós, o diz:

E Lancelote disse-lhe que não deixaria de ir, de modo algum.

— Senhor, disse Boorz, pois que vos agrada ir, eu vos ensinarei por onde ireis. Vedes aqui um jardim que se estende até a câmara da rainha. Entrai nele. Nele encontrareis o caminho mais silencioso e afastado de pessoas que eu conheço. Peço-vos, por Deus, que não deixeis, de modo algum, de levar vossa espada.

Então fez Lancelote como Boorz lhe havia ensinado. Meteu-se na trilha do jardim que se estendia até a casa do rei Artur. Quando Lancelote aproximou-se da torre, Agravaim, que havia colocado espiões por toda parte, soube bem que ele vinha, porque um dos jovens servos lhe havia dito:

— Senhor, por lá vai o senhor Lancelote.

E ele ordenou-lhe que se calasse. Então Agravaim foi a uma janela que dava para o jardim e viu Lancelote que ia com muita pressa para a torre. Agravaim, que tinha consigo grande companhia de cavaleiros, levou-os à janela, mostrou-lhes Lancelote, e disse:

— Vede-o lá. Agora cuidai, quando estiver na câmara, que não vos escape.

E eles disseram que não havia como escapar, porque o surpreenderiam todo nu. E Lancelote, que da vigilância não desconfiava, chegou à porta da câmara que se abria para o lado do jardim, abriu-a e entrou e foi de câmara em câmara até que chegou onde a rainha o esperava.

90. Quando Lancelote estava dentro, fechou a porta atrás de si, como se aventura fosse que não devesse lá ser morto. Então descalçou-se e despiu-se e deitou com a rainha. Mas não demorou muito que aqueles que o vigiavam para pegá-lo chegaram à porta da câmara. Quando a encontraram fechada, não houve quem não ficasse completamente transtornado; então souberam bem que haviam falhado no que queriam fazer. Perguntaram a Agravaim como entrariam. E ele lhes ensinou a quebrar a porta, porque de outro modo não entrariam. E eles empurraram e bateram tanto, que a rainha ouviu e disse a Lancelote:

— Doce amigo, estamos traídos.

— Como? senhora, diz ele, o que é isto?

Então escutou e ouviu na porta muito barulho de gente que queria quebrá-la à força, mas não podia.

— Ah! doce amigo, disse a rainha, agora estamos infamados e mortos. Agora saberá o rei o caso vosso e meu. Este ardil nos armou Agravaim.

— É verdade, disse Lancelote; senhora, não vos importeis, porque tem sua morte marcada. Será o primeiro a morrer.

Então saíram ambos do leito e aprontaram-se o melhor que puderam.

— Ah! senhora, disse Lancelote, tendes aqui dentro loriga ou outra armadura, com que possa proteger meu corpo?

— Certamente, disse a rainha, nenhuma, antes é a desgraça tão grande que nos é necessário morrer. Pesa-me, Deus me ajude, mais por vós que por mim, porque muito maior será a desgraça de vossa morte do que da minha, por isso, se Deus quiser permitir que escapeis são e disposto, saberei bem que ainda não nasceu aquele que, por este malfeito me ousasse entregar à morte, porque saberia que estais vivo.

Quando Lancelote ouviu isto, dirigiu-se à porta como quem nada temia, antes gritou para aqueles que à porta batiam:

— Maus e covardes cavaleiros, esperai-me, porque vou abrir a porta, para ver quem virá à frente.

Tirou então a espada e abriu a porta e disse que viessem. Um cavaleiro que tinha nome Tanaguém, que odiava Lancelote mortalmente, meteu-se à frente dos outros e Lancelote, que estava com a espada levantada, feriu-o tão violentamente, no que meteu toda a força, que o elmo nem a coifa de ferro não impediram que o perfurasse até os ombros; retirou então a espada fazendo força de lado sobre ela, e abateu-o morto a terra. Quando os outros o viram tão disposto, não houve quem não recuasse, de modo que a entrada ficou vazia. Vendo isto, Lancelote disse à rainha:

— Senhora, esta guerra está acabada. Quando vos agradar, irei, que, já por alguém que por aí esteja, não deixarei de ir.

A rainha disse que queria que ele fosse a salvo, acontecesse a ela o que acontecesse. Então Lancelote observou o cavaleiro que havia matado, que estava caído à porta da câmara do lado de dentro. Puxou-o para si e fechou a porta. Desarmou-o e armou-se o melhor que pôde. Então disse à rainha:

— Senhora, já que estou armado, deveria ir com segurança, queira Deus.

Ela disse que fosse, se pudesse. Ele veio à porta, abriu-a, e disse que não o pegariam nunca. Então saltou sobre todos eles, espada em punho, e feriu o primeiro que encontrou e o lançou por terra estendido, de tal modo que não pôde levantar-se. Quando os outros viram isso, afastaram-se e fugiram todos os mais valentes. Vendo que o haviam deixado, meteu-se pelo jardim e foi à sua hospedagem e encontrou Boorz, que muito temia que ele não voltasse livre, porque bem lhe dizia o coração que os da linhagem do rei Artur o haviam vigiado para de algum modo o prenderem. Quando Boorz viu vir seu senhor todo armado, que tinha ido desarmado, percebeu bem que havia acontecido luta. Veio a seu encontro e perguntou-lhe:

— Senhor, que aventura vos fez armar?

E ele contou-lhe como Agravaim e seus dois irmãos o haviam espionado, porque o queriam pegar em flagrante com a rainha e tinham levado junto grande cavalaria.

— E teriam de fato pego, pois não desconfiava da espionagem, mas defendi-me valentemente, e tanto fiz, com a ajuda de Deus, que escapei.

— Ah! senhor, disse Boorz, agora está pior que antes, porque está descoberta a coisa que tanto tínhamos escondido. Ora vereis a guerra começar que nunca acabará, enquanto vivermos, porque, se o rei vos amou até agora mais que a nenhum cavaleiro, tanto mais vos odiará, logo que souber que lhe fazíeis tanto mal como o de desonrá-lo com sua mulher. Convém que avalieis bem o que faremos, porque bem sei que o rei será doravante nosso inimigo mortal. Mas pela rainha, que por vós será condenada à morte, pesa-me demais, Deus me ajude. Queria bem, se pudesse ser, que encontrássemos um modo de que ela ficasse livre desta questão e tivesse seu corpo a salvo.

91. A este conselho, chegou Heitor. Quando soube que a coisa estava neste pé, ficou tão triste a mais não poder e disse:

— O melhor que vejo é que partamos daqui e entremos naquela floresta de modo que o rei, que agora lá está, não nos encontre. E quando a rainha for julgada, asseguro-vos que a levarão fora para a queimarem, então a socorreremos, queiram ou não aqueles que à morte cuidarão tê-la levado. Quando a tivermos conosco, poderemos ir fora deste reino e iremos para o reino de Benoic ou ao de Gaunes e, se pudermos tanto fazer, que a levemos a salvo, não recearemos o rei Artur nem toda sua força.

Com este conselho concordaram Lancelote e Boorz. Fizeram então montar cavaleiros e servos, e eram trinta e oito, ao todo, e saíram, logo que puderam, da vila e se meteram na orla da floresta, lá onde sabiam que era mais espessa, para que fossem menos notados até a noite. Então chamou Lancelote um seu escudeiro e disse-lhe:

— Vai rápido a Camalote e faze de modo que saibas novas da senhora rainha e o que querem fazer com ela e se a condenaram à morte e então volta depressa para nos contar, porque, por pena e trabalho que devamos ter em socorrê-la, não saberia permitir a nosso poder que morresse.

Então deixou o escudeiro Lancelote, e foi sobre seu rocim, pelo caminho mais curto que pôde, a Camalote e tanto fez, que chegou à corte do rei Artur.

Mas ora deixa o conto de falar dele e volta aos três irmãos de Galvão, quando Lancelote partiu deles, quando o acharam na câmara da rainha.

92. Ora diz o conto que, no momento em que Lancelote separou-se da rainha e escapou daqueles que imaginavam prendê-lo, eles foram à porta da câmara, depois que viram que ele havia partido, entraram na câmara e prenderam a rainha e lhe fizeram desonra e afronta muito mais do que deviam e disseram que agora era coisa provada e que ela não podia escapar sem morte. Muito lhe fizeram desonra e ela agitava-se tão triste e chorava tão

sentidamente que bem deviam ter dela piedade os cavaleiros felões. À hora de noa chegou o rei do bosque e, quando apeou na corte, logo teve notícia de que a rainha tinha sido pega com Lancelote. Ficou muito triste o rei e perguntou se Lancelote tinha sido preso.

— Senhor, disseram eles, não, porque se defendeu tão valentemente como nunca ninguém o fez.

— Já que aqui não está, disse o rei Artur, nós o encontraremos em sua casa. Ora mandai um grande número armar-se. Ide prendê-lo, e quando o tiverdes preso, voltai. Farei justiça dele e da rainha juntos.

Então foram armar-se até quarenta cavaleiros, não tanto por vontade própria, mas porque lhes convinha fazer, porque o rei o havia ordenado da própria boca. Quando chegaram à casa de Lancelote, não o acharam; não houve cavaleiro que não ficasse muito contente, porque sabiam bem que, se fosse encontrado e o quisessem prender à força, não lhes faltaria combate grande e cruel. Então voltaram ao rei e disseram que com Lancelote haviam falhado, porque tinha partido, tempo havia, e consigo havia levado todos os seus cavaleiros.

Quando o rei isto ouviu, disse que não lhe parecia bem, e, porque assim era que de Lancelote não se podia vingar, vingar-se-ia da rainha, de tal maneira que para sempre seria lembrada.

— Senhor, disse o rei Iom, o que desejais fazer?

— Desejo, disse o rei, que deste malfeito que ela me aprontou se lhe faça grande justiça. E eu vos ordeno, disse ele, antes de tudo, porque sois rei, e aos outros barões que aqui estão, depois, e exijo, sob o juramento que me fizestes, que julgueis de que morte ela deve morrer, porque sem morte não pode escapar, e, ainda que vós decidísseis que não devesse morrer, morrerá ela.

— Senhor, disse o rei Iom, não é uso nem costume neste reino que, depois de noa, se faça julgamento de morte de homem ou de mulher. Amanhã cedo, se nos convencermos a fazer julgamento, nós o faremos.

93. Nisto deixou o rei Artur a palavra e ficou tão triste como nunca; à noite não bebeu nem comeu, nem

quis mais que a rainha fosse trazida à sua presença. De manhã, à hora de prima, quando os barões se reuniram no paço, disse o rei:

— Senhor, o que se deve fazer com a rainha, por justiça?

— E os barões se fecharam em conselho; perguntaram a Agravaim o que se devia fazer, e aos outros dois irmãos. E eles disseram que julgavam que ela deveria morrer infamada, porque havia feito muito grande deslealdade, quando no lugar do rei, que tão bom homem era, havia deixado deitar outro cavaleiro:

— E dizemos, por justiça, que por isso está condenada à morte.

Com isto concordaram uns e outros, por força, porque viram bem que o rei o queria. Galvão, quando viu que o julgamento estava assim encaminhado, que a morte da rainha estava decidida, disse que, se Deus quisesse, já esta dor não suportaria de ver morrer a dama do mundo que lhe tinha trazido a mais alta honra. Então veio Galvão ao rei e disse-lhe:

— Senhor, eu vos entrego tudo o que de vós tenho, e nunca mais em nenhum dia de minha vida vos servirei, se esta deslealdade suportardes.

O rei não lhe respondeu palavra pelo que ele disse, porque de outra coisa cuidava. Saiu então da corte Galvão e foi diretamente a sua casa, tão grande pranto fazendo, como se visse diante de si a morte de todo o mundo. E o rei ordenou a seus servos que fizessem no campo de Camalote uma fogueira grande e maravilhosa, onde a rainha fosse colocada, porque de outra forma não devia morrer rainha que deslealdade faz, pois ela é sagrada. Então levantou-se um clamor e um murmúrio pela cidade de Camalote e fizeram tão grande pranto como se a rainha fosse sua mãe. Aqueles a quem foi mandado fazer a fogueira fizeram-na tão grande e tão maravilhosa, que todos da cidade a puderam ver. O rei ordenou que trouxessem a rainha à frente. Ela veio chorando muito, e veio usando um vestido de tecido vermelho, cota e manto. Era tão bela dama e tão graciosa que, em todo o mundo, não achariam outra tão bela e graciosa em sua idade. Quando o rei a viu, teve dela tão grande piedade, que não a pôde olhar, antes ordenou que a levassem de sua frente e que executassem o que a corte havia decidido em julgamento. E eles a levaram fora do paço e a conduziram pelas ruas abaixo.

Quando a rainha foi levada da corte e os da cidade a viram vir, ouviríeis então gente gritar de todos os lados:

— Ah! dama generosa sobre todas as outras e mais cortês que ninguém, onde encontrarão doravante os pobres piedade? Ah! rei Artur, que causaste sua morte por tua deslealdade, possas ainda te arrepender, e possam aqueles que isto provocaram morrer de vergonha!

Tais palavras diziam aqueles da cidade que iam atrás da rainha chorando tanto como se estivessem fora de si. E o rei ordenou a Agravaim que tomasse quarenta cavaleiros e fosse guardar o campo onde a fogueira estava acesa, para que, se Lancelote viesse, não tivesse força contra eles.

— Senhor, quereis então que eu vá?

— Sim, disse o rei.

— Então ordenai a Gaeriete que venha conosco.

O rei ordenou e ele disse que nada faria. Então o rei o ameaçou tanto, que ele prometeu ir. Foi então pegar suas armas e os outros também. E quando estavam armados e saíram da cidade, observaram que eram bem oitenta.

— Ora, Agravaim, disse Gaeriete, cuidais que tenha vindo para combater Lancelote, se ele vier salvar a rainha? Sabei que não combaterei contra ele, antes queria mais que ele a tivesse todos os dias de sua vida do que morrer ela aqui.

94. Isto iam falando Agravaim e Gaeriete, quando se aproximaram da fogueira. E Lancelote, que estava emboscado na entrada da floresta com os seus, assim que viu seu mensageiro chegar, perguntou-lhe que novas trazia da corte do rei Artur.

— Senhor, disse ele, más, porque a senhora rainha foi condenada à morte e vereis lá a fogueira que está pronta para queimá-la.

— Senhores, disse ele, é hora de avançar, porque quem a cuida fazer morrer assim morrerá. Ora queira Deus que, se alguma vez ouviu prece de pecador, que eu traga primeiramente Agravaim, que isto me aprontou.

Então olhou quantos cavaleiros com ele estavam, e achou que eram trinta e dois ao todo. Cada um montou seu cavalo e pegou escudo e lança, e foram em direção à fogueira. Quando os que estavam perto os viram chegar, gritaram todos juntos:

— Vede aqui Lancelote! Fugi! Fugi!

E Lancelote, que vinha à frente de todos, foi na direção em que viu Agravaim, e gritou-lhe:

— Covarde, traidor, chegou vosso fim. Então feriu-o Lancelote tão violentamente, que nenhuma armadura impediu que lhe enfiasse no meio do corpo a lança. Atingiu-o bem como aquele que tem bastante ânimo e força. Abateu-o do cavalo a terra e, ao cair, quebrou sua lança. E Boorz, que vinha tão depressa quanto o cavalo o podia trazer, gritou a Guerrees que se guardasse dele, porque o desafiava de morte, então conduziu para ele o cavalo e o feriu tão duramente, que nenhuma armadura impediu que lhe metesse o ferro pelo peito. Abateu-o do cavalo a terra tão acabado, que não teve necessidade de mestre. E os outros meteram mão às espadas e começaram o combate. Quando Gaeriete viu os dois irmãos abatidos, não pergunteis se ficou enfurecido, porque bem cuidava que estavam mortos. Então dirigiu-se a Meliaduz, o negro, que muito se esforçava para ajudar Lancelote e para vingar a condenação da rainha. Feriu-o tão duramente, que o abateu no meio da fogueira; depois meteu mão à espada, como quem era de grande valentia, e feriu um outro cavaleiro que abateu no meio da praça, aos pés de Lancelote. E Heitor, que bem se cuidava, viu Gaeriete e disse a si mesmo: "Se este viver mais tempo, poderá nos prejudicar muito, porque é muito valente, convém mais matá-lo do que vir ele a fazer-nos pior do que já fez." Então deixou Heitor correr o cavalo e foi contra Gaeriete com a espada em riste, e o feriu tão duramente, que fez voar o elmo fora da cabeça. E quando ele sentiu sua cabeça desarmada, ficou todo desamparado; e Lancelote, que ia percorrendo as fileiras não o reconheceu; assim o feriu tão duramente pelo meio da cabeça que a fendeu até os dentes.

95. A este golpe, fugiram os cavaleiros do rei Artur, logo que viram Gaeriete cair, mas aqueles que os seguiam os traziam tão apertados que, de todos os oitenta, não ficaram senão três. Um era Morderete e os outros dois eram da távola redonda. E quando Lancelote viu que não havia mais ninguém da casa do rei Artur, e que nada o impedia, foi à rainha e disse-lhe:

— Senhora, o que farão de vós?

Ela respondeu como aquela que estava feliz desta aventura que Deus lhe havia enviado:

— Senhor, queria bem que me levásseis a salvo em tal lugar, onde o rei Artur não tivesse poder.

— Senhora, disse Lancelote, montai vosso palafrém e vinde conosco a esta floresta e lá tomaremos conselho do que vos será bom.

E ela concordou.

96. Então a montaram sobre o palafrém e foram para a floresta, onde a viram mais espessa. Quando estavam bem no meio, olharam se estavam todos, e viram que tinham perdido três companheiros. Então perguntaram um ao outro o que lhes havia acontecido.

— Em verdade, disse Heitor, vi morrerem três que Gaeriete matou com suas mãos.

— Como? — disse Lancelote, estava então Gaeriete neste combate?

— Sim, disse Boorz, o que perguntais? Vós o matastes.

— Em nome de Deus, disse Heitor, vós o matastes.

— Ora podemos dizer bem, disse Lancelote, que nunca teremos paz com rei Artur, nem com Galvão, por amor de Gaeriete, porque começará então a guerra que nunca terá fim.

Muito ficou Lancelote perturbado com a morte de Gaeriete, porque era um dos cavaleiros do mundo que mais amava.

E Boorz disse a Lancelote:

— Senhor, convém que tomemos conselho de como a rainha seja posta a salvo.

— Se pudermos isto fazer, disse Lancelote, que a levemos a um castelo que conquistei, há tempos, cuido que não temeria mais o rei Artur. O castelo é muito forte à maravilha e está assentado em tal lugar que não pode ser tomado. Se lá estivéssemos e o mantivéssemos bem guarnecido, eu convocaria cavaleiros de perto e de longe, a quem já ajudei muitas vezes, que viessem a mim, e há tantos no mundo que são dedicados a mim por sua fidelidade, que os terei todos a ajudar-me.

— Onde fica, perguntou Boorz, este castelo de que falais, e como se chama?

— Tem por nome, disse Lancelote, o castelo da Joiosa Guarda, mas quando o conquistei, no tempo em que era cavaleiro novo, chamavam-lhe a Dolorosa Guarda.

— Ah! Deus, disse a rainha, quando será que iremos para lá?

97. A esta palavra, concordaram todos. Meteram-se no grande caminho da floresta, e disseram que não saberia vir alguém da companhia do rei atrás deles, que não o matassem. Cavalgaram tanto, que chegaram a um castelo que ficava no meio da floresta, que se chamava Kaleque. Lá era senhor um conde que era bom cavaleiro e de grande poder e amava muito Lancelote sobre todos os homens. Quando soube de sua vinda, ficou muito alegre e o recebeu muito honradamente e lhe fez toda honra que pôde, e prometeu-lhe ajudá-lo contra todos, sobretudo contra o rei Artur, e disse-lhe:

— Senhor, se vos aprouver, vos cederei este castelo a vós e à rainha, e vós o deveis bem aceitar, me parece, porque é muito forte e, se quiserdes demorar, não tereis o que temer de todo mundo, nem de todo o poder do rei Artur.

Lancelote agradeceu-lhe muito e disse que não demoraria de forma alguma. Então partiram e cavalgaram tanto por suas jornadas, que chegaram a quatro léguas da Joiosa Guarda. Então enviou Lancelote mensageiros para dizerem que ele chegaria. E quando os do castelo ficaram sabendo, vieram a seu encontro tanta alegria fazendo como se fosse ele o próprio Deus, e o receberam com muito maior grandeza do que se fosse o próprio rei Artur. E quando souberam que ele queria ficar e por que tinha vindo, juraram sobre os santos Evangelhos que o ajudariam até a morte. Então convocou Lancelote cavaleiros da região e eles vieram em grande número.

Mas ora deixa o conto a falar deles e volta a falar do rei Artur.

98. Ora diz o conto que o rei Artur, naquela altura em que viu voltar Morderete, fugindo em direção à cidade de Camalote com tão pequena companhia, maravilhou-se muito do que poderia ser, e perguntou aos seus, que à frente vinham, por que fugiam.

— Senhor, disse um servo, más novas tenho para vós e para todos os daqui. Senhor, sabei que de todos os cavaleiros que levaram a rainha à fogueira não escaparam senão três. Um é Morderete e os outros dois não sei quem são. Temo que os outros estejam mortos.

— Ah! — fez o rei Artur. Lá esteve então Lancelote!

— Sim, senhor, disse ele, e ainda fez mais, que levou consigo a rainha, que da morte retirou, e se meteu na floresta de Camalote.

O rei ficou tão triste com esta notícia, que não soube o que fazer. A estas palavras, chegou Morderete que disse ao rei:

— Senhor, vamos mal, Lancelote foi embora, que nos desbaratou a todos, e levou consigo a rainha.

— Ora, atrás! — disse o rei, que já assim não irão, se eu puder impedir.

Então mandou armar cavaleiros e servos e todos aqueles que com ele estavam, e montaram o mais depressa que puderam, e saíram da cidade todos cobertos de ferro e fizeram tanto, que chegaram à floresta e foram acima e abaixo para saber se poderiam encontrar aqueles que procuravam. Mas aconteceu que não acharam ninguém. O rei aconselhou que partissem por diversos caminhos, que os achariam mais depressa.

— Em nome de Deus, disse o rei Karados, isto não aconselharei, porque, se se separarem e Lancelote os encontrar, como tem grande companhia de cavaleiros consigo fortes e valentes, aqueles que ele encontrar, sem falha, ele os matará.

— E o que faremos então? — perguntou o rei Artur.

— Mandai mensageiros a todos os marinheiros dos portos deste reino que nenhum seja tão ousado que deixe passar Lancelote. Então lhe convirá ficar, queira ou não, nesta terra, e como ficará, poderemos facilmente saber onde estará. Iremos lá, o maior número de pessoas que depressa o prenderemos e então vos poderemos vingar. Este é meu conselho.

Então chamou o rei Artur seus mensageiros e os enviou a todos os portos da terra e ordenou que nenhum fosse tão ousado que deixasse Lancelote passar. E depois que mandou seus mensageiros, voltou à cidade. Quando chegou à praça onde estavam os cavaleiros mortos, olhou à sua direita e viu jazer Agravaim, seu sobrinho, que Lancelote tinha matado, e estava ferido no meio do corpo por uma lança, de modo que o ferro aparecia do outro lado. Tão logo o rei o viu, reconheceu-o, teve então dor tão grande, que não conseguiu manter-se em sela, antes caiu por terra desmaiado sobre o corpo. E quando, depois de algum tempo, recobrou o ânimo e pôde falar, disse:

— Ah! meu sobrinho, quanto vos odiava verdadeiramente aquele que vos feriu! Saibam bem que me pôs o coração em muito grande luto quem arrancou de minha linhagem cavaleiro tão bom como vós.

Então tirou-lhe o elmo da cabeça e olhou-o. Depois beijou-lhe os olhos e a boca, que estava muito fria. E logo o fez levar para a vila.

99. O rei fez pranto desmedido e foi por toda a praça procurando; e procurou tanto, que achou Guerrees, que Boorz tinha matado. Então veríeis o rei grande pranto fazer. E juntou suas mãos, que ainda estavam armadas, porque ele estava todo armado, exceto de elmo. E fez grande pranto e disse que tinha vivido demais, porque via mortos e em tal dor aqueles que ele tinha docemente alimentado. Fazendo tal pranto, depois de mandar colocar Guerrees sobre seu escudo para levá-lo à vila, foi ainda pela praça procurando. Olhou então à esquerda e viu o corpo de Gaeriete, que Lancelote tinha matado. E era um

dos sobrinhos que ele mais amava, depois de Galvão. Quando o rei viu o corpo daquele que ele soube tanto amar, não houve dor que se pudesse ter por outrem, que ele não fizesse. Então correu a ele a toda pressa e o abraçou o mais estreitamente que pôde. Ele desmaiou, de tal forma que não houve barão que não tivesse medo de que ele morresse diante deles. Assim ficou mais tempo que aquele que se leva para percorrer meia légua de terra. Quando voltou de seu desmaio, disse alto que todos ouviram:

— Ah! Deus, agora já vivi demais! Ah! Morte, se mais demorais, vos terei por muito lenta. Ah! Gaeriete, se devo morrer de dor, por vós morrerei. Meu sobrinho, maldito o dia em que foi forjada esta espada, de que fostes ferido, e maldito seja quem vos feriu, porque destruiu a mim e a toda minha linhagem.

O rei beijou-lhe os olhos e a boca, sangrando como estavam, e fez tal pranto, que todos os que o viram maravilharam-se, mas não havia ninguém na praça que não estivesse triste, porque todos amavam Gaeriete de grande amor.

100. A estes gritos e a este clamor, saiu Galvão de sua hospedagem, que bem cuidava verdadeiramente que a rainha estava morta e que fosse por ela aquele grande pranto. Quando veio para as ruas e o viram, os que primeiro ouviram disseram-lhe:

— Senhor Galvão, se quiserdes ver vosso grande luto e a destruição de vossa casa, ide ao paço, e lá encontrareis a maior dor que nunca vistes.

Então ficou Galvão tão abatido com estas novas, que nada lhes respondeu, e continuou em direção às ruas, cabisbaixo, e não cuidava de modo algum que pudesse este grande luto ser por seus irmãos, porque deles nada sabia ainda, antes cuidava que era pela rainha. Indo em direção às ruas, ele olhava à direita e à esquerda e viu que choravam por igual velhos e jovens, e alguns que iam em sua direção lhe diziam:

— Ide, senhor Galvão, ide ver vosso grande luto.

Quando Galvão ouviu o que estes diziam, ficou mais abatido que antes, mas outra emoção não externou.

Quando chegou ao meio do paço, viu que todos faziam tão grande pranto como se vissem todos os príncipes do mundo mortos. E quando o rei viu vir Galvão, disse-lhe:

— Galvão, Galvão, vede aqui vossa grande dor e a minha, porque aqui está morto Gaeriete, vosso irmão, o mais valente de nossa linhagem.

E mostrou-o, assim sangrando como estava, entre seus braços, contra seu peito. Quando Galvão isto ouviu, não teve força para responder palavra, nem se manteve de pé, antes lhe faltou de todo o coração, que caiu por terra desmaiado. Ficaram os barões tão contrariados e tristes, que não cuidavam mais ter alegria, quando viram Galvão cair assim. Tomaram-no então em seus braços e choraram sentidamente sobre ele e disseram:

— Ah! Deus, é desgraça demais de todo o lado.

Quando Galvão voltou do desmaio, levantou-se e correu para lá, onde via Gaeriete morto. Tomou-o do rei, apertou-o contra seu peito e começou a beijá-lo. Neste beijo, faltou-lhe o coração. Caiu por terra e ficou muito tempo desmaiado, mais do que antes. Quando voltou do desmaio, sentou-se ao lado de Gaeriete e começou a olhá-lo e quando o viu ferido tão duramente, disse:

— Ah! meu irmão, maldito seja o braço que vos feriu! Doce irmão, muito vos odiava quem vos feriu. Como teve coragem de vos matar? Doce irmão, como pôde a Fortuna, que vos carregou de todas as bondades, suportar vossa destruição tão errada e tão vil? Outrora soube ela ser mais doce e amável e vos havia levado em sua roda mestra. Doce irmão, isto fez ela para me matar e para que eu morra de pena por vós; certamente tenho este direito e bem me mata essa dor, pois que vejo vossa morte, de tal modo que eu sou aquele que não mais quer viver, salvo o que for necessário para vos vingar do desleal que isto vos fez.

101. Tais palavras tinha começado Galvão a dizer e ainda diria mais, todavia o coração o apertou tão duramente, que não pôde dizer palavra. Depois que ficou muito tempo calado, tão triste como nunca, olhou à direita e viu Guerrees e Agravaim, que diante do rei jaziam mor-

tos sobre os escudos, nos quais tinham sido trazidos. E quando os viu, os reconheceu, e disse tão alto, que todos puderam ouvir:

— Ah! Deus, verdadeiramente, já vivi demais, que vejo minha casa morta com tão grande dor.

Então deixou-se cair um pouco sobre eles várias vezes e fez tanto pela grande dor que teve no coração, que os barões que lá estavam tinham medo que ele morresse em suas mãos. E o rei perguntou aos barões o que poderia fazer com Galvão, porque cuidava que, se ficasse lá mais tempo deste jeito, morreria de dor.

— Senhor, disseram os barões, aconselhamos que fosse levado daqui e que o deitassem numa câmara e que fosse preservado, até que seus irmãos fossem enterrados.

— Fazei isso, disse o rei.

Então pegaram Galvão, que ainda estava desmaiado, e levaram-no a uma câmara. Assim ficou Galvão, que não disse palavra nem boa nem má.

102. À noite, houve tão grande pranto na cidade de Camalote, que não houve quem não chorasse. Os cavaleiros mortos foram desarmados e enterrados cada um segundo o que era de sua linhagem, e para todos foram feitos túmulos e a Guerrees e a Agravaim mandou o rei fazer túmulos tão belos e ricos, como se devia fazer a filho de rei, e neles colocou os corpos, um ao lado do outro, no mosteiro de Santo Estêvão, que então era igreja matriz de Camalote. Entre as duas tumbas, mandou o rei fazer uma mais bonita e mais rica que nenhuma outra, e nela fez colocar o corpo de Gaeriete, acima dos de seus irmãos. Ao colocá-los em terra, poderíeis ver muito grande pranto. Todos os bispos e todos os arcebispos do reino vieram e todos os altos homens da terra, e fizeram aos corpos dos cavaleiros mortos tal honra como puderam, sobretudo ao corpo de Gaeriete, e tudo porque ele tinha sido homem tão bom e tão bom cavaleiro. E fizeram pôr sobre seu túmulo letreiro que dizia: "Aqui jaz Gaeriete, o sobrinho do rei Artur, que Lancelote do Lago matou." E puseram sobre os outros dois túmulos os nomes daqueles que os mataram.

103. Quando todo o clero que tinha vindo acabou o serviço como devia, o rei Artur voltou a seu paço e sentou-se entre seus barões tão triste e tão pensativo como nunca, e não teria ficado tão magoado, se tivesse perdido a metade do seu reino. Também assim estavam todos os outros barões. A sala ficou cheia por todos os lados de altos barões. Ficaram tão quietos como se ali não houvesse alma viva. Quando ele os viu assim, falou tão alto que todos puderam ouvir:

— Ah! Deus, tanto me tendes conservado em grande honra, e agora estou, em pouco tempo, rebaixado por direta desgraça, que nunca alguém perdeu tanto como perdi. Porque quando acontece que alguém perde sua terra, ou por força ou por traição, é algo que pode bem recuperar alguma vez, mas quando acontece que perde seu amigo, que não pode recuperar, por nada que aconteça, então a perda é sem retorno, então a desgraça é tão grande, que não pode ser compensada de modo nenhum. Esta perda não me atingiu pela justiça de Deus, mas pelo orgulho de Lancelote. Se esta dolorosa perda nos tivesse atingido pela vingança de Nosso Senhor, então não teríamos honra alguma, e a deveríamos facilmente suportar, mas ela nos veio da parte daquele que temos honrado e acolhido em nossas terras muitas vezes, como se tivesse saído da nossa própria carne. Este nos fez esta desventura e esta desonra. E vós sois todos meus homens e meus jurados e tendes terra de mim, pelo que exijo, pelo juramento que me fizestes, que me aconselheis como a seu senhor se deve aconselhar, de modo que esta minha desonra seja vingada.

104. A isto calou-se o rei e ficou em paz e esperou que os barões lhe respondessem. Começaram a se entreolhar e convidaram um ao outro a falar primeiro. Depois de ficarem muito tempo calados, o rei Iom aprumou-se em seu assento e disse:

— Senhor, sou homem vosso, assim vos devo aconselhar à nossa honra e à vossa. Vossa honra, sem falha, é vingar vossa vergonha. Mas quem à honra do reino quiser olhar, não cuido que começasse guerra contra a linhagem do rei Bam, porque claramente sabemos que Nosso Senhor a elevou acima de todas as outras linhagens e não há agora, que eu saiba, homem tão prudente no mundo que, se lhes quisesse mover guerra, não levasse a pior, se não fosse senão vós. Por isso, senhor, rogo-vos, por Deus, que não comeceis guerra contra eles, se não cuidais estar acima deles, porque, certamente, que eu saiba, será muito difícil derrotá-los.

A esta palavra, levantou-se um murmúrio no paço, porque muitos censuraram e criticaram o rei Iom pelo que havia dito, e disseram todos, em audiência, que esta palavra havia ele dito por covardia.

— Certamente, disse ele, nunca disse aquilo por ter maior pavor do que vós, mas sei verdadeiramente que, uma vez começada a guerra, se puderem isto fazer que estejam em suas terras sãos e fortes, temerão muito menos vossos esforços do que cuidais.

— Certamente, senhor Iom, disse Morderete, nunca ouvi tão prudente homem, como sois, dar tão mau conselho como este, mas se o rei acreditar em mim, irá à guerra e vos levará, queirais ou não.

— Morderete, disse o rei Iom, eu irei de mais boa vontade do que vós. Mova-se o rei quando quiser.

— De maravilhosa coisa discutis agora, disse Mador da Porta, se quiserdes começar a guerra, não convirá protelá-la, porque disseram-me que Lancelote está para cá do mar, num castelo que conquistou outrora, quando começou a buscar aventuras, e chama-se a Joiosa Guarda. Este castelo conheço muito bem, porque uma vez fiquei preso lá, e tinha medo de morte, quando Lancelote me libertou e a outros companheiros.

— Em verdade, disse o rei, este castelo conheço bem. Ora vos pergunto se cuidais que ele tenha levado para lá a rainha.

— Senhor, disse Mador, sabei que a rainha está lá, mas não vos aconselharia que lá fôsseis, porque o castelo é tão forte, que não permite assédio de nenhum lado; e aqueles que dentro estão são homens tão bons, que temeriam pouco vossos esforços, e quando vissem a hora de vos fazer vileza, fariam com vontade.

Quando o rei isto ouviu, disse:

— Mador, do castelo, que é forte, dizeis verdade; do orgulho daqueles de dentro, não mentis nada. Mas sabeis bem e todos os que aqui estão que, desde que levo coroa, nunca empreendi guerra de que não voltasse coberto de honra minha e do meu reino, por isso vos digo que de modo algum deixarei de guerrear contra aqueles que me privaram de meus amigos. Convoco pois aqueles que aqui estão e mandarei vir de longe e de perto aqueles que de mim têm terra, e, quando se reunirem todos, partiremos dentro de quinze dias da cidade de Camalote. E porque não quero que nenhum de vós se afaste deste preito, exijo que jureis todos, sobre os santos Evangelhos, que esta guerra mantereis até que esta vergonha seja vingada, à nossa honra.

105. Foram então trazidos os santos Evangelhos e juraram todos aqueles que no paço estavam, tanto pobres, como ricos. Depois que todos juraram manter esta guerra, o rei mandou seus mensageiros perto e longe a todos aqueles que dele tinham terra que viessem no dia marcado a Camalote, porque então queria partir com toda sua força para o castelo da Joiosa Guarda. Nisto concordaram uns e outros e aprontaram-se para ir à terra à margem do Ombre. Assim foi a guerra empreendida, que depois virou desgraça para o rei Artur, embora no começo estivesse por cima, acabou derrotado no fim. Mas a nova que logo espalhou-se pelo mundo chegou, no dia seguinte mesmo à sua propagação, à Joiosa Guarda, e levou-a um servo que partiu da corte logo e era servo de Heitor de Mares. E quando chegou lá, onde o esperavam aqueles que muito desejavam ouvir as novas da corte, disse que a guerra estava declarada e marcada, e não podia ficar sem acontecer, porque os mais poderosos do reino tinham jurado e depois tinham sido enviadas mensagens a todos os outros que do rei Artur tinham terra.

— É verdade? disse Boorz. Então a coisa chegou a este ponto?

— Senhor, sim, disse o mensageiro; podereis a seu tempo ver o rei Artur com toda sua força.

— Por Deus, disse Heitor, em má hora hão de vir, porque se arrependerão.

106. Quando Lancelote ouviu esta nova, chamou um mensageiro e o enviou ao reino de Benoic e ao reino de Gaunes e ordenou que os barões abastecessem as fortalezas para que, se acontecesse, por ventura, que ele partisse da Grã-Bretanha e lhe conviesse vir ao reino de Gaunes, achasse os castelos fortes e defensáveis, de modo a enfrentar o rei Artur, se necessário fosse. Depois mandou mensagem a Sorelois e ao reino da Terra Foraina a todos os cavaleiros a quem ele tinha servido que o socorressem contra o rei Artur. Como era tão amado por toda parte, veio tanta gente que, se Lancelote fosse rei que tivesse terra, não cuidariam muitos que reunisse tão grande cavalaria como ele reuniu então.

Mas ora deixa o conto a falar dele e volta ao rei Artur.

107. Ora diz o conto que naquele dia que o rei Artur ordenou a seus homens que viessem a Camalote, eles vieram e tanto a pé como a cavalo, que nunca se viu tão grande cavalaria. Galvão, que tinha estado doente, estava curado, tanto que, no dia em que estavam todos reunidos, ele disse ao rei:

— Senhor, antes que partamos daqui, visto serem estes cavaleiros que aqui estão tão bons como aqueles que morreram anteontem, no socorro da rainha, aconselharia que os pusésseis na távola redonda, no lugar daqueles que morreram, de modo que tenhamos igual número de cavaleiros como éramos, cento e cinqüenta. E eu vos digo que, se fizerdes isto, vossa companhia valerá mais e será mais temida.

O rei concordou bem com esta palavra, mandou que assim fosse feito e disse que não era senão bem. Chamou então os altos barões e ordenou-lhes, sob juramento, que escolhessem os melhores cavaleiros, como conviria à távola redonda, e não deixassem nenhum, por pobre que fosse. E disseram que o fariam de bom grado. Afastaram-se a um canto e sentaram-se à casa do paço e observaram quantos faltavam daqueles da távola redonda. Acharam que lhes faltavam, no total, setenta e dois, então escolheram outros tantos e os conduziram aos assentos daqueles que tinham morrido ou que estavam com Lancelote. Mas no assento perigoso não houve valente que ousasse se assentar. Um cavaleiro, que tinha nome Elians, tomou o assento de Lancelote. Era o melhor cavaleiro de toda a Irlanda e era filho de rei. No assento de Boorz sentou-se um cavaleiro que tinha nome Balinor e era filho do rei das Ilhas Estranhas, e era muito bom cavaleiro. No assento de Heitor sentou-se um cavaleiro da Escócia, poderoso de armas e de amigos. No assento de Gaeriete sentou-se um cavaleiro que era sobrinho do rei de Norgales. E quando acabaram isto, pelo conselho de Galvão, as mesas foram postas, e sentaram-se uns e outros e serviram naquele dia na távola redonda, e à távola do rei Artur sentaram-se sete reis que dele tinham então terra e eram seus vassalos. Naquele dia aparelharam depressa os cavalos que à guerra deviam ir e muito trabalharam à noite para que ficassem todos prontos.

108. De manhã, assim que o sol se levantou, partiram e desejavam todos fazer mal a Lancelote. O rei Artur, logo que ouviu missa na igreja matriz de Camalote, montou com seus barões. Cavalgaram até o castelo de Lambor. No dia seguinte, fizeram também tão longa jornada como no dia anterior. Tanto cavalgaram de dia em dia, que chegaram a uma légua da Joiosa Guarda. E por verem que o castelo era muito forte e que não temia força de ninguém, abrigaram-se às margens do Ombre, em tendas, mas muito longe do castelo. Todo o dia levaram a abrigar-se e puseram a sua frente os cavaleiros armados, de modo que, se acontecesse que os do castelo saíssem para se reunir, seriam recebidos como se deve a inimigo receber. Deste modo fizeram-se estes abrigar. Mas os do castelo, que estavam por cima, e que tinham mandado bastante gente, na noite anterior, a um bosque que perto havia para surpreender o inimigo quando viesse, se fossem invadidos do lado do bosque e do lado do castelo, não desconfiavam nunca deste cerco; quando o viram, antes diziam entre si que eles estavam longe, que

lhes manteriam paz na primeira noite, mas no dia seguinte os bateriam, se achassem que era hora. E aqueles que tinham enviado para o bosque eram quarenta cavaleiros, no total. Conduziam-nos Boorz e Heitor. Os do castelo tinham dito a eles que, quando vissem, sobre a fortaleza mestra, hasteada uma insígnia vermelha, fossem de frente contra a gente do rei Artur; e os que ficaram no castelo sairiam nesta hora mesma, de forma que o inimigo fosse atacado dos dois lados.

109. Todo o dia aqueles que estavam no bosque olharam para o castelo para ver se veriam a insígnia vermelha, que era o sinal para eles saírem, mas nada viram, porque não pôde Lancelote suportar que os das hostes fossem atacados no primeiro dia, antes os deixou repousar todo o dia e a noite toda, que não houve ataque nem lance, e por isso ficaram os do castelo mais seguros que antes, e diziam entre si que, se Lancelote tivesse grande companhia de gente, não teria deixado de modo algum de sair para se reunir a eles com todo seu exército, porque não há cavaleiro que de boa vontade sofra prejuízo de seu inimigo. Quando Lancelote viu que o castelo estava deste modo cercado pelo rei Artur, o homem do mundo que ele mais havia amado, e agora o tinha por inimigo mortal, ficou tão triste que não soube o que fazer, não porque receasse por si mesmo, mas porque o amava. Chamou uma donzela, levou-a a uma câmara e disse-lhe em segredo:

— Donzela, ireis ao rei Artur e lhe direis, de minha parte, que me maravilha muito que ele tenha começado esta guerra contra mim, porque não cuidava fazer-lhe mal. E se ele disser que é por causa da rainha, de quem lhe deram a entender que lhe fiz desonra, dizei-lhe que estou pronto para me defender contra um dos melhores cavaleiros de sua corte, que disto não estou verdadeiramente inculpado, e por seu amor e pela boa vontade dele, que perdi em má ocasião, me submeterei a julgamento de sua corte. E se a guerra começou pela morte de seus sobrinhos, dizei-lhe que destas mortes não sou culpado, nem deve ele ter ódio mortal contra mim, porque eles mesmos que morreram foram ocasião de sua morte. E se ele não quiser concordar com estas duas coisas, dizei-lhe que esperarei sua força, tão triste como ninguém por esta contenda entre mim e ele, como não poderia ele imaginar. E saiba o rei que, já que a guerra começou, sou aquele que se defenderá com suas forças. A ele, verdadeiramente, porque o tenho como senhor e amigo — ainda que não tenha vindo ver-me como senhor, mas como inimigo mortal — asseguro que seu corpo não receie de mim, antes o garantirei sempre, com minha força, contra todos aqueles que lhe queiram fazer mal. Donzela, dizei-lhe isto de minha parte. E a donzela respondeu que esta mensagem levaria ela bem.

110. Então foi a donzela à porta do castelo e saiu privadamente. Era hora de vésperas e o rei Artur estava sentado para comer. Quando ela entrou na tenda, não achou quem a impedisse, porque viram que era donzela mensageira, por isso a conduziram à presença do rei Artur. Ela, que bem reconheceu o rei entre seus barões, aproximou-se dele e disse-lhe aquilo que Lancelote a havia mandado dizer e do modo como havia mandado. Galvão, que estava ao lado do rei Artur e ouviu esta mensagem, falou antes que qualquer companheiro dissesse palavra a respeito, e disse olhando todos os barões:

— Senhor, estais perto de vingar vossa honra e a perda que Lancelote vos fez de vossos amigos, e quando partistes de Camalote, jurastes reduzir a nada a linhagem do rei Bam. E isso vos digo, senhor, porque estais a ponto de vingar esta desonra, e sereis infamado e vossa linhagem será abaixada, de modo que jamais tereis honra, se fizerdes paz com Lancelote.

— Galvão, disse o rei, a coisa foi tão longe que nunca, enquanto eu viver, por nada que Lancelote faça ou diga, terá paz comigo. Ele é o homem do mundo a quem devia mais facilmente perdoar um grande malfeito, porque, sem falha, fez por mim mais que nenhum cavaleiro, mas no fim me vendeu muito caro, porque me levou meus amigos e aqueles que eu mais amava, exceto vós apenas; por isso não poderá haver paz entre mim e ele e não haverá, isto vos prometo, como rei.

Então virou o rei para a donzela e disse-lhe:

— Donzela, podeis bem dizer a vosso senhor que nada que ele me disse farei, de modo algum, antes lhe asseguro guerra mortal.

— Certamente, senhor, disse a donzela, é pena mais para vós do que para outrem; e vós, que sois um dos mais poderosos reis do mundo e o mais afamado, sereis destruído e levado à morte, ou então os homens sábios muitas vezes se enganam. E vós, senhor Galvão, que devíeis ser o mais sábio, sois o mais louco de todos os outros, e muito mais do que imaginava, porque buscais vossa morte, e isso o podeis ver muito claramente. Ora olhai: não vos lembrais do que vistes outrora o paço venturoso em casa do Rei Pescador, naquele ponto em que vistes a batalha da serpente e do leopardo? Se vos lembrásseis bem das maravilhas que vistes e do significado que o ermitão vos revelou, já esta guerra não haveria, pois a poderíeis evitar. Mas vosso mau coração e vossa grande desgraça vos metem nesta empresa. Vós vos arrependereis, quando não puderdes emendá-la.

Então voltou-se a donzela para o rei e disse-lhe:

— Senhor, pois que não posso encontrar em vós senão guerra, voltarei para meu senhor e lhe direi o que mandastes.

— Donzela, disse o rei, ide.

111. Então partiu a donzela da tenda e foi ao castelo, onde era esperada. Entrou e, quando chegou diante de seu senhor e contou-lhe que de modo algum poderia mais ter paz com o rei Artur, ficou Lancelote muito magoado, não porque o temesse, mas porque o amava de grande amor. Então entrou em uma câmara e começou a pensar muito duramente; e neste pensar suspirou muito profundamente e as lágrimas vieram aos olhos e correram pelas faces; e quando ficou muito tempo assim, aconteceu que a rainha apareceu ali e o encontrou tão pensativo que ficou muito tempo diante dele, antes que ele a visse; e quando viu que ele pensava tão duramente, ela dirigiu-lhe a palavra e perguntou-lhe por que fazia tão má cara; e ele disse que pensava muito duramente no fato de não poder ter paz nem graça com o rei Artur.

— Senhora, disse ele, isto não digo porque tenhamos medo dele, que nos possa fortemente ameaçar, mas o digo porque me fez tantas honras e tantas bondades, que muito me pesaria, se algum mal lhe acontecesse.

— Senhor, disse ela, convém avaliar vossa força, mas dizei-me o que desejais fazer.

— Desejo, disse ele, que combatamos amanhã, e que Deus nos dê honra, se houver, porque, por coisa que eu possa fazer, não acontecerá que aqueles, que neste castelo estão sejam vencidos proximamente. E pois que é assim que não posso mais achar paz com ele, eu sou aquele que a ninguém poupará senão o próprio rei Artur.

Então terminaram seu conselho, e foi Lancelote para o grande paço e sentou-se entre os cavaleiros e demonstrou a maior alegria que seu coração lhe permitia, e ordenou que as mesas fossem postas e que fossem tão ricamente servidos como se estivessem na corte do rei Artur. E depois que aqueles que lá estavam tinham comido, os mais privados dele lhe perguntaram:

— Que faremos amanhã? Não quereis atacar os do acampamento?

— Sim, disse ele, antes da hora de terça.

— Certamente, disseram eles, se ficarmos mais tempo aqui fechados, os de lá nos julgarão mal.

— Ora não vos transtorneis, disse Lancelote, pelo fato de não termos avançado, estão eles mais seguros que antes, e nos temem menos, porque cuidam bem, porque não saímos, que não tenho ânimo. Mas se Deus quiser, amanhã, antes de vésperas, saberão que estou seguro aqui, e arrepender-se-ão, se eu puder, do que empreenderam, porque, sem falha, sairemos amanhã e correremos sobre eles, pelo que vos rogo que estejais todos prontos, de modo que possamos sair na hora que acharmos melhor para nós.

Este conselho tiveram todos por bom, porque muito lhes agradou que pudessem combater contra a gente do rei Artur; e deu-lhes muito ânimo terem a ajuda de Lancelote e de Boorz, que mais famosos eram por grandes proezas e cavalaria. Aquela noite tiveram muito trabalho para preparar suas armas e ver que não lhes faltasse nada. Passaram aquela noite tão quietos, que os do cerco falaram muito e disseram ao rei que bem sabiam que os de dentro eram tão poucos, que poderiam facilmente tomar o castelo. E o rei disse que não podia crer que não fosse grande número de pessoas.

— Certamente, disse Mador, há pessoas em grande número, em verdade vos digo, e a cavalaria é boa e bela.

— Como o sabeis? — perguntou Galvão.

— Senhor, eu o sei bem, disse Mador, e vos daria minha cabeça a cortar, se não os virdes saírem amanhã, antes da noite.

Deste modo falaram longamente nas tendas, aquela noite, daqueles do castelo, e quando foi hora de dormir, fizeram os das tendas vigiar por todos os lados tão bem e tão ricamente, que pouco lhes pudessem fazer prejuízo.

112. No dia seguinte, tão cedo como os do castelo ficaram prontos e organizaram seis batalhas, meteram sobre a torre mestra a insígnia vermelha, e assim que os da vigilância a viram, mostraram-na a Boorz e ele lhes disse:

— Ora não há senão sair, porque o senhor está montado com sua companhia e sairão logo. Não temos senão que atacar o inimigo, de modo que à nossa chegada tudo fique derrubado por terra.

E disseram que fariam tudo que pudessem.

Então saíram do bosque onde estavam escondidos e meteram-se no campo. Deixaram seus cavalos irem juntos o mais silenciosamente que puderam, mas não puderam impedir que os das tendas percebessem, pelo tropel que ouviram os cavalos fazer. Os primeiros que os viram gritaram:

— Às armas!

E o grito foi tão alto, que os do castelo puderam ouvir; e disseram que os emboscados se tinham lançado sobre os inimigos e que não faltava senão atacar do outro lado. E assim fizeram; então ordenou Lancelote que a porta fosse aberta e que saíssem ordenadamente como deveriam fazer, e fizeram isto com muita vontade de sair. E Boorz, que tinha saído do esconderijo, assim que se aproximou do inimigo, encontrou sobre um grande cavalo o filho do rei Iom; e assim que se viram, deixaram seus cavalos irem um contra o outro. O filho do rei Iom quebrou sua lança, e Boorz o feriu tão duramente, que o escudo e a loriga não impediram que ele metesse por seu corpo o ferro e o cabo e o derrubasse a terra, como morto. E os outros que atrás dele vinham começaram a derrubar pavilhões e tendas e a matar e a lançar por terra quem encontravam. Então começou o grito e o rebuliço entre as tendas, tão grande, que não se ouviria nem trovão. Buscavam as armas aqueles que estavam desarmados; Galvão, quando viu que as coisas estavam neste ponto, ordenou que trouxessem suas armas depressa, e aqueles a quem ordenou lhe trouxeram. E o próprio rei se fez armar com muita pressa e todos os barões, pelo grande rebuliço que viam por todos os lados. E assim que o rei estava montado, e os seus, que à sua volta estavam, ele viu seu pavilhão lançado por terra e o dragão que figurava fixado no topo e os outros pavilhões na mesma situação; e tudo isto faziam Boorz e Heitor, que queriam prender o rei. Quando Galvão viu a maravilha que faziam, mostrou-os ao rei e disse:

— Senhor, vede lá Boorz e Heitor, que fazem esta desgraça.

Então correu Galvão contra Heitor, e feriu-o tão duramente sobre seu elmo, que o atordoa, e, se ele não tivesse prontamente agarrado o pescoço do cavalo, teria caído a terra; e Galvão, que tanto o odiava mortalmente, quando o viu aturdido, não o quis deixar, como quem muito sabia da guerra, antes o feriu de outro golpe, que o fez inclinar-se sobre o arção dianteiro. E quando Boorz viu Galvão, que trazia Heitor tão apertado, que por pouco o não lançava a terra, não pôde ficar sem ajudá-lo, porque muito amava Heitor. Então foi contra Galvão, com a espada em riste, e o feriu tão duramente, que lhe meteu a espada no elmo, com dois dedos de profundidade; ficou tão aturdido, que esporeou seu cavalo e deixou então Heitor e partiu de Boorz tão atordoado, que não sabia em que direção seu cavalo o levava.

113. Então começou a batalha diante da tenda do rei, mas os da companhia de Boorz aí seriam mortos, se não

fosse Lancelote e os do castelo, que se deixaram correr, quando chegaram ao inimigo e se misturaram com os outros; então veríeis golpes dados e recebidos e homens morrer com grande dor. Mostraram então um pouco de quanto se odiavam mortalmente, porque houve tantos feridos e mortos aquele dia, que não há coração tão duro, que de piedade não ficasse tocado. Mas sobre todos aqueles que nesta batalha estavam e que no dia levaram armas, fizeram bem Galvão e Lancelote. Aqui diz o conto que Galvão, que ainda estava muito triste pela morte de Gaeriete, matou naquele dia trinta cavaleiros e, naquele dia, sem falha, não pôde descansar de fazer senão à hora de vésperas. Quando chegou a noite, os cavaleiros do rei Artur voltaram a seus abrigos o mais depressa que puderam, como quem tinha feito muito esforço. O mesmo fizeram os outros, e foram para seu castelo, e quando entraram, contaram bem quantos tinham perdido, e acharam que lhes faltavam cem cavaleiros, sem os servos mortos, dos quais o conto não faz menção, e de tudo isto não tinham retorno, senão dez prisioneiros, que tinham trazido ao castelo, à força.

114. Quando ficaram desarmados, foram comer na corte, tanto os feridos como os sãos, como havia melhor acontecido a uns que a outros. Aquela noite falaram muito de Galvão e disseram bem que ninguém tinha feito tão bem aquele dia, exceto Lancelote e Boorz. E os do inimigo, quando chegaram a suas tendas, olharam bem quantos tinham perdido de todos os seus cavaleiros e acharam que lhe faltavam duzentos, pelo que ficaram muito aborrecidos. Quando foram comer naquela noite, começaram a falar dos do castelo e disseram que verdadeiramente não eram os do castelo sem grande número, e que eram homens muito bons e vigorosos; deram naquele dia o prêmio a Galvão e a Lancelote e disseram que eram os dois cavaleiros que melhor tinham feito naquela batalha; e quando chegou a hora de dormir, como estavam lassos e cansados, uns foram descansar e outros vigiaram as tendas toda a noite, porque temiam que os do castelo viessem às tendas e não queriam que os achassem desprevenidos, mas prontos para recebê-los.

115. Aquela noite, depois da ceia, falou Lancelote a seus companheiros e disse-lhes:

— Senhores, agora vistes como os do inimigo sabem ferir com a espada, porque de perto nos feriram hoje e nós a eles, mas não podem muito alegrar-se do ganho que tenham feito. Sei que têm mais gente do que nós, mas nos saímos bem, graças a Deus, porque, por poucos que sejamos, nos mantivemos contra seu esforço. Ora observai o que faremos amanhã e como nos comportaremos doravante, porque bem queria, se pudesse ser e Deus nos quisesse permitir, que levássemos esta guerra a tão honroso fim, que nossa honra fosse mantida como foi neste começo. Ora dizei-me o que queríeis que fosse feito, porque nada será feito contra vossa vontade.

E eles disseram que queriam amanhã combater.

— Senhores, disse Lancelote, pois que assim é que quereis combater, cuidai então quem primeiro sairá.

E Boorz disse que ninguém iria antes dele, porque, tão logo raiasse o dia, ele teria vindo e estaria pronto com todas as armas para combater os das tendas; e Heitor disse que iria atrás dele na segunda batalha e Eliezer, o filho do rei Peles, bom cavaleiro e valente, disse que conduziria a terceira batalha e levaria os do seu país, e um outro, cavaleiro de Sorelois, duque de Aroel, que muito era bom cavaleiro a maravilha, pediu para conduzir a quarta batalha, e lhe concederam de bom grado, porque era homem bom e conhecia muito de guerra. Depois foi tanta gente do castelo que estabeleceram oito batalhas e houve em cada uma cem cavaleiros armados. Na última, em que tinham maior força e maior confiança, puseram, por comum vontade, Lancelote. Assim estabeleceram todas as suas batalhas, desde a noite anterior, e nomearam bom condutor para cada uma; aquela noite cuidaram dos feridos. Quando Boorz viu que Heitor estava ferido e soube que Galvão o havia chagado, não ficou pouco aborrecido; disse perante todos que o vingaria, se tivesse ocasião. Aquela noite descansaram os do castelo que estavam feridos, porque estavam muito cansados. No dia seguinte, logo que clareou, antes que o sol tivesse levantado, logo que estavam vestidos e calçados, correram às armas, e saíram do castelo uns atrás dos outros muito ordenadamente. E quando os do inimigo os viram cavalgar, saíram às suas armas e saíram das tendas todos prontos. Aconteceu que Galvão comandava a primeira batalha e Boorz conduzia os primeiros dos seus. Não ficou por isso triste Galvão, porque Boorz era o homem do mundo que mais odiava de ódio mortal. Quando se aproximaram um do outro, deixaram-se correr juntos, as lanças alongadas, tanto quanto os cavalos podiam levar, e feriram-se tão duramente, que as armas não impediram que se jogassem por terra tão transpassados, que não houve quem tivesse força para se levantar. E não era grande maravilha, porque num e noutro o ferro tinha passado do outro lado. Depois deste golpe, desdobraram-se as duas primeiras batalhas. Deixaram-se correr uns contra os outros e foram se ferir maravilhosamente, porque se odiavam de ódio mortal, que poderíeis ver, em pouco tempo, caírem tais cem que não tinham força para se levantarem, porque muitos jaziam mortos e muitos estavam feridos. Chegou a este ponto a desorganização e a desventura daqueles do inimigo. Na primeira batalha, do lado dos do castelo, havia um cavaleiro da Terra Foraina que fez tão grandes maravilhas de armas, neste embate, que por ele fugiram os do rei Artur. E quando tinham esvaziado um pouco a praça, os do castelo correram para onde Boorz e Galvão estavam feridos. Então os pegaram, e teriam à força levado Galvão, porque não encontraram nele defesa alguma, se não tivessem vindo os do inimigo para o socorrerem. Fizeram todavia tanto a qualquer custo, que foi necessário deixá-lo aos do inimigo, quisessem ou não os do castelo. Entretanto, naquela dificuldade e naquela grande angústia esforçaram-se tanto os do castelo que levaram Boorz sobre seu escudo, tão ferido como estava. Nunca vistes tão grande dor por homem nem por mulher, como fazia a rainha, quando ela o viu tão ferido e sangrando como estava. Os mestres foram chamados para que lhe tirassem o pedaço da lança. E quando viram a chaga como puderam ver, disseram que ele estava em grande perigo de vida, mas cuidaram torná-lo são e disposto em curto prazo, com a ajuda de Deus. Nisto puseram esforço e conhecimento como sabiam e podiam. E aqueles que foram lutar lá em baixo, às margens do Ombre, começaram desde cedo a batalha que durou até hora de vésperas, em tal estação como o verão. Não vistes então nem vós nem outrem tão cruel batalha nem tão traiçoeira como foi a daquele dia, porque houve muitos mortos e feridos de um e de outro lado. Naquele dia levou o rei Artur armas, e o fez tão bem, que não houve no mundo homem de sua idade, que tão bem o pudesse ter feito. Ainda o afirma a estória que não houve de sua parte nenhum velho nem jovem que tão bem o fizesse; e por exemplo de seu bem fazer o fizeram tão bem os seus que os do castelo teriam sido vencidos, se não fosse Lancelote. E quando o rei, que bem o conhecia de armas, viu o que ele fazia, disse a si mesmo: "Se este viver longamente, desonrará meus homens." Então correu contra ele o rei, a espada em riste, como quem tinha muito grande bravura, e quando Lancelote o viu vir, não se preparou para defender-se, senão para cobrir-se, porque muito amava o rei de grande amor e o rei o feriu tão duramente, que cortou-lhe o cavalo pelo pescoço e abateu Lancelote. E quando Heitor, que perto de Lancelote estava, viu este golpe ficou muito contrariado, porque receava que Lancelote estivesse ferido; então correu contra o rei e o feriu tão duramente sobre o elmo, que ficou tão desmaiado que não sabia se era dia ou se era noite. E Heitor, que bem reconheceu que era o rei, deu-lhe um outro golpe tal, que o rei não teve forças para se manter em sela, antes voou a terra perto de Lancelote. Então disse Heitor para Lancelote:

— Senhor, cortai-lhe a cabeça, e estará acabada a nossa guerra.

— Ah! Heitor, disse Lancelote, o que dizeis? Não o digais mais, porque seria muita pena em vão.

116. Com esta palavra evitou Lancelote a morte do rei Artur, porque Heitor o teria matado. Quando Lancelote mesmo tornou a montar o rei Artur, partiram da batalha. O rei veio à sua tenda e disse diante de todos os que lá estavam:

— Vistes o que fez por mim hoje Lancelote, que estava a ponto de me matar e não quis pôr a mão em mim? Por Deus, hoje ele passou em bondade e em cortesia a todos os cavaleiros que alguma vez vi; ora queria eu que esta guerra não tivesse começado, porque venceu hoje meu coração pela generosidade, mais do que todo mundo pela força.

Estas palavras disse o rei a seu privado conselho, pelas quais Galvão, que estava muito ferido, ficou muito aborrecido, ao ouvir. Quando Lancelote voltou ao castelo, aqueles que o desarmaram viram que ele tinha muitas feridas, das quais a menor teria abatido qualquer outro cavaleiro. Depois que se desarmaram ele e Heitor foram ver Boorz e perguntaram a seu mestre se ele estava duramente ferido, e ele lhes disse que a chaga era grande à maravilha, mas ficaria bom proximamente, como ele cuidava.

117. Deste modo manteve o rei seu cerco diante da Joiosa Guarda por dois meses e mais. Aconteceu que os de dentro saíram muitas vezes e combateram os de fora tantas vezes, que perderam muitos cavaleiros, porque não tinham tanta gente como os das tendas tinham.

Dentro deste prazo aconteceu que o papa de Roma soube que o rei Artur tinha deixado sua mulher e prometia matá-la, se pudesse. E quando o papa ouviu dizer que não havia sido pega em flagrante delito do qual a acusavam, ordenou aos arcebispos e bispos do reino, que toda a terra que o rei Artur tinha ficasse interditada e em excomunhão, se ele não retomasse sua mulher e a tivesse em paz e honra, como rei deve ter rainha. Quando o rei soube desta condenação, ficou muito aborrecido; e, no entanto, ele amava a rainha de tão grande amor, ainda que cuidasse ele bem que ela lhe tivesse feito mal, de que foi facilmente convencido, mas ele disse que, se a rainha voltasse, a guerra contra Lancelote não pararia, pois que já estava começada. Então foi à rainha o bispo de Rovecestre e disse-lhe:

— Senhora, convém que volteis para o rei Artur, vosso senhor, porque isto vos ordena o papa; ele vos receberá diante de todos os seus barões doravante como rei deve ter rainha; nem do que tenha sido dito de vós e Lancelote fará mais conta nem ele nem ninguém de sua corte, em qualquer lugar que estejais.

— Senhor, disse ela, eu me aconselharei e vos direi proximamente o que decidir.

118. Então chamou a rainha a Lancelote, Heitor, Boorz e Leonel a uma câmara, e, quando estavam em sua presença, disse-lhes:

— Senhores, sois os homens do mundo em quem mais confio; ora rogo-vos que me aconselheis a meu apreço e à minha honra, segundo cuidareis que melhor seja. Chegou uma notícia que muito deve me agradar e a vós também, porque o rei, que é o homem mais prudente do mundo, assim como vós mesmos o dizeis todos os dias, pediu-me que voltasse a ele, e ele me receberá bem como nunca; é muita honra que ele me queira e que não repare ao que lhe fiz. E vós tereis proveito nisto, porque, sem falha, nunca mais partirei daqui, se ele não vos perdoar sua má vontade, ou pelo menos de modo que vos deixe ir fora do reino, de modo que não perdereis nada, enquanto estiverdes neste país, que valha uma espora. Então aconselhai-me como quiserdes, porque, se vos parece melhor que fique convosco, ficarei, e, se quiserdes que eu vá, irei.

— Senhora, disse Lancelote, se fizerdes o que meu coração deseja, ficareis, no entanto, porque quero que isto pese mais a vossa honra, que a meu desejo ireis a vosso senhor o rei Artur, porque, se agora não fordes atrás desta oferta que vos fez, não haverá ninguém que não possa abertamente reconhecer vossa vergonha e minha grande deslealdade e por isso quero que vades ao rei; e ireis a ele amanhã. Eu vos digo que, ao partirdes de mim, sereis tão ricamente acompanhada, segundo nossos poderes, como nunca nenhuma alta dama foi tão bem; e isto, senhora, não vos digo porque não vos ame mais do que nunca, em nossa vida, cavaleiro amou dama, mas vô-lo digo por vossa honra.

Então começaram-lhe os olhos a lacrimejar e a rainha começou do outro lado a chorar. Quando Boorz ouviu que Lancelote permitia à rainha que ela voltasse para o rei Artur, disse-lhe:

— Senhor, concordastes muito facilmente com isto. Ora, queira Deus que bem vos advenha, mas certamente cuido que não fizestes nunca algo de que vos arrependereis tanto. Ireis para Gaula e a rainha estará neste país, em tal lugar que não a vereis nem cedo nem tarde, nem uma vez nem outra. Conheço tanto vosso coração e o grande desejo que tendes dela, que sei verdadeiramente que não se passará um mês e quereríeis ter dado todo o mundo, se fosse vosso, contanto que nunca tivésseis feito este dom, de que não vos aconteça ainda pior do que cuidais.

Quando Boorz disse estas palavras, os outros dois concordaram e começaram a censurar Lancelote e disseram:

— Senhor, que receio tendes do rei, pelo qual lhe devolveis a rainha?

E ele disse que a entregava, acontecesse o que acontecesse, mesmo que devesse morrer por sua falta. Então terminou a conversa, quando ouviram isto que Lancelote disse que não deixaria de maneira alguma de entregá-la. A rainha foi ao bispo que a esperava na sala vizinha e disse-lhe:

— Senhor, agora podeis ir ao meu senhor o rei, saudai-o de minha parte e dizei-lhe que de nenhum modo partirei daqui, se ele não deixar Lancelote ir de modo que não perca nada que valha uma espora, nem pessoa de sua companhia.

Quando o bispo ouviu estas palavras, deu graças a Deus de bom coração, porque via bem que a guerra estava acabada. Recomendou a rainha a Deus e todos os do paço também. Então afastou-se do castelo e não parou de cavalgar, enquanto não chegou à tenda do rei. Contou-lhe então as novas que tinha ouvido no castelo. Quando o rei ouviu que lhe devolvia de bom grado a rainha, disse diante de todos os que lá estavam:

— Por Deus, se tanto houvesse entre Lancelote e a rainha, como me faziam crer, ele não está tão por baixo nesta guerra que ma devolvesse, se ele a amasse de louco amor. E porque fez tão generosamente minha vontade neste pedido, farei de outro modo o que a rainha me pede, porque o deixarei ir fora deste reino de modo que não ache quem lhe tire uma espora que eu não lhe dê em dobro. Então ordenou o rei ao bispo que voltasse para o castelo e dissesse à rainha, da parte do rei, que Lancelote podia ir quite fora do reino; e o rei mesmo, porque ele satisfez generosamente o seu pedido, lhe deixará seu próprio navio para que passe em Gaula. O bispo montou logo e voltou atrás ao castelo e disse à rainha o que o rei mandou dizer. Ficou deste modo a coisa acordada de ambas as partes que a rainha seria entregue no dia seguinte a seu senhor, e Lancelote partiria do reino de Logres. Ele e sua companhia iriam para o reino de Gaunes, onde são senhores e herdeiros diretos. Aquela noite ficaram os das tendas alegres, quando viram que a guerra estava acabada, porque tinham diversos deles muito grande medo que lhes acontecesse o pior, se a guerra durasse longamente. E se eles ficaram mais alegres do que costumavam, os do castelo ficaram cheios de lágrimas e tristes, tanto os pobres como os ricos. E sabeis por que estavam tão tristes? — Porque viam que Boorz e Lancelote e Heitor e Leonel faziam pranto maravilhoso, como se vissem o mundo todo morto.

119. Aquela noite houve muita dor na Joiosa Guarda e quando amanheceu, Lancelote disse à rainha:
— Senhora, hoje é o dia em que partireis de mim e a mim convirá ir-me deste país. Não sei se algum dia vos verei de novo. Vedes aqui o anel que me destes outrora, quando me aproximei a primeira vez de vós. Guardei-o até hoje por vosso amor, ora vos rogo que o leveis, por amor de mim, enquanto viverdes, e eu ficarei com aquele que levais em vosso dedo.

E ela lho deu de boa vontade. Então pararam de falar, e foram aprontar-se o melhor que puderam. Aquele dia estavam ricamente vestidos os quatro primos. Quando montaram e todos os outros do castelo, foram a salvo até às tendas mais de quinhentos cavalos cobertos de seda e foram justando simulado fazendo manifestação de alegria como nunca vistes. E o rei veio a eles com grande cavalaria. E quando foi a hora que Lancelote viu o rei aproximar-se, apeou e pegou o cavalo da rainha pelo freio e disse ao rei:

— Senhor, vede aqui a rainha que vos devolvo, que foi quase morta pela deslealdade daqueles de vossa casa, se não me metesse na aventura de socorrê-la. Isto não fiz por bondade que tenha ela feito para mim nunca, mas tão-somente porque a reconheço como a mais corajosa dama do mundo, de quem seria muito grande pena e mais dolorosa perda, se os desleais de vossa casa, que à morte a haviam condenado, tivessem feito o que queriam fazer. Mais vale que sejam eles mortos em sua deslealdade, do que ela. Então a recebeu o rei muito triste e muito pensativo nas palavras que tinha ouvido dizer.

— Senhor, disse Lancelote, se eu amasse a rainha de louco amor, como vos faziam entender, não vo-la devolveria mais, e por força nunca a teríeis.

— Lancelote, disse o rei, tanto fizestes que vos sou muito grato. E o que fizestes vos poderá valer em alguma ocasião.

Então avançou Galvão e disse a Lancelote:

— Tanto fizestes para o senhor rei, que ele vos está muito grato. Mas ainda vos exige ele uma outra cousa.

— Senhor, o quê? — perguntou Lancelote. Dizei-me, e a farei, se puder.

— Ele vos exige, disse Galvão, que deixeis sua terra, de tal modo que não sejais nunca aí encontrado.

— Senhor, disse Lancelote ao rei, agrada-vos que eu faça isto?

— Pois que Galvão o quer, agrada-me, disse o rei. Deixai minha terra para cá do mar e ide à vossa para lá, que é muito bela e rica.

— Senhor, disse Lancelote, quando estiver em minha terra, estarei seguro de vós? O que esperarei de vós, paz ou guerra?

— Seguro podeis estar, disse Galvão, que na guerra não podeis falhar, que não a tenhais mais violenta do que até aqui tivestes e durará tanto que Gaeriete, meu irmão, que maldosamente matastes, será vingado em vosso corpo mesmo, e não aceitaria o mundo todo em troca de que perdêsseis a cabeça.

— Senhor Galvão, disse Boorz, deixai agora de ameaçar, que vos digo que verdadeiramente meu senhor não vos teme senão pouco. E se isto fizésseis que atrás de nós viésseis e fôsseis ao reino de Gaunes ou ao de Benoic, estai seguro de que estaríeis mais perto de perder a cabeça do que meu senhor. E dissestes que meu senhor matou deslealmente vosso irmão; se quiserdes provar isso como leal cavaleiro, defenderei meu senhor contra vós, de forma que, se eu ficar vencido no campo, Lancelote fique infame e, se eu vos puder ferir, ficareis vós em má situação e falso testemunho. E a guerra ficaria nisso. Certamente, se vos agradar, muito seria isto conveniente que por mim e por vós fosse esta querela resolvida mais do que por quarenta cavaleiros.

E Galvão sustentou sua palavra e disse ao rei:

— Senhor, pois que esta ocasião se oferece, ele não passará adiante, porque estou pronto para provar com meu corpo que, por traição, matou Lancelote a Gaeriete, meu irmão.

E Boorz saltou à frente e disse que estava pronto para defendê-lo, assim a batalha seria confirmada, se o rei quisesse, porque Galvão não pedia outra coisa, e Boorz queria estar corpo a corpo com ele. Mas o rei recusou ambas as palavras e disse que esta batalha não seria concedida de nenhuma maneira, mas quando tivessem partido, cada um fizesse o melhor que pudesse. Bem ficou Lancelote seguro de que tão cedo não estaria em seu país, que encontraria guerra grande, que não poderia evitar.

— Certamente, disse Lancelote, com manter esta guerra, não estaríeis tão satisfeito como agora. Se eu tivesse tanto feito em vosso prejuízo, como estive em vossa ajuda no dia em que Galeote, o senhor das Estranhas Ilhas tornou-se homem vosso, naquele ponto mesmo, em que ele tinha poder de tomar vossa terra e vossa honra e vós estáveis perto de toda desonra receber, de perder a coroa e ficar deserdado; e se ele deste dia vos lembrasse, como deve fazer, já certamente não vos meteríeis a fazer esta guerra contra mim. Nem isto, senhor, vos digo porque vos tema, antes vo-lo digo, pelo amor que devíeis ter para comigo, se fôsseis bom recompensador de bondades como rei deve ser, porque certamente, depois que formos a nossa terra, entre os nossos vassalos e nós tivermos convocado nossa força e nossos amigos, e tivermos nossos castelos abastecidos e nossas propriedades, eu vos asseguro que, se lá fordes, quereremos com toda nossa força vos prejudicar, antes que fizésseis algo de que vos arrependêsseis tanto quanto desta, porque bem sabeis que não tereis já proveito nem honra. E vós, senhor Galvão, que sois tão cruel de nos piorar em relação ao rei, certamente não deveríeis fazer, porque, se vos lembrais de que vos tirei outrora da Dolorosa Torre, aquele dia em que vos livrei da prisão de Karados, o grande, que matei, que vos tinha deixado como à morte, não teríeis ódio de mim.

— Lancelote, disse Galvão, nunca fizestes algo por mim que não tenhais muito caro vendido, afinal, porque me tendes tão dolorosamente causado pena daqueles que mais amava, que nossa linhagem ficou de todo rebaixada e eu estou infamado; e por isso não poderia ter paz entre mim e vós, nem haverá jamais, enquanto viver.

Então disse Lancelote ao rei:

— Senhor, irei amanhã fora de vossa terra, de modo que, por todos os serviços que vos fiz, desde que fui investido na cavalaria, nada levarei de vosso que valha uma espora.

120. Neste ponto acabou a conversa. Voltou então o rei às tendas e levou consigo a rainha. Então começou entre eles a alegria tão grande, como se Deus tivesse descido. Enquanto estes das tendas ficaram alegres e felizes, ficaram os do castelo tristes, porque estavam aborrecidos por ver seu senhor mais pensativo do que costumava. Quando Lancelote apeou, ordenou a toda sua companhia que preparassem sua armadura, porque partiria no dia seguinte, como imaginava ir ao mar para passar à terra de Gaunes. Aquele dia chamou Lancelote um escudeiro que se chamava Kanahins e disse-lhe:

— Pega meu escudo naquela câmara e vai direto a Camalote, e leva-o à igreja matriz de Santo Estêvão e deixa-o em lugar onde possa ficar de modo que seja bem visível, para que todos os que doravante o virem tenham lembrança das maravilhas que eu fiz nesta terra. E sabes por que faço a tal lugar tal honra? Porque foi naquele lugar que recebi, em minhas primícias, a ordem de cavalaria, por isso amo mais a esta cidade do que a qualquer outra, e por isso quero que meu escudo fique em meu lugar, porque não sei se ventura me trará de volta aqui, depois que tiver partido.

121. O servo pegou o escudo, e com ele entregou Lancelote quatro cavalos de carga carregados de bens, para que os da igreja rezassem por ele todos os dias e conservassem o lugar. E quando aqueles, que levavam este presente, lá chegaram, receberam-nos com muito grande alegria. E quando viram o escudo de Lancelote, não ficaram menos alegres do que por qualquer outro dom. Fizeram-no pender no meio do mosteiro, por uma corrente de prata, tão ricamente como se fosse corpo de santo. E quando os do lugar o souberam, vieram em peso ver fazendo grande festa. Muitos choraram quando viram o escudo, porque Lancelote estava indo embora.

Mas ora deixa o conto a falar deles, e volta a Lancelote e à sua companhia.

122. Nesta parte diz o conto que Lancelote, depois que a rainha foi entregue ao rei, partiu da Joiosa Guarda. E foi verdade que ele deu, por concessão do próprio rei, o castelo a um seu cavaleiro que o havia longamente servido, de modo que, em qualquer lugar que o cavaleiro estivesse, recebesse as rendas do castelo, enquanto vivesse. E quando Lancelote saiu com toda sua companhia, observaram que bem poderiam ser quatrocentos cavaleiros, sem os escudeiros e sem outros que iam a pé ou a cavalo pelo caminho. Quando chegou Lancelote ao mar e entrou na nave, olhou a terra e o lugar em que tinha feito tanto bem e lhe haviam sido feitas tantas honras. Começou a mudar de cor e a suspirar profundamente e seus olhos começaram a lacrimejar. Depois de ter ficado muito tempo deste modo, disse bem baixo de modo

que ninguém o ouviu entre os que estavam na nau, exceto Boorz:

123. —"Ah! Doce terra, cheia de todas as felicidades, e na qual meu espírito e minha vida permanecem fortes, abençoada sejas pela boca daquele que chamam Jesus Cristo e abençoados sejam todos aquele que em ti permanecem, sejam meus amigos ou meus inimigos. Tenham paz! Tenham descanso! Dê-lhes Deus maior alegria do que a mim. Vitória e honra lhes dê Deus contra aqueles que algo lhes queiram fazer de mal! E certamente terão, porque ninguém pode ficar em tão doce país, que não fosse mais feliz do que em outros; por mim, posso dizer porque já o provei, porque, enquanto aqui estive, aconteceu-me toda felicidade, como não tive tão generosamente em qualquer outra terra."

124. Tais palavras disse Lancelote, quando partiu do reino de Logres. E enquanto podia ver o país, ele o olhou, e quando o perdeu de vista, foi deitar-se em um leito. Começou a fazer tão grande pranto e tão maravilhoso, que não houve quem o visse que não tivesse dele piedade; e durou esta dor até a chegada. E quando foi hora de descer a terra, montou a cavalo ele e sua companhia e cavalgaram até que se aproximaram de um bosque. Naquele bosque apeou Lancelote e ordenou que sua tenda fosse ali montada, porque queria passar a noite, e assim fizeram os que disto se ocupavam. Aquela noite ali ficou Lancelote, e no dia seguinte partiu e cavalgou tanto que chegou a sua terra. Quando os do país souberam que ele vinha, foram a seu encontro e o receberam com muita alegria, como se ele fosse seu senhor.

125. No dia seguinte ao que havia chegado, depois que ouviu missa, veio a Boorz e a Leonel e disse-lhes:
— Dai-me um dom, porque vos peço.
— Senhor, disseram eles, não convém que nos peçais, mas que ordeneis, porque não deixaremos de cumprir, seja por perda da vida ou de algum membro.

— Boorz, quero que tenhais a honra de Benoic, e vós Leonel tereis a de Gaunes, que foi de vosso pai. Daquela de Gaula, porque foi o rei Artur que ma deu, já não vos falarei, porque se ele tivesse me dado todo o mundo, a ele o devolveria neste ponto.

E eles disseram que o fariam, pois que era sua vontade. E Lancelote disse que queria que fossem coroados na festa de Todos os Santos.

126. Foram ambos a seus pés e receberam dele o senhorio. E daquele dia em que o receberam até o dia de Todos os Santos só faltava um mês e dois dias. Quando os do país souberam que, naquele dia, deveriam ser os dois irmãos coroados reis, um do reino de Benoic e outro do de Gaunes, então poderíeis ver grande festa por toda a terra e os trabalhadores se alegrarem, mais do que costumavam. Todos do país poderiam dizer bem que o mais pensativo de todos eles e o mais triste era Lancelote, porque com dificuldade conseguia fazer boa cara, mas ainda assim externava grande alegria e fingia a felicidade que seu coração não trazia.

127. Quando chegou o dia da festa de Todos os Santos, reuniram-se em Benoic todos os altos barões da terra. Naquele mesmo dia em que os dois irmãos foram coroados, ouviu Lancelote notícias de que o rei Artur queria vir contra ele e viria, sem falha, depois que passasse o inverno, porque tinha feito seus preparativos, e tudo isto era por instigação de Galvão. Quando ouviu esta notícia, respondeu àquele que lhe havia dito:

— Deixai vir o rei, que seja bem-vindo! Certamente o receberemos bem, se Deus quiser, porque nossos castelos são fortes de muralhas e de outras coisas e nossa terra é bem guarnecida de alimentos e de cavalaria. E venha o rei, seguramente, porque ele não corre perigo de vida em lugar onde eu esteja, tanto quanto o possa conhecer. Quanto a Galvão, que tanto nos é hostil, e não o devia assim fazer; dele, que tanto busca nosso mal, digo-vos bem que, se vier aqui, não voltará nunca são nem disposto, se depender de mim. Nunca se meteu em toda sua vida numa guerra de que se arrependesse tanto, como desta se arrependerá, se aqui vier.

Isto disse Lancelote àquele que estas novas lhe trouxe, e bem assegurou-lhe que o rei Artur seria melhor recebido do que imaginava, e disse-lhe que o rei não se meteria mais nisto, se Galvão não o tivesse instigado.

Mas ora deixa o conto a falar de Lancelote e volta a rei Artur e a Galvão.

128. Ora diz o conto que todo aquele inverno ficou rei Artur no reino de Logres tão à vontade como nunca, porque nada via que o desagradasse. Neste tempo em que ia cavalgando pelas vilas e ficando de um dia para o outro em seus castelos, onde o sabiam melhor satisfazer, admoestou-o tanto Galvão, que recomeçasse a guerra contra Lancelote, que lhe prometeu, como rei que, tão logo passasse a Páscoa, iria com exército contra Lancelote e tanto se esforçaria, ainda que devesse morrer, que abateria as fortalezas de Benoic e de Gaunes, de tal maneira que não deixaria nas muralhas pedra sobre pedra. Esta promessa fez o rei a Galvão. Prometeu-lhe o que não poderia cumprir.

129. Depois da Páscoa, no tempo novo, em que o frio, há pouco, havia passado, reuniu o rei todos os seus barões e aparelhou seus navios para atravessar o mar, e esta assembléia foi na cidade de Londres. E quando deveram partir, Galvão perguntou a seu tio:

— Senhor, sob que guarda deixareis a senhora rainha?

E o rei começou então a pensar com quem poderia deixá-la. E Morderete saltou à frente e disse ao rei:

— Senhor, se vos agradasse, eu ficaria para guardá-la e ela estará a salvo, e mais seguro devereis estar do que se ela estivesse sob outra guarda.

E o rei respondeu que queria que ele ficasse e que ele a guardasse como se fosse seu próprio corpo.

— Senhor, disse Morderete, eu vos prometo que a guardarei tão cuidadosamente como a meu corpo.

E o rei a tomou pela mão e entregou-a e disse que a guardasse tão lealmente como vassalo deve guardar a mulher de seu senhor. E ele a recebeu desta maneira. Ficou a rainha muito aborrecida por ter sido confiada a ele para que a guardasse, porque ela sabia tanto mal dele e tanto de deslealdade, que pensava bem que aborrecimento e mágoa lhe adviriam. E fez ele muito mais do que ela imaginava. O rei entregou a Morderete a chave de todos os seus tesouros, para que, se tivesse necessidade de prata e de ouro, depois que passasse ao reino de Gaunes, lhe enviasse. O rei ordenou aos do país que fizessem o que Morderete quisesse, e então fez jurar sobre os santos Evangelhos que o que ele mandasse não deixariam de cumprir. E fizeram o juramento de que o rei se arrependeu depois tão dolorosamente, que por isso foi vencido em campo na planície de Salaber, onde a batalha foi mortal, como esta estória o revelará abertamente.

130. Depois disto partiu o rei Artur da cidade de Londres com grande companhia de gente e cavalgou tanto, que chegou ao mar, e até lá o acompanhou a rainha, querendo ele ou não. Quando o rei devia entrar na nave, a rainha fez muito grande pranto, e disse chorando, enquanto ele a beijava:

— Senhor, Nosso Senhor vos conduza lá aonde deveis ir e vos traga são e forte, porque certamente nunca tive tanto medo por vós como agora tenho. E seja como for vosso retorno, o coração me diz que nunca vos verei mais nem vós a mim.

— Senhora, disse o rei, se Deus quiser, não tenhais receio nem medo, porque com ter medo nada podereis ganhar.

Depois disto entrou o rei na nave e as velas foram levantadas para receber o vento e o marinheiro mestre ficou pronto para fazer o que devia. Não demorou muito que o vento os afastou da costa e logo se puderam ver em alto mar. E tiveram bom vento, e chegaram logo à costa e muito louvaram Nosso Senhor. Quando chegaram, o rei ordenou que trouxessem fora das naves todas as suas armas e estendessem as tendas sobre a praia, porque queria repousar. E fizeram tudo como lhes fora mandado. Aquela noite passou o rei num prado muito próximo da praia. De manhã, quando partiu de lá, observou quantas pessoas poderia ter. Acharam que eram mais de quarenta mil. De tal modo cavalgaram, que chegaram ao reino de Benoic. E quando nele entraram, não encontraram os castelos desprevenidos, porque não havia um que Lancelote não tivesse mandado retocar ou reformar inteiramente. E quando chegaram, o rei perguntou aos seus aonde iriam.

— Senhores, disse Galvão, iremos diretamente à cidade de Gaunes, onde o rei Boorz e o rei Leonel e Lancelote e Heitor moram com todo seu poder; e, se nós por ventura os pudermos prender, poderíamos facilmente dar cabo de nossa guerra.

— Por Deus, disse Ivã, é loucura ir diretamente àquela cidade, porque lá estão todos os reforços desta terra, pelo que nos convém mais destruir primeiramente os castelos e as vilas em torno da cidade, de modo que não tivéssemos de que cuidar a nossa volta, quando cercamos os de lá de dentro.

— Ah! disse Galvão, ora não vos aborreçais, porque não haverá ninguém tão valente de castelo que ouse atacar, quando souberem que estamos naquela terra.

— Galvão, disse o rei, então vamos pôr cerco a Gaunes, porque o quereis.

Então foi o rei Artur diretamente a Gaunes com toda sua companhia. Quando chegou perto, encontrou uma senhora muito velha, que montava um palafrém branco e estava muito ricamente aparelhada; e quando reconheceu o rei Artur, disse-lhe:

131. —Rei Artur, vê a cidade que vieste tomar. Sabe verdadeiramente que é grande loucura e que segues louco conselho, porque desta empresa que começaste não terás honra, porque não a tomarás, antes daqui te partirás sem que nada tenhas feito: esta será a honra que aqui terás. E vós, Galvão, que esta coisa aconselhastes ao rei, e por cujo conselho esta guerra começou, sabei que buscastes duramente vossa desgraça, porque jamais revereis o reino de Logres são nem bem disposto. Podeis verdadeiramente dizer que agora está perto do fim o prazo que

outrora vos foi prometido, quando partistes da casa do Rei Pescador, onde tivestes bastante humilhação e desonra.

132. Depois que disse estas palavras, ela retirou-se com muita pressa, porque não queria ouvir palavra que Galvão ou o rei Artur lhe dissessem. Foi diretamente à cidade de Gaunes, entrou nela e chegou ao paço, onde encontrou Lancelote e os dois reis, que tinham consigo grande companhia de cavaleiros, e quando subiu ao paço, foi aos dois reis. Disse-lhes que o rei Artur estava a meia légua da cidade e que já se podiam ver mais de dez mil homens. Eles disseram que não os inquietava, que não tinham medo deles. Então perguntaram a Lancelote:

— Senhor, que faremos? O rei Artur deixou seus homens lá fora. Deveríamos combatê-los enquanto estivessem acampados.

Lancelote disse que no dia seguinte os combateria. Com isto concordou Boorz e todos os outros. Lancelote mandou avisar pela cidade que estivessem de manhã montados desde prima. Ficaram muito alegres e felizes, porque amavam mais a guerra do que a paz. Aquela noite ficaram tranqüilos os das tendas e os de dentro, em paz. De manhã, logo que clareou o dia, levantaram-se os da cidade, tomaram suas armas o mais cedo que puderam, porque muito desejavam os de dentro ver a hora em que combateriam os de fora. Quando ficaram prontos, vieram à frente do paço e pararam no meio da rua prontos para partir. Aquele dia ordenaram Lancelote e Heitor as batalhas e deram a cada uma bom condutor. Também organizaram os das tendas vinte batalhas. Na primeira ficaram Galvão e Ivã, porque ouviram dizer que Lancelote e Boorz estavam do outro lado na primeira batalha. E quando estas duas batalhas se encontraram, Galvão e Lancelote combateram, e Ivã e Boorz. Jogaram-se a terra todos os quatro, e por pouco Ivã não teve o braço quebrado. Então começaram as batalhas de um lado e de outro. Começou naquele lugar uma batalha grande e tão completa, que poderíeis ver muitos cavaleiros caírem. Mas Lancelote montou novamente seu cavalo e lançou mão da espada e começou a ferir com grandes golpes em sua volta. E a gente do rei Artur montou novamente Galvão, querendo ou não os da cidade. Fizeram todas as batalhas antes de terça, e começaram a batalha comum, na qual morreram muitos homens bons e muitos cavaleiros. Mas quando o rei Leão chegou à batalha, então veríeis os homens do rei Artur inquietarem-se muito duramente pelas maravilhas que viam rei Leão fazer. Teriam os de fora perdido muito, se não fosse o rei Artur, que muito bem fez naquela batalha. Ele mesmo feriu o rei Leão na cabeça. Então tiveram os de dentro tão grande pavor, quando o viram tão violentamente ferido, que a batalha parou antes da hora de vésperas, quando entraram na cidade.

133. Deste modo combateram os das tendas aos de dentro quatro vezes numa semana. Houve muitos cavaleiros mortos de um lado e de outro. Mais perderam, porém, os de fora do que os de dentro, porque Lancelote, Boorz e Heitor, que a todas as necessidades estavam prontos e estavam sempre aparelhados a prejudicar o inimigo, muito bem o fizeram. Os de dentro estavam muito seguros pelos três primos, porque parecia que não havia senão eles, de que os de fora ficavam muito apavorados.

Mas ora deixa o conto a falar deles e volta a Morderete.

134. Ora diz o conto que rei Artur, quando entregou a rainha a guardar a Morderete e partiu do reino de Logres para ir contra Lancelote, assim como o conto há já revelado, e Morderete ficou de posse de toda a terra do rei, mandou vir a si todos os altos barões do país, e começou a manter grande corte e a dar grandes dons freqüentemente, tanto que conquistou os corações de todos os altos homens que tinham ficado na terra do rei Artur, tão completamente que não podia nada mandar que não fosse logo feito, como se fosse o rei Artur que mandasse. Aproximou-se tanto Morderete da rainha, que a amou de tão grande amor que não queria senão morrer, se não a tivesse à sua vontade, embora não lhe ousasse dizer de modo algum. Amou-a muito, tão intensamente, como

ninguém podia amar, salvo a morte por amor. Então tramou Morderete uma grande traição, que foi depois para sempre falada, porque ele mandou fazer umas cartas e foram seladas com selo falso, reprodução do selo do rei Artur, e foram levadas à rainha e foram lidas diante dos altos barões. Leu-as um bispo da Irlanda. Isto diziam as cartas:

135. "Eu vos envio saudação como aquele que está ferido de morte pela mão de Lancelote. Todos os meus homens estão mortos e de cabeça cortada. Tenho pena de vós mais que de qualquer outro, pela grande lealdade que em vós encontrei. Por paz vos rogo que vós, a Morderete, que considerava como sobrinho — mas não o é — o façais rei da terra de Logres, porque sem falha não vos verei jamais, porque Lancelote me feriu de morte e Galvão está morto. E ainda vos exijo, sob o juramento que me fizestes, que entregueis a rainha por mulher a Morderete. E se isto não fizerdes, muito grande desgraça vos poderá acontecer, porque, se Lancelote soubesse que ela não está casada, viria sobre vós e a tomaria por mulher; e esta é a coisa pela qual minha alma estaria mais triste."

136. Todas estas palavras estavam escritas nas falsas cartas e foram lidas, tais como estavam, diante da rainha. Quando Morderete, que toda esta traição tinha tramado, de modo que ninguém soube palavra, senão ele e o servo que as cartas tinha trazido, ouviu estas cartas, fingiu que estava muito aborrecido, tanto que se deixou cair entre os barões como se estivesse desmaiado. Mas a rainha, que bem cuidava que estas novas eram verdadeiras, posso dizer-vos que começou a fazer um pranto tão grande, que não houve quem a visse, que não tivesse dela piedade. O pranto começou pelo paço, por toda parte, de modo que não ouviríeis nem trovão. Quando a nova se espalhou pela cidade e se soube que o rei Artur estava morto e também todos os que com ele tinham ido, fizeram grande pranto os pobres e os ricos pelo rei Artur, porque era o príncipe do mundo que era mais amado, porque

sempre tinha sido para eles muito generoso e muito doce. O luto desta notícia durou oito dias todos cheios tão maravilhosamente, que não houve quem descansasse nem um pouquinho. E quando o luto baixou um pouco, Morderete veio aos barões, àqueles que eram mais poderosos e perguntou-lhes o que fariam a respeito do que o rei lhes havia ordenado. E eles disseram que falariam em conjunto. Resolveram em conselho que fariam Morderete rei e lhe dariam a rainha por mulher e se tornariam homens seus. Isto deveriam fazer por duas razões: uma, porque o rei Artur lhes havia pedido; outra, porque não viam entre eles homem que tão bem fosse digno de tal honra como ele.

137. Então disseram a Morderete que fariam inteiramente isto que o rei lhes havia ordenado, e Morderete agradeceu-lhes muito:

— Pois que vos agrada que se faça da maneira como o rei exigiu, não falta senão chamar a rainha. Este arcebispo a tornará minha mulher.

E eles disseram que logo a fariam vir. Foram buscá-la numa câmara onde estava e disseram-lhe:

— Senhora, os altos senhores de vossa terra vos esperam neste paço e vos rogam que venhais a eles, assim ouvireis o que têm a dizer, e, se não quiserdes vir, virão eles a vós.

Ela disse que iria, pois que lhe pediam. Levantou-se e foi à sala, e quando os barões a viram chegar, levantaram-se e foram a ela e a receberam com grande honra. E um deles, que melhor falava, disse-lhe estas palavras:

138. —"Senhora, nós vos chamamos por uma cousa. Queira Deus que bem nos advenha a nós e a vós, porque certamente o queremos. E vos diremos o que é. Morto está, isto sabemos bem, o rei Artur, vosso senhor, que tanto era homem bom e tanto nos manteve em paz, agora passou deste mundo. Isto nos pesa duramente. E porque este reino, cujo grande domínio estendeu-se por toda a terra, ficou sem governo, então foi bem necessário que fizéssemos conselho e indicássemos tal homem que

fosse digno de ter o poder de reino tão rico como este, a quem fôsseis entregue como mulher, porque sem falha aquele a quem Deus deu a honra deste reino não pode ser que não tenha a vós por mulher. Para isto, de que temos necessidade, nos preparamos de tal maneira, que buscamos um homem bom e bom cavaleiro que bem saberá governar o reino. Decidimos que ele vos terá por mulher e lhe faremos homenagem. Senhora, o que dizeis a respeito?

139. A rainha, que tanto estava aborrecida com isto, disse chorando àquele que lhe falava que ela não tinha vontade de tomar marido.

— Senhora, disse ele, assim não pode ser; ninguém vos pode eximir disso, porque de modo algum deixaríamos este reino sem senhor, porque não poderia ser que não nos sobreviesse mal, se guerra nos surpreendesse de algum lado, e por isso vos convém, ainda que à força, fazer a nossa vontade a respeito disto.

E ela disse que antes deixaria o reino e iria fora do país, como exilada, do que tomar marido:

— E sabeis, disse ela, por que o digo? Digo-o porque não poderia jamais ter homem tão bom como já tive; e por isso vos rogo que não me faleis mais a respeito disto, porque não farei nada, ainda que soubesse que vos desagradaria.

Então correram outros a suas palavras e disseram:

— Senhora, vossa recusa nada vale. Convém que façais o que vos estabelecemos a fazer.

Quando ela ouviu, sentiu-se mais contrariada do que antes e falou àqueles que a pressionavam:

— Ora dizei-me quem quereis dar-me por senhor.

E disseram-lhe:

— Morderete. Não conhecemos entre nós nenhum cavaleiro que bem seja digno de manter um império ou um reino como ele, porque é homem bom e bom cavaleiro e muito valente.

140. Quando a rainha ouviu estas palavras, pareceu-lhe que seu coração ia partir, mas não ousou demons-

trar, para que os que estavam perto não percebessem, porque ela pensava livrar-se de outra maneira que não imaginavam. Depois que pensou muito no que haviam dito, respondeu:

— Certamente, de Morderete não direi nunca que não seja homem bom e bom cavaleiro, quanto a isto não tenho nada contra nem concordo tão pouco. Mas dai-me um prazo para que me aconselhe, e amanhã, à hora de prima, vos responderei. E Morderete saltou à frente e disse:

— Senhora, tereis ainda maior prazo do que pedis; vos darão prazo de oito dias, mas que vós me outorgueis que neste prazo fareis o que vos exigirão.

Ela concordou de boa vontade, como quem não buscava mais do que livrar-se deles.

141. Depois que acabou a fala a respeito disto, foi a rainha a sua câmara e fechou-se na companhia de uma donzela somente. E quando se viu em tão privado conselho, começou a fazer um pranto tão grande como se visse diante de si todo o mundo morto; suspirou cansada, triste e balançou sua cabeça e torceu suas mãos. E quando ficou muito tempo neste pranto, disse à donzela que com ela estava:

— Ide chamar-me Labor e dizei-lhe que venha falar-me.

E ela disse que iria de boa mente. Este Labor era um cavaleiro maravilhoso e de grandes proezas, e primo-irmão da rainha, e era o homem do mundo em quem a rainha mais confiava em grande necessidade, exceto Lancelote. Quando ele chegou diante dela, ela ordenou à donzela que saísse. E ela saiu. A própria rainha fechou a porta sobre eles dois. E quando se viu a sós com aquele em quem confiava, começou a fazer um pranto muito grande; e disse chorando ao cavaleiro:

— Meu primo, por Deus, aconselhai-me.

Quando Labor a viu tão sentidamente chorar, começou ele também a fazer muito grande pranto, e disse-lhe:

— Senhora, por que vos atormentais tanto? Dizei-me o que tendes, e, se puder vos ajudar nesta dor, com algo que possa fazer, farei. Isto vos garanto como leal cavaleiro.

Então disse-lhe a rainha chorando:

— Meu primo, tenho toda a dor que mulher pode ter, porque os deste reino querem me casar com este traidor e desleal que é, isto vos digo verdadeiramente, filho do rei Artur, meu senhor; e ainda que não o fosse, é ele tão desleal, que de modo algum o tomaria; quereria mais que me tivessem feito queimar. Mas vos direi o que penso fazer. Aconselhai-me do que ouvireis. Quero fazer guarnecer a torre desta vila de servos e de besteiros e de alimento e quero que vós mesmo convoqueis os servos e os façais jurar sobre os santos Evangelhos, cada um por vez, que não revelarão a ninguém por que estão lá. E quando me perguntarem, ao cabo do prazo que tenho para lhes dar resposta, por que mandei guarnecer a torre, responderei que é para preparar a festa do meu casamento.

— Senhora, disse Labor, não há nada que não vos fizesse para vos garantir. Vou buscar cavaleiros e servos para guardar a torre e ao mesmo tempo mandarei levar alimentos; e quando tiverdes a torre guarnecida, isto vos prometo, enviareis um mensageiro a Lancelote dizendo que vos venha socorrer. Digo-vos que, quando ele souber de vossa necessidade, não deixará de nenhum modo de vir socorrer-vos com tanta gente, que, com pouco esforço, vos poderá facilmente livrar desta dificuldade em que estais; nem Morderete, bem o sei, terá tanta valentia que o espere em batalha campal. E se acontecesse que o rei estivesse vivo — que não creio que tenha morrido —, e o mensageiro o encontrasse em Gaula, por ventura, assim que soubesse destas notícias voltaria a este país com toda a companhia que levou, e assim poderíeis estar livre de Morderete.

142. Quando a rainha ouviu este conselho, disse que lhe agradava muito, porque de tal maneira cuidava bem estar livre deste perigo em que os do país a haviam metido. Então partiu seu convidado. Procurou Labor cavaleiros e servos em quem mais confiava e eram tantos, que,

assim que os oito dias passaram, reuniu até duzentos servos e cavaleiros, que todos tinham jurado sobre os santos Evangelhos que iriam à torre de Londres e defenderiam a rainha contra Morderete, como pudessem, até a morte. E isto foi tão secretamente, que ninguém soube, senão aqueles que deviam participar. Dentro do prazo mandou a rainha abastecer a torre de todas as coisas que a corpo de homem pudessem ajudar ou servir e fossem encontradas no país. E quando chegou o dia em que a rainha devia responder de sua promessa e os altos barões do reino tinham vindo, aqueles que convocados tinham sido para isto, e estavam na sala, a rainha, que não havia esquecido, tinha já mandado entrar na torre aqueles que companhia lhe deviam fazer e estavam tão munidos de armas, que melhor não podiam. E quando estavam todos dentro, a rainha entrou e mandou levantar a ponte e foi acima às ameias da torre e disse a Morderete, que estava em baixo, e que bem havia percebido que a rainha lhe tinha escapado:

— Morderete, maldosamente mostrastes que meu senhor vos é aparentado, que me queríeis ter por mulher, quisesse eu ou não. Certamente mal pensastes, que quero bem que saibais que isto vos levará à morte.

Então desceu das ameias e veio a uma câmara que havia na torre e perguntou àqueles que com ela estavam o que poderia fazer.

— Senhora, disseram eles, não vos inquieteis mais, sabei que vos defenderemos bem esta torre contra Morderete, se é tal que a queira assaltar, porque não tememos nem um pouco sua força, nem terá ele coragem de pôr aqui os pés, nem ninguém de sua companhia, enquanto tivermos aqui alimento.

A rainha ficou muito satisfeita com estas palavras, e quando Morderete, que fora estava com sua companhia, percebeu que ele estava assim enganado, e tinha perdido a rainha, perguntou aos barões o que poderia fazer, porque a torre era forte e defensável e estava abastecida maravilhosamente de alimentos, e aqueles que dentro se meteram eram homens muito bons e ousados.

— Senhores, disse ele, que conselho me dais a respeito?

— Senhor, disseram eles, não há mais que assaltar a torre muito e amiúde, e sabei que ela não é tão forte, que possa longamente resistir a nós, pois que não terão de socorro de parte alguma, a não ser o que já têm.

— Por Deus, disse Morderete, não aconselharia atacá-la, se não estivesse mais seguro de vós do que estou.

E eles disseram que dariam toda sua segurança que deles exigisse.

— Por isso vos peço, disse ele, que me afianceis vossa fé lealmente e me jureis sobre os santos Evangelhos que contra meus inimigos me ajudareis até a morte, mesmo contra o rei Artur, se alguma aventura o trouxesse a estas partes.

— Isto vos faremos, de boa vontade, disseram eles.

Então ajoelharam-se todos diante dele e tornaram-se homens seus, e juraram sobre os santos Evangelhos que o ajudariam contra todos os homens até a morte. E quando fizeram este juramento, ele disse-lhes:

— Senhores, eu vos agradeço! Muito fizestes por mim, que me elegestes senhor acima de todos vós e me fizestes homenagem. Certamente ora estou seguro de vós, que não há tão alto homem do mundo, que não ousasse esperar em campo, porque tenho vossa força em minha companhia. Ora não falta senão que me concedais vossos castelos e vossas fortalezas.

Cada um lhe fez então seu preito em sinal da tomada de posse, e ele os recebeu de cada um. Então ordenou que a torre fosse assediada de todos os lados e mandou armar seus homens e armar engenhos e escadas para subir às ameias, mas os que na torre estavam correram às armas. Veríeis ali muito grande assalto e muito maravilhoso, porque os de fora queriam subir à força, porque eram muitos, mas os de dentro não o queriam permitir, antes os matavam e abatiam derrubando-os no fosso, e tanto se defendiam bem, que assim que o assalto acabava, veríeis jazer no fosso mais de duzentos. Quando os de fora viram que os de dentro os prejudicavam tão duramente, voltaram atrás e ordenaram que os assaltos parassem. E fizeram como lhes foi mandado, porque estavam muito abatidos os que assaltavam, porque os de dentro se defendiam bem. Deste modo ficou a rainha assediada muito tempo na torre de Londres, mas saiu-se bem porque tinha consigo gente que a defendia quanto podia. Um dia chamou a rainha um seu mensageiro, em quem confiava muito, e disse-lhe:

— Tu irás a Gaula para saber novas de meu senhor o rei, ou de sua morte, ou de sua vida. Se ele estiver vivo, lhe dirás como estou e lhe rogarás, por Deus, que não deixe de maneira alguma de vir socorrer-me o mais depressa que puder, porque, de outro modo, serei infamada, que para sempre não poderei manter esta torre contra Morderete e contra aqueles que estão em sua ajuda. E se acontecer que meu senhor esteja morto e saibas notícias verdadeiras dele e de Galvão, irás diretamente a Gaunes ou a Benoic, onde encontrarás Lancelote. E quando o tiveres encontrado, dirás que lhe envio saudações e amizade e que não deixe de modo algum de vir socorrer-me com toda a força que tiver de Gaunes e de Benoic. Podeis dizer que, se o socorro me faltar, estou infamada e desonrada, porque não poderei por mais tempo resistir a Morderete, porque tem em sua ajuda e em seu conselho todos desta terra.

— Senhora, disse o servo, tudo isto farei bem, se Deus quiser que à terra de Gaunes consiga chegar são e disposto, mas receio muito que não possa desta torre sair à vontade, porque está cercada de todos os lados, que não sei como fazer.

— Convém, disse ela, que isto faças logo que estejas fora e que leves a mensagem como te falei, porque de outro modo nunca ficarei livre destes traidores.

143. À noite, quando escureceu, despediu-se o servo de sua senhora e foi à porta e tanto fez que saiu e foi por entre os homens de Morderete, e saiu-se bem que não foi parado em lugar nenhum, porque cada um que o via cuidava bem que fosse deles. E quando se afastou bem deles, foi à vila procurar hospedagem e procurou tanto à noite, que teve um rocim bom e forte. Tomou então seu caminho e cavalgou tanto, que chegou ao mar e passou do outro lado. Então teve notícias de que o rei

Artur não estava morto, antes estava assediando a cidade de Gaunes. E o servo ficou muito alegre com esta novidade.

Mas ora deixa o conto a falar do mensageiro e volta a Artur e seus companheiros.

144. Ora diz o conto que o rei Artur, quando ficou diante da cidade de Gaunes cerca de dois meses, percebeu bem que o cerco não teria sucesso, porque maravilhosamente se defendiam os de dentro, de tal modo os prejudicavam todos os dias. Um dia disse Artur privadamente a Galvão:

— Galvão, fizestes-me tal cousa empreender em que não teremos honra: é esta guerra que começastes contra a linhagem do rei Bam, porque são homens tão bons de armas que, em todo o mundo, não há iguais. Ora olhai o que possamos fazer; digo-vos que mais poderemos perder do que ganhar, porque eles estão em suas terras e entre seus amigos e têm consigo cavalaria em grande número. E sabeis, verdadeiramente, sobrinho, que, se nos odiassem tanto quanto a eles odiamos, já teríamos tudo perdido, porque são tão valentes em armas, que não há igual no mundo. Ora cuidai do que faremos a respeito.

— Senhor, disse Galvão, eu me aconselharei comigo mesmo, e vos saberei responder à noite ou amanhã cedo.

Aquele dia ficou Galvão mais pensativo do que costumava. E quando pensou todo o tempo que lhe agradou, chamou um seu servo e disse-lhe:

— Vai dentro da cidade de Gaunes e dize a Lancelote do Lago que, se ele tem tanta valentia que ouse defender que a meus irmãos não matou à traição, estou pronto para provar com meu corpo que deslealmente e por traição os matou. E se ele puder me vencer desta acusação que lhe faço, meu tio voltará ao reino de Logres, que nunca mais demandará nada àqueles de Benoic do que entre nós houve; e se eu o puder vencer no campo, não demandarei mais, antes acabará a guerra, se os dois reis quiserem ter terra do rei Artur; e se não quiserem, não partiremos daqui nunca, enquanto não estiverem desonrados e mortos.

Quando o servo ouviu estas palavras, começou a chorar ternamente e disse a Galvão:

— Senhor, o que quereis fazer? Tendes tão grande vontade de vos infamar e vos levar à morte? Porque Lancelote é muito bom cavaleiro e forte, e, se morrêsseis deste modo, seriam todos abaixados e infamados, porque sois o melhor cavaleiro deste lado e o mais alto homem. Esta mensagem não faria, se Deus quisesse, apenas porque vejo tão abertamente vossa morte, porque muito seria mau e desleal, se por minha busca e por minha palavra, homem tão bom como vós fosse levado à morte.

— Tudo o que dizes, falou Galvão, nada vale. Convém que me faças esta mensagem, ou então esta guerra nunca será acabada, e é justo que seja levada a cabo por mim e por ele, porque ele a começou e eu vim atrás. Depois que foi por ele abandonada, fiz meu tio rei Artur recomeçá-la. É justo que eu tenha a primeira alegria ou o primeiro luto. Assim te digo que, se não visse meu direito, não combateria desta vez contra ele, pela melhor cidade do mundo, porque percebo bem e reconheço que ele é, por seu corpo, o melhor cavaleiro de quem alguma vez me aproximei. Isto saibam bem todos aqueles que o erro e a deslealdade fariam do melhor cavaleiro do mundo, mau; e a justiça e a lealdade fariam do pior, um cavaleiro seguro e digno, e esta é a causa pela qual temeria menos Lancelote, porque sei bem que o erro é seu e o direito é meu; porisso nem tu nem outrem deveríeis ter medo por mim, porque em tudo ajuda Nosso Senhor ao que é justo: esta é minha promessa e minha fé.

Isto disse Galvão ao servo, que lhe prometeu que iria à cidade de Gaunes e diria a Lancelote tudo o que deveria.

— Ora cuidado, disse Galvão, vai amanhã antes de prima.

E ele disse que iria verdadeiramente.

145. Aquela noite estavam tão cansados que mais não falaram. Haviam feito antes trégua por oito dias, e deviam terminar dentro de três dias. No dia seguinte, antes de prima, foi o servo para a cidade de Gaunes e esperou que Lancelote se levantasse, tivesse ouvido missa e

os dois reis também. Quando chegaram ao paço e sentaram-se, o servo disse-lhe:

— Senhor, envia-me a vós Galvão, a quem sirvo. E manda dizer-vos por mim que, se os vossos e os nossos combaterem mais um pouco juntos como começaram não pode ser que não haja muito grande perda de um lado e de outro. Mas ouvi bem; isto vos manda dizer Galvão que, se vós ousais combatê-lo, ele está disposto a provar, perante todos deste país, que deslealmente matastes seus irmãos. E se ele, por esta acusação, vos puder levar ao limite da força, não podereis escapar sem morte, porque, sem falha, não tomaria por vossa cabeça todo o mundo como resgate; e se puderdes vos defender e levá-lo de vencida, o rei seu tio voltará para o reino de Logres e manterá paz convosco pelo resto da vida, que nunca mais disto se falará, e, se isto recusais que não ousais ir ao seu encontro, todos os séculos vos deverão infamar, porque então se poderia ver e saber claramente que sois culpado daquilo de que sois acusado. Decidi agora o que fareis, porque isto vos manda dizer por mim.

Quando Lancelote ouviu isto que o servo dizia, respondeu muito aborrecido com esta nova, porque, sem falha, não queria combater com Galvão:

— Certamente, meu amigo, muito forte e muito aborrecida é esta mensagem, porque eu sou aquele que, de modo algum, nos dias de minha vida, queria combater com Galvão, porque ele é homem bom e pela companhia que me fez desde as primícias de minha cavalaria, mas a acusação, que é tão forte como de traição, me seria tão vergonhosa que, se não me defender, nunca mais terei honra; pois se torna mais vil e infame quem não se defende, quando acusado de traição, mais do que de qualquer outra acusação, por isso lhe dizei de minha parte que, se ele quiser dar garantia de manter esta condição, ele me encontrará armado no campo, à hora que quiser. Agora podeis ir. Dizei-lhe tudo isto como vos disse, não por medo que tenha dele, mas porque o amo tanto, que não queria pôr o corpo em batalha contra o seu.

E ele disse que esta mensagem levaria bem, e logo partiu. O rei Boorz disse a Lancelote:

— Certamente tão louca acusação não se fez nunca, nem homem tão prudente como Galvão deveria ser, porque todo o mundo sabe bem que nunca à traição matastes seus irmãos, mas honestamente em lugar tal onde havia mais de cem cavaleiros.

— Eu vos direi, disse o rei Leão, por que ele age desta maneira, ele tem tão grande mágoa da morte de seus irmãos, que quereria mais morrer que viver; e vingará em Lancelote com mais vontade do que em outro, por isso tão covardemente o acusou, porque tanto lhe faz se viver ou morrer.

— Imagino, disse Lancelote, que muito proximamente iremos à batalha; então não sei o que acontecerá, mas, se eu estiver por cima que lhe devesse cortar a cabeça, não o mataria por todo o mundo, porque muito me parece homem bom, e não há no mundo a quem tanto tenha amado, exceto o rei.

— Em verdade, disse Boorz, é maravilhoso que o ameis de tão grande coração e vos odeie ele mortalmente.

— É verdade, disse Lancelote, esta maravilha podeis ver; não saberá ele tanto me odiar, que não o ame, e não o diria ainda tão claramente, mas estou a ponto de viver ou de morrer, pois que a esta batalha cheguei.

146. Tais palavras disse Lancelote a respeito de Galvão, e todos aqueles que ouviram maravilharam-se muito e o prezaram muito mais do que antes o faziam. E o servo, que da parte de Galvão tinha vindo, ouviu a resposta de Lancelote. Partiu da cidade de Gaunes e cavalgou tanto, que chegou a Galvão. Contou-lhe rapidamente o que havia encontrado e disse:

— Senhor, à batalha não podeis falhar, se destes como garantia a Lancelote que o rei voltará a seu país, se vos puder vencer no campo.

— Em verdade, disse Galvão, se não conseguir que o rei o prometa, nunca mais quero levar armas. Cala-te, não fales mais disto, porque cuido bem ir a cabo.

Então foi Galvão ao rei e ajoelhou-se diante dele e disse:

— Senhor, rogo-vos e exijo que me deis um dom.

O rei concedeu muito generosamente, como quem não sabia o que queria pedir e o tomou pela mão e o levantou; e Galvão agradeceu-lhe muito e disse-lhe:

— Senhor, sabeis que dom me destes?

— Concedestes que me garantiríeis para com Lancelote que, se puder ele vencer-me no campo, deixareis o acampamento e ireis para o reino de Logres, de modo que, enquanto viverdes, não começareis esta guerra contra ele.

Quando o rei ouviu esta nova, ficou muito triste e disse a Galvão:

— Marcastes então combate contra Lancelote? Por qual conselho fizestes isto?

— Senhor, disse Galvão, fiz isto; a coisa não pode mais ficar assim, enquanto um de nós não morrer ou for vencido.

— Certamente, meu sobrinho, disse o rei, estou tão triste com este cometimento que fizeste, que, há tempos, não fico tão magoado com coisa que me acontecesse, como com isto. Não conheço cavaleiro do mundo com quem nunca quisesse que tivésseis batalha marcada, como este, porque nós o conhecemos como o melhor homem e o mais provado de todo o mundo e o mais acabado que se possa encontrar; porque receio tanto por vós, que sabei que preferia ter eu perdido a melhor cidade que tenho do que terdes vós falado isto.

— Senhor, disse Galvão, a coisa foi tão longe, que não pode mais ficar, e, se pudesse ficar, não o aconselharia nunca de modo algum, porque o odeio tão mortalmente, que queria mais morrer do que não ir em aventura matá-lo. Se Deus fosse tão generoso que permitisse que eu o levasse à morte e vingasse meus irmãos, não teria dor do que pudesse me acontecer; e se acontecer que ele me mate, ainda estarão os dois mortos que eu chore dia e noite, porque sabei que para ficar à vontade, de modo algum, ou morto ou vivo, marquei tal batalha.

— Meu sobrinho, disse o rei, venha Deus em sua ajuda, porque certamente não fizestes cometimento de que ficasse tão pesaroso, como estou com este, porque muito é Lancelote bom cavaleiro e forte e vós o provastes de algum modo, como já ouvi de vós mesmo. Então disse Galvão ao servo que a mensagem tinha trazido:

— Vai dizer a Lancelote que venha falar ao rei, meu tio, e venha inteiramente desarmado, porque também irá meu senhor sem armas e todos os que com ele forem.

O servo partiu de seu senhor e foi à cidade e encontrou Lancelote e Boorz, seu irmão, que estavam em conselho privado a uma janela, e falavam ainda do que Galvão havia mandado; e Lancelote dizia sempre que a batalha lhe pesava muito e que não havia dois cavaleiros contra quem não combateria mais à vontade do que Galvão, pelo amor que tinha por ele. E o mensageiro veio diretamente lá onde os viu. Ajoelhou-se diante de Lancelote e disse-lhe:

— Senhor, mandam-me a vós o rei e Galvão que vos pedem que vades falar a eles com três companheiros vossos inteiramente desarmados, porque do mesmo modo estarão eles. Lá será prometido de uma parte e de outra tão claramente, que ninguém possa fugir do acordo.

E Lancelote disse que iria de boa vontade e levaria o rei Boorz e Heitor, seu irmão; e partiu o mensageiro e veio às tendas e disse o que havia encontrado ao rei e a Galvão.

147. Então montou o rei Artur e convocou para ir com ele o rei Karados, e o terceiro foi Galvão. Montaram cavalos de batalha e dirigiram-se para a porta da cidade, inteiramente desarmados, e foram vestidos de um cendal, pelo calor que era muito forte. E quando chegaram perto da cidade, viram sair das portas o rei Boorz e Lancelote e Heitor. E aproximaram-se tanto que puderam falar. Lancelote disse a Boorz:

— Apeemos para ir encontrar o rei que vem aqui, que é o melhor homem do mundo.

E eles disseram que contra seu mortal inimigo não desceriam, se Deus quisesse. E Lancelote disse que, ainda que fossem inimigos, desceria por amor do rei. Pôs o pé na terra e seus companheiros fizeram o mesmo. E o rei disse aos que diante dele estavam:

— Por Deus, verdadeiramente há muito nestes três homens pelo que todo o mundo os deve louvar, porque há cortesia e generosidade mais que em ninguém, e de cavalaria estão muito bem providos e não há em todo o mundo quem lhes semelhe; e queira Deus que entre nós haja tão grande amor como nunca; Deus me ajude, não ficaria mais feliz do que se me dessem a melhor cidade que haja no mundo.

Então apeou e o mesmo fizeram seus três companheiros, e Lancelote, tão logo chegou perto deles, saudou-o muito tímido e cheio de vergonha, mas o rei não lhe retribuiu a saudação, porque viu que Galvão ficaria muito magoado. Lancelote disse-lhe:

— Senhor, mandastes que viesse falar-vos e vim para ouvir o que quereis dizer.

Galvão saltou à frente e respondeu pelo rei:

— Lancelote, disse Galvão, o rei veio aqui para fazer o que acertastes comigo; sabeis bem que vós e eu temos marcada uma batalha tão grande como de traição, pela morte que destes a meus irmãos, que matastes à traição, deslealmente; isto sabemos bem todos, disto vos acusei e vos defenderei. Mas porque não quereríeis nunca mais que, depois desta batalha, outra começasse, quereis, parece-me, que o rei vos garanta que, se vencerdes esta batalha e vierdes em cima de mim, seus homens não vos prejudicarão jamais, enquanto ele viva, antes deixarão de todo o acampamento e irão a seu país?

— Galvão, disse Lancelote, se vos aprouver, deixo em paz esta batalha, ainda que não pudesse deixar, sem que a vergonha fosse minha e se me tornasse em covardia, mas tanto fizestes por mim, vós e o rei que aqui está, que com dificuldade teria vontade de pegar em armas contra vós, principalmente em batalha mortal. Sabei que não o digo por covardia, nem porque vos tema, senão por generosidade, porque desde que esteja armado e montado em meu cavalo de batalha, bastante, se Deus quiser, porei meu corpo a defender-se contra vós, isto não digo por vantagem, nem porque não sejais o melhor cavaleiro do mundo, mas porque, se vos agradasse, queria bem que entre mim e vós houvesse paz; e para buscar a paz faria, em nome de

Deus, qualquer coisa que quisésseis ordenar, como tornarmo-nos homens vossos eu e Heitor, meu irmão, e vos fará homenagem toda a minha linhagem, menos os dois reis, porque não queria que se metessem em servidão. Tudo isto farei e ainda mais, porque vos jurarei agora, sobre os santos Evangelhos, se quiserdes, que partirei de Gaunes amanhã, antes de prima, e irei, pés descalços e vestido de pano, a sós e sem companhia, em exílio deste modo até dez anos; e, se dentro deste prazo eu morrer, perdôo-vos minha morte e vos farei quite perante minha linhagem; e, se ao cabo de dez anos, eu voltar e viverdes na época, e o rei, que aqui está, quererei ter a companhia de vós dois tão bem como a tive antes. E vos farei ainda outro juramento que não imaginais, de modo que não haja entre mim e vós motivo de felonia, vos jurarei sobre os santos Evangelhos que nunca de propósito matei Gaeriete, vosso irmão, e que mais me pesou disto do que me agradou; e tudo isto farei, não por medo que tenha de vós, mas porque me parece que será muita pena, se um de nós matar o outro.

148. Quando o rei ouviu a grande razão que Lancelote ofereceu para ter paz, ficou muito aborrecido, porque não cuidava de modo algum que Lancelote o fizesse; e disse a Galvão, os olhos cheios de lágrimas:

— Meu sobrinho, por Deus, fazei o que Lancelote vos propõe, porque certamente vos oferece todas as razões que cavaleiro possa oferecer a outro, por morte na linhagem; certamente nunca homem tão bom como ele vos diria o que ele disse.

— Certamente, disse Galvão, louvar não é o caso; queria mais ser ferido com uma lança no meio do peito e ter o coração fora do peito do que não fazer o que vos prometi, seja minha morte ou minha vida.

Então manteve seu pleito e disse ao rei:

— Senhor, eis-me aqui pronto para provar que Lancelote matou deslealmente meus irmãos, e seja a batalha marcada para o dia que quiserdes.

E Lancelote veio à frente e disse ao rei chorando:

— Senhor, pois que vejo que a batalha não pode ficar sem que me defenda, pelo que não me teriam nunca como cavaleiro, vede minha promessa de defender-me. Pesa-me que a fazer me convenha, e seja a batalha amanhã, se agradar a Galvão.

E ele concordou e o rei recebeu as garantias de ambos; e disse então Lancelote ao rei:

— Senhor, exijo que me prometais, como rei, se Deus me der a honra desta batalha, que levantareis o acampamento diante desta cidade e ireis para o reino de Logres com todos vossos homens, de modo que, nunca, enquanto viverdes, nos prejudicareis, nem a ninguém de nossa linhagem, a não ser que vos prejudiquemos antes.

E ele lhe prometeu, como rei. Então despediram-se uns dos outros, mas ao partir, disse Heitor a Galvão:

— Galvão, recusastes a mais bela oferta e o mais alto acordo que jamais alto homem como Lancelote ofereceu a cavaleiro; certamente, quanto a mim, queria que vos fizesse mal, e cuido que fará.

Lancelote disse a Heitor que se calasse então, porque muito havia dito, e ele calou-se. Despediram-se uns dos outros e foram a seus cavalos e montaram. Entraram uns na cidade e outros, nas tendas. Mas nunca vistes tão grande dor, nem tão grande grito como Ivã começou a fazer, quando soube verdadeiramente que a batalha estava marcada de uma parte e da outra, entre Galvão e Lancelote, e que ela não podia deixar de ser, veio a Galvão e censurou-o duramente e disse-lhe:

— Senhor, por que fizestes isto? Odiais tão duramente vossa vida, que empreendestes batalha contra o melhor cavaleiro do mundo, contra quem ninguém pôde jamais manter batalha, sem ser desonrado no fim? Senhor, por que empreendestes esta batalha, e ainda errada, porque se defenderá do justo? Nunca, em verdade, fizestes tais maravilhas ver.

— Não vos magoeis, senhor Ivã, disse Galvão, porque sei verdadeiramente que a justiça é minha e o erro, seu; por isso combaterei mais a seguro contra ele, ainda que fosse melhor cavaleiro o dobro do que é.

— Certamente, disse o rei Artur, Ivã, queria mais ter perdido a metade do meu reino, do que ter chegado a coisa ao ponto em que está, mas já que não pode deixar de ser, veremos o que será e esperemos a graça de Deus. E já fez ele maiores maravilhas, porque Lancelote ofereceu-lhe, para ter paz, tornar-se seu homem com toda sua linhagem, salvo os dois reis e, se isto não lhe agradasse, iria ele em exílio por dez anos, e ao voltar não lhe pediria senão nossa companhia.

— Certamente, disse Ivã, foi tão grande oferta, que depois disto não posso ver, em relação a nós, senão erro; ora permita Deus que não nos prejudique, porque certamente não tive nunca tão grande medo de desgraça como agora, pelo que vejo a justiça do lado de lá e o erro do lado de cá.

149. Muito grande pranto fizeram nas tendas o rei Artur e sua gente, porque Galvão tinha batalha marcada contra Lancelote; choraram todos os mais valentes, e tinham por isso tão grande dor, que as línguas não ousavam dizer o que o coração pensava; mas aos da cidade não pesava tanto, porque quando ouviram a grande razão revelar que Lancelote oferecera a Galvão, disseram que Deus lhe mandara desonra, porque era muito orgulhoso e de excessiva presunção. Aquela noite fez vigília Lancelote na matriz da cidade com grande companhia de gente e, à noite, confessou todos os seus pecados de que se sentia culpado contra Nosso Senhor ao arcebispo, porque muito temia sair-se mal contra Galvão, pela morte de seus irmãos, que havia matado. E quando madrugou, dormiu até hora de prima, e o mesmo fizeram todos os outros que com ele tinham feito vigília. E quando chegou a hora de prima, Lancelote, que muito temia ver o que convinha fazer, levantou-se, vestiu-se e viu os altos homens que o esperavam. Pediu rapidamente suas armas, e as trouxeram boas e belas, e fortes e seguras e leves, e armaram-no o melhor que puderam; poderíeis ver armá-lo grande número de barões, que dedicavam sua ciência e seu esforço em servi-lo e ver que nada lhe faltasse. E quando o aprontaram o melhor que puderam,

saíram do paço e vieram ao pátio. Lancelote montou um cavalo de batalha forte e ligeiro e coberto de ferro até o casco, e depois que montou, montaram os outros para lhe fazer companhia. Saíram da cidade, de modo que em sua força poderíeis ver dez mil, entre os quais não havia nenhum que por seu amor não entregasse seu corpo à morte, se necessário fosse.

150. Tanto cavalgaram que chegaram a um prado fora dos muros, onde a batalha deveria ser. Chegaram de tal modo que não havia um que estivesse armado, salvo Lancelote, nem houve quem entrasse no campo, antes espalharam-se em volta do lado da cidade; e quando aqueles das tendas os viram fora da cidade, trouxeram seu cavalo de batalha que os altos homens haviam, há algum tempo, armado para Galvão, e foram para o campo, como os da cidade tinham ido. O rei pegou Galvão pela mão direita e o levou para o campo, mas chorava tão sentidamente, como se visse todo o mundo morto diante de si; e Boorz tomou seu senhor pela mão direita e o levou ao campo e disse-lhe:

— Senhor, entrai, que Deus vos dê a honra desta batalha. E Lancelote persignou-se ao entrar no campo e recomendou-se fortemente a Nosso Senhor.

151. O dia estava belo e claro, e o sol levantado, que fazia luzir a armas; e os cavaleiros que estavam prontos e seguros deixaram-se correr um ao outro e abaixaram suas lanças e se entreferiram tão duramente em seus corpos e escudos, que foram a terra tão abatidos que não sabiam o que com eles acontecera, e estavam como se estivessem mortos. E os cavalos, que de seus senhores se sentiram aliviados, correram em fuga de um lado e de outro, mas não encontraram quem os parasse, porque em outro lugar tinham todos bastante a ouvir. Na hora em que os dois cavaleiros caíram, poderíeis ver muito homem bom abatido e muita lágrima sair de seus olhos; mas ao cabo de um tempo levantou-se primeiramente Lancelote e levou a mão à espada, mas ele estava muito aturdido pelo tombo que levara; e Galvão não o estava menos, cor-

reu a seu escudo que tinha voado de seu pescoço e meteu a mão à Escalibur, a boa espada do rei Artur, e foi contra Lancelote e deu-lhe tão grande golpe sobre seu elmo, que piorou seu estado; e aquele, que muitos golpes tinha dado e recebido, nada poupou, antes deu-lhe sobre o elmo tal golpe, que Galvão teve dificuldade de suportar; começou então entre eles dois a luta tão grande, que nunca vistes tão cruel entre dois cavaleiros; e quem visse os golpes dar e receber como homens bons os podia considerar. Desta maneira durou a batalha muito tempo e tanto levaram-se às espadas, com que se feriram muitas vezes, que as cotas de malha romperam nos braços e sobre as ancas e os escudos ficaram tão batidos, que poderíeis passar os punhos pelo meio e tinham os cantos quebrados de um lado e de outro e os elmos que protegiam de bons golpes não valiam mais, porque estavam tão afetados pelos golpes de espada, que quase a metade batia sobre os ombros; e se tivessem tanta força, quanta no início tinham, não poderiam viver muito mais, mas estavam cansados e lassos, que muitas vezes lhes acontecia que as espadas viravam nas mãos, quando imaginavam ferir; não havia um que não tivesse tais feridas, de que outro poderia morrer com a menor, entretanto, pelo esforço que tiveram, pelo sangue que perderam, combateram até hora de terça, mas então precisavam repousar, como quem não podia mais suportar, então recuou Galvão primeiramente e apoiou-se sobre seu escudo para retomar o fôlego, e o mesmo fez depois Lancelote.

152. Quando Boorz viu que Lancelote retirou-se do primeiro ataque, disse a Heitor:

— Ora, neste começo, tive receio por meu senhor, porque precisa repousar para levar um cavaleiro de vencida; e agora está repousando no meio da batalha, certamente é coisa que muito me admira.

— Senhor, disse Heitor, sabei verdadeiramente que, se não fosse pelo amor de Galvão, não repousaria, porque não tem grande necessidade.

— Não sei, disse o rei a Boorz, o que quererá fazer, mas agora daria o que há no mundo, se fosse meu, para que eu pudesse ir contra Galvão, certamente a batalha estaria acabada.

153. Deste modo foram os dois cavaleiros na batalha e foi um sobre o outro, mas quando aconteceu que Galvão viu abertamente que era perto de meio-dia, chamou Lancelote à batalha, tão fresco, como se ele não tivesse sofrido golpe, e atacou Lancelote tão maravilhosamente, que ele ficou todo espantado, e disse para si mesmo: "Por Deus, não acredito senão que este homem é diabo ou fantasma, porque dizia há pouco, quando o deixei em paz, que ele estava vencido, agora está tão disposto, como se não tivesse sofrido golpe nenhum nesta batalha." Isto disse Lancelote a respeito de Galvão, que estava com a força recuperada e muito rápido por volta do meio-dia; ele dizia a verdade. Isto não tinha começado ali, mas em todos os lugares onde ele tivesse combatido, já o tinham visto, que a força lhe aumentava por volta do meio-dia; e porque algumas pessoas achavam que era lenda, eu vos contarei como isto lhe aconteceu.

154. É verdade que, quando Galvão nasceu — ele nasceu em Orcânia, numa cidade que chamavam Nordelone —, e quando aconteceu o seu nascimento, o rei Loth, seu pai, que estava muito alegre, o fez levar a uma floresta, que lá perto havia, a um ermitão, que na floresta morava, e que era homem bom de tão santa vida, que Nosso Senhor fazia sempre por ele milagres de fazer andar os mancos, os cegos enxergarem, e muitos outros milagres fazia Nosso Senhor, por amor de homem tão bom. O rei mandou lá o menino, porque não queria que recebesse o batismo por outra mão que não fosse a sua. Quando o homem bom viu o menino e soube quem era, batizou-o então e chamou-o Galvão, porque este era o nome do homem bom, e isso foi por volta do meio-dia. Quando o menino foi batizado, um dos cavaleiros que tinha levado o menino ao homem bom disse:

— Senhor, fazei tanto que o reino se orgulhe de vós e do menino, quando chegar à idade de levar armas, que seja, por vossa oração, mais gracioso que qualquer outro.

— Certamente, senhor cavaleiro, disse o homem bom, a graça não vem de mim, antes vem de Jesus Cristo e sem ele não há graça que valha; entretanto, se por minha oração posso este menino tornar gracioso mais que qualquer outro cavaleiro, ele o será, mas ficai aqui esta noite, e vos direi amanhã que homem será e como será bom cavaleiro.

Aquela noite ficaram lá os mensageiros do rei até de manhã, e depois que o homem bom cantou a missa, veio a eles e disse-lhes:

— Senhor, deste menino que aqui está posso dizer-vos seguramente que será louvado por proezas sobre seus companheiros, que enquanto viver não será vencido por volta do meio-dia, porque tanto foi reforçado com minhas orações que sempre, à hora de meio-dia, aquela hora mesma em que foi batizado, recuperará sua força e sua virtude, em qualquer lugar que esteja, nem terá sofrido tanta pena e tanto esforço, que não se sinta naquele ponto todo fresco e leve.

Tudo o que o homem bom disse aconteceu, porque sempre recuperava sua força e sua virtude pela hora do meio-dia em qualquer lugar que estivesse, pelo que matou muito homem bom e venceu muita batalha, desde que levou armas. Acontecia, quando se combatia contra algum cavaleiro de grande força, que corria sobre ele o mais que podia até hora de meio-dia, de modo que a esta hora estava tão entregue que mais não podia, e quando ele cuidava repousar, corria então Galvão sobre ele o mais que podia, como aquele que nesta hora estava forte e ágil e levava-o então de vencida; e esta era a causa por que muitos cavaleiros temiam entrar em campo contra ele, salvo se fosse depois do meio-dia.

155. Esta graça e esta virtude que ele tinha pela prece do homem bom apareceu naquele dia em que combatia com o filho do rei Bam de Benoic; porque isto se via claramente que antes daquela hora estava Galvão atingido e vencido, tanto que, à força, lhe convinha repousar, mas quando sua força voltou, como vinha costumeiramente, então saiu sobre Lancelote, tão depressa que ninguém que o visse não diria que não parecia que ele tivesse

recebido algum golpe, tanto estava ele ligeiro e leve. Começou neste ponto a atacar Lancelote tão duramente que lhe fez o sangue correr do corpo em mais de dez lugares, e atacou-o tão duramente, porque cuidava levá-lo de vencida e bem pensava que, se não conseguisse vencê-lo por volta do meio-dia, não poderia nunca derrotá-lo; por isso o feriu e golpeou com a espada, indo sobre Lancelote, que estava todo abatido, e resistia ainda. Quando o rei Boorz viu que Lancelote estava por baixo, que não fazia senão defender-se, disse tão alto, que muitos o puderam ouvir:

— Ah! Deus, o que estou vendo? Ah! proeza, a que vos reduzistes? Ah! senhor, estais encantado, que ficastes por baixo, pelo corpo de um só cavaleiro? Sempre vos vi mais fazer em armas por vosso corpo mais do que dois dos melhores cavaleiros do mundo poderiam fazer; e agora estais tão abatido pela proeza de um só cavaleiro!

156. Deste modo durou a batalha até meio-dia, que Lancelote não fez senão suportar o esforço de Galvão e proteger-se, mas por isso repousou um pouco e retomou sua força e seu fôlego, e correu sobre Galvão muito depressa e deu-lhe por meio do elmo um golpe muito grande, que o fez cambalear; e ficou tão baqueado com este golpe que com dificuldade conseguiu levantar-se. Então começou Lancelote a feri-lo e a dar-lhe grandes golpes de espada e a ganhar terreno sobre ele. Galvão, que agora tinha maior medo que antes e que se viu em aventura de toda vergonha receber, se não pudesse defender-se, esforçou-se, por medo da morte, lançou mão de toda sua proeza. Defendeu-se tão dificilmente que, em sua grande fraqueza, saltou-lhe o sangue pelo nariz e pela boca, sem falar das outras chagas que tinha, que mais o sangravam do que era preciso. Assim durou a batalha dos dois cavaleiros até hora de noa; então estavam os dois tão mal arrumados, que não havia quem não tivesse noção da necessidade em que estava; e a praça onde eles combatiam estava toda atapetada de malha das armaduras e de peças do escudo. Mas Galvão estava tão cheio de feridas, que não podia esperar senão a morte, e Lancelote também

não estava tão são, que não tivesse maior necessidade de repousar do que de combater, porque muito o havia batido Galvão e assediado tanto, que o sangue lhe saía do corpo em mais de treze lugares, e, se fossem outros cavaleiros, estariam mortos, há tempo, pelo que sofreram, mas têm o ânimo tão forte que lhes pareceu que pouco fizeram, que não se levaram à morte nem à vitória, de modo que se visse qual o melhor.

157. Deste modo durou o combate até hora de vésperas, e então ficou Galvão tão quebrado, que com dificuldade pôde segurar a espada; e Lancelote, que não estava tão cansado, que podia ainda atacar, lançou sobre ele um golpe e o levou ora adiante, ora atrás, e ele agüentou ainda e suportou e cobriu-se de escudo o quanto tinha. E quando Lancelote viu que o levou abaixo, que todos os da praça o viram claramente, que não tinha mais defesa que pudesse servir, chegou-se um pouco sobre Galvão e disse-lhe:

— Ah! Galvão, seria razoável que desta acusação que me fizestes me désseis por quite, porque bem me defendi de vós até a hora de vésperas, e dentro da hora de vésperas, quem acusa alguém de traição deve ter sua briga decidida e sua batalha vencida, onde perdeu seu combate, por justiça. Senhor Galvão, isto vos digo para que tenhais pena de vós mesmo, porque, se mantiverdes mais esta batalha, não pode ser que um não morra muito vilmente, e seja nossa linhagem reprovada. E para que eu faça isto que vós ousaríeis exigir, rogo-vos que deixemos esta batalha.

Galvão disse que Deus não o ajudasse, se não concordasse de bom grado, antes disse a Lancelote:

— Ficai seguro que não pode ser que um de nós não morra neste campo.

Com isto ficou Lancelote muito triste, porque não queria de maneira alguma, que Galvão morresse por ele, porque ele o tinha tanto provado, que não cuidava mais, de manhã, que tivesse com ele tanta proeza, como naquele dia tinha encontrado; e era ele o homem do mundo que mais amava bons cavaleiros como Lancelote. Então foi para o lado onde viu o rei, e disse-lhe:

— Senhor, roguei a Galvão que deixasse a batalha, porque, certamente, se fizéssemos mais, não poderia ser que um de nós não recebesse perda.

Quando o rei, que bem reconhecia que Galvão levava a pior, ouviu esta generosidade de Lancelote, respondeu-lhe:

— Lancelote, Galvão não deixará a batalha, se não lhe agradar, mas vós podeis deixá-la, se quiserdes, porque já passou da hora; e fizestes bem o que devíeis.

— Senhor, disse Lancelote, não creio que me levaríeis a mal, se me retirasse e deixasse Galvão no campo.

— Certamente, disse o rei, não fizestes nunca coisa de que vos elogiasse, como esta.

— Então irei, com vossas despedidas, disse Lancelote.

— A Deus vos recomendo, disse o rei, que vos conduza a salvo, como o melhor cavaleiro que nunca vi e o mais cortês.

158. Então dirigiu-se Lancelote para os seus; e quando Heitor o viu vir, disse-lhe:

— Senhor, o que fizestes que estando por cima de vosso mortal inimigo, não vos pudestes vingar, antes o deixastes escapar, depois que vos acusou de traição? Voltai, senhor, e cortai-lhe a cabeça; então estará vossa guerra acabada.

— Ah! meu irmão, disse Lancelote, o que é que dizeis? Deus me ajude, queria mais estar ferido com uma lança no meio do peito, do que ter matado homem tão bom.

— Ele vos teria matado, disse Heitor, se pudesse; e vós, por que não lhe fizestes outro tanto?

— Não faria nunca, disse Lancelote, porque meu coração, a quem estou preso, não concordaria nunca.

— Certamente, disse o rei Boorz, isto me pesa, e é algo de que vos arrependereis ainda.

Então montou Lancelote seu cavalo, que lhe foi trazido, e entrou na cidade; e quando chegou à grande praça e foi desarmado, os mestres viram que ele estava ferido duramente e tinha perdido tanto sangue, que outro estaria morto. E quando Heitor viu as chagas, ficou muito aborrecido; e quando os mestres viram, ele perguntou-lhes se poderia curar-se.

— Sim, disseram eles, ele não corre perigo de morte, entretanto perdeu muito sangue e as chagas são tão fundas, que estamos muito abatidos, mas sabemos que se livrará delas.

Então cuidaram das chagas de Lancelote e puseram em cima o que cuidaram que era bom. E depois que o medicaram o melhor que puderam, perguntaram-lhe como se sentia.

— Bem, disse Lancelote. Então disse ao rei Leão e a Boorz, que tinham vindo vê-lo:

— Senhores, digo-vos que, desde que levo armas, nunca tive medo de um só cavaleiro, senão hoje. Hoje, sem falha, tive o maior medo como nunca, porque, ao meio-dia, quando já tinha levado Galvão que estava vencido, de modo que não podia defender-se senão pouco, logo o encontrei tão forte e tão rápido que, se tivesse ficado muito tempo naquela proeza, não poderia eu escapar sem morte. Maravilha-me muito como isto pôde acontecer, porque antes sei que estava vencido e atingido, e, em tão pouco tempo, veio-lhe tal força como não tinha no início.

— Certamente, disse Boorz, dizeis a verdade; naquela hora tive tanto medo por vós, como nunca tive tão grande, e, se ele continuasse como estava naquela hora, não escaparíeis sem morte, porque ele não seria tão generoso convosco, como fostes com ele. Tanto vi de vós dois, que sois os melhores cavaleiros do mundo.

Assim falavam os de Gaunes da batalha e muito se maravilharam como Galvão tinha tanto suportado de Lancelote, porque todos sabiam bem que Lancelote era o melhor cavaleiro do mundo e mais jovem do que Galvão, cerca de vinte e um anos e naquela época podia bem Galvão ter setenta e seis anos e o rei Artur, noventa e dois.

159. Quando os das tendas viram que Lancelote entrara na cidade, foram a Galvão, que estava apoiado a seu escudo, tão quebrado, que não podia mais sustentar-se.

Montaram-no sobre um cavalo e o levaram diretamente à presença do rei, depois o desarmaram e o acharam tão ferido, que desmaiou em suas mãos. O mestre foi chamado; quando viu suas chagas, disse que o daria são dentro de curto prazo, exceto de uma chaga que tinha na cabeça, e era profunda. O rei disse-lhe:

— Meu sobrinho, vosso orgulho vos matou; é pena, porque nunca de vossa linhagem sairá tão bom cavaleiro como sois nem como fostes.

Galvão não teve força para responder ao que lhe disse o rei, porque tanto estava doente, que não cuidava ver o dia seguinte. Então choraram todos, grandes e pequenos, quando viram Galvão tão acabado como nunca; choraram os ricos e os pobres, porque o amavam todos de grande amor. Ficaram a noite toda diante dele para ver o que faria, porque não viam a hora em que morresse às suas mãos. Nenhuma vez a noite toda abriu os olhos Galvão, nem disse palavra, nem nada fez, como se estivesse morto, salvo que, de vez em quando, lamentava-se muito profundamente. Logo que amanheceu, ordenou o rei que desmanchassem as tendas e os pavilhões, porque lá não ficaria mais, antes iria a Gaula hospedar-se e não voltaria, enquanto não soubesse se Galvão poderia ou não curar-se. De manhã, assim que clareou o dia, partiu o rei de Gaunes, muito triste a mais não poder, e fez levar em liteira Galvão tão doente que os mestres mesmos não esperavam senão morte.

160. O rei foi hospedar-se numa cidade que chamam Meaux, e ficou lá até que Galvão sarasse. Quando o rei tinha ficado muito tempo naquela cidade, ele disse que iria proximamente ao reino de Logres. Então chegaram novas que muito duramente o desagradaram, porque um servo disse-lhe um dia pela manhã:

— Senhor, novas vos trago muito desagradáveis.

— Quais são? — disse o rei. Dize.

— Senhor, em vossa terra entraram os de Roma; já têm toda a Borgonha queimada e destruída, e os homens feridos e mortos, e a terra toda saqueada; sei verdadeiramente que virão esta semana sobre vós para combatervos em batalha campal, mas nunca vistes tanta gente como eles têm.

Quando o rei Artur ouviu estas novas, disse ao servo que se calasse, porque, se os homens ouvissem dizer o que ele dizia, haveria alguns que, por ventura, ficariam mais abatidos do que deveriam. E o servo disse que não falaria mais. E o rei veio a Galvão, que estava quase curado, exceto da chaga que tinha na cabeça, de que, sem dúvida, morreria. O rei perguntou-lhe como se sentia.

— Senhor, bem, graças a Deus, disse Galvão. Estou pronto para levar armas.

— E vos é muito necessário, disse o rei, porque muito más novas nos chegaram hoje.

— Quais são elas? — disse Galvão. Por favor, dizei-me.

— Por Deus, disse ele, um servo falou-me que as forças de Roma entraram nesta terra e esta semana devem vir sobre nós e combater em batalha campal. Ora cuidai o que se poderá fazer.

— Certamente, disse Galvão, o melhor que vejo é que partamos amanhã contra eles e que os combatamos em batalha campal, e creio que os romanos são de tão fraco ânimo e de tão poucas forças, que não terão contra nós resistência.

O rei disse que faria assim. Então perguntou novamente a Galvão como se sentia, e ele disse que tão leve como nunca e com tanta força também, salvo pela chaga da cabeça, da qual não estava ainda completamente curado, à sua vontade; mas nem por isso deixaria de levar armas, assim que fosse necessário. E o rei partiu no dia seguinte deste castelo onde tinha se hospedado e cavalgou tanto ele e sua gente, que encontrou, entre a Campanha e a Borgonha, o imperador de Roma, que tinha muita gente, mas não eram bons cavaleiros como os da Grã-Bretanha. O rei Artur, antes de combater, enviou alguns de seus cavaleiros às hostes dos romanos para perguntar ao imperador por que razão tinha entrado em suas terras, sem sua autorização. O imperador respondeu e disse:

— Não entrei em terra vossa, mas na nossa, porque ele não tem terra, que não deva ter de nós. Vim aqui para vingar um príncipe nosso, Froila da Alemanha, que outrora matou com suas mãos; e pela traição que nos fez, não terá paz conosco, enquanto não nos fizer homenagem, de modo que tenha de nós a terra, de maneira que nos pague tributo cada ano e aqueles que depois dele vierem também.

A isto responderam os mensageiros do rei e disseram:

— Senhor, pois que outra coisa não se pode esperar de vós, nós vos desafiamos da parte do rei Artur, e sabei que entrastes em batalha, de que sereis desonrado em campo e todos os vossos homens mortos.

— Não sei, disse o imperador, o que acontecerá, mas para a batalha viemos aqui, e pela batalha ganharemos ou perderemos esta terra.

Então partiram os mensageiros do imperador, e quando voltaram ao rei, disseram-lhe o que haviam encontrado.

— Ora, disse o rei, não há senão combater, porque queria mais morrer do que ter terra dos romanos.

161. De manhã armaram-se os de Logres; distribuiu o rei as dez batalhas; e depois que as distribuiu, os primeiros foram ferir os romanos tão maravilhosamente, que os deixaram abatidos; podia-se ver na batalha cavaleiros caírem de um lado e de outro, tantos, que a terra ficou deles coberta. Os romanos não eram hábeis e nem estavam tão habituados a levar armas como os do reino de Logres, pelo que os veríeis estrebuchar, como se fossem animais conduzidos à morte. Quando o rei Artur, que comandava a última batalha, chegou ao meio da multidão, poderíeis vê-lo matar romanos e fazer muito grandes maravilhas, porque, em seu tempo, não havia homem de sua idade que tanto pudesse fazer. E Galvão, que estava do outro lado, com Quéia, o mordomo, e Gilfrete, recomeçou a fazer tanto, que ninguém o devia censurar; e lá onde ele ia no meio da batalha, que era muito grande, aconteceu que encontrou o imperador e um sobrinho dele. Os dois tinham prejudicado muito os de Logres que iam matando e abatendo quantos encontrassem pela frente. Quando Galvão viu a maravilha que faziam, disse a si mesmo: "Se estes dois viverem mais tempo,

poderá nos acontecer desgosto, porque são bons cavaleiros." Então correu ao sobrinho do imperador e o feriu com tão grande golpe de espada, que lhe abateu o ombro esquerdo, e ele sentiu-se ferido de morte, e deixou-se cair por terra. A este golpe, reuniram-se ali os romanos e atacaram Galvão de todos os lados; feriram-no com espadas e lanças em todos os sentidos e fizeram em seu corpo grandes e maravilhosas chagas, mas nada lhe fazia tanto mal, como lhe fariam sobre o elmo, porque com isto renovou-se-lhe a chaga da cabeça, de que veio a morrer. Quando o imperador viu seu sobrinho tão ferido, deixou-se correr a Quéia, o mordomo, e o feriu tão duramente, que lhe meteu a lança pelo meio do corpo; abateu-o tão duramente ferido, que não viveu mais que três dias. Tomou a espada e foi contra Gilfrete e deu-lhe tão grande golpe pelo meio do elmo, que foi logo estordido, que não pôde manter-se em sela, antes voou do cavalo. Estes dois golpes viu o rei Artur e soube bem verdadeiramente que era o imperador; então deixou-se correr para aquele lado e feriu o imperador com toda sua força sobre o elmo, com sua espada forte e cortante, tão duramente, que nada pôde garanti-lo que não sentisse o corte da espada até os dentes; ele forçou seu golpe e o imperador caiu morto por terra, o que foi grande perda, porque ele era bom cavaleiro e ainda era jovem.

162. Quando os romanos viram seu senhor morto, sentiram-se derrotados, e puseram-se em fuga por onde puderam; e estes os perseguiram e os mataram e cortaram tão cruelmente, que não sobraram senão cem, que prenderam e levaram diante do rei Artur; e ele lhes disse:

— Viestes para a morte, se não me afiançardes que fareis minha vontade.

E eles afiançaram. Ele ordenou então que pegassem o corpo do imperador e o colocassem numa padiola, e depois disse aos romanos:

— Levareis vosso imperador a Roma e direis àqueles que encontrardes que, no lugar do tributo que ele pediu, eu envio o corpo de seu imperador; nem outro tributo lhes pagará o rei Artur.

E eles disseram que esta mensagem fariam bem; então partiram do rei, e ele ficou no lugar onde a batalha havia acontecido, porque de noite não quis partir.

Cala-se então o conto dele e volta ao servo que a rainha Genevra tinha enviado ao rei Artur para contar a traição que Morderete tinha cometido e como estava ela fechada na torre de Londres.

163. Ora diz o conto que no mesmo dia em que os romanos foram vencidos, como o conto relatou, o servo, que a rainha Genevra enviou a Gaunes do reino de Logres para levar as novas de Morderete, chegou diante do rei, que muito estava feliz e alegre com a bela aventura que Deus lhe havia dado, se não fosse por Galvão, que estava tão ferido, que bem via que não escaparia. Galvão não se queixava tanto de nenhuma chaga que tinha, como daquela da cabeça, que tinha recebido de Lancelote; os romanos tinham renovado toda sua dor no dia em que lhe deram grandes golpes sobre seu elmo. Sangrava muito, porque muito havia feito aquele dia na batalha; se não fosse homem tão bom, os romanos não teriam sido vencidos, por mais gente que contra eles houvesse. Então chegou o mensageiro da rainha diante do rei e disse-lhe:

— Senhor, a vós envia-me a rainha Genevra, vossa mulher, que vos revela por mim que vós a traístes e decepcionastes, e não sobrou de vós, senão que ela foi desonrada, ela e os de sua linhagem.

Então contou-lhe como Morderete errou e como foi coroado rei do reino de Logres e fizeram-lhe homenagem todos os altos barões que do rei Artur tinham terra, tudo de tal forma, que, se o rei Artur viesse, não seria recebido como senhor, mas como inimigo mortal. Depois contou-lhe como Morderete tinha a rainha assediada na torre de Londres e a fazia atacar cada dia:

— E porque a rainha tem medo que a destruam, vos pede ela, por Deus, que a socorrais o mais rápido que puderdes, porque, se demorardes, ela será logo tomada. E ele a odeia tão mortalmente que lhe desonrará o corpo e vós tereis grande vergonha.

164. Quando o rei ouviu estas palavras, ficou tão aborrecido, que não pôde palavra dizer; então disse ao servo que cuidaria bem, se Deus quisesse; e começou a chorar muito duramente, e, quando falou, disse ao cabo de algum tempo: "Ah! Morderete, ora me fazes tu conhecer que és a serpente que outrora vi sair de meu ventre, que minha terra ardia e se prendia a mim; mas o que nunca pai fez a filho o farei contigo, porque te matarei com minhas duas mãos, isto saibam todos os séculos; não queira Deus que morras entre outras mãos, que não as minhas." Esta fala ouviram vários altos homens, e maravilharam-se muito, porque souberam verdadeiramente, pelas palavras que o rei tinha dito, que Morderete era seu filho. Maravilharam-se do que ouviram muito fortemente. E o rei ordenou aos seus, que ao redor estavam, que fizessem saber à noite a todos do exército que estivessem prontos para montar na manhã seguinte, que o rei iria ao mar para passar ao reino de Logres. Quando esta nova foi sabida pelos guerreiros, veríeis tendas desmancharem abaixo e acima, e o rei ordenou que fizessem uma padiola para cavalos, onde levaram Galvão, porque não o deixaria longe de si, porque, se morresse, queria vê-lo morrer e, se vivesse, ficaria muito mais satisfeito. Tudo isto foi feito como o rei ordenou.

165. De manhã, tão logo clareou o dia, moveu-se o exército e quando pegaram o caminho, cavalgaram tanto, que chegaram ao mar. Então falou Galvão muito satisfeito para aqueles que à sua volta estavam:

— Ah! Deus, onde estou?

— Senhor, disse um dos cavaleiros, estamos à beira-mar.

— E para onde quereis ir? — disse ele.

— Senhor, queremos passar ao reino de Logres.

— Ah! Deus, disse Galvão, bendito sejais que vos agrada que eu morra em minha terra, que tanto desejei.

— Senhor, disse o cavaleiro com quem ele falava, cuidais então assim morrer?

— Sim, disse ele, verdadeiramente, sei bem que não viverei quinze dias; estou mais doente, porque não posso ver Lancelote, antes que morra, do que da minha própria morte, pois se eu visse aquele que sei que é o melhor cavaleiro do mundo e o mais cortês e lhe pudesse pedir perdão por ter sido tão vilão com ele no fim, parece-me que minha alma ficaria por isso mais à vontade, depois de minha morte.

O rei chegou a tais palavras e ouviu bem o que Galvão falava, e disse-lhe:

— Meu sobrinho, grande perda me fez vossa felonia, porque ela retirou-me a vós, que eu amo sobre todos os homens, e depois a Lancelote, que tanto era temido que, se Morderete soubesse que ele estava tão bem comigo como antes, não seria tão ousado, que cometesse tal deslealdade como aquela que começou. Agora passarei, como cuido, privação de homens bons, e de vós e daqueles em quem fiava mais nas grandes necessidades, quando desleais traidores reuniram todas as forças de minhas terras para virem contra mim. Ah! Deus, se tivesse agora em minha companhia aqueles que costumava ter, não temeria todo o mundo que estivesse contra mim.

166. Tais palavras disse o rei Artur, naquela hora, pelo que Galvão ficou muito triste; esforçou-se o mais que pôde para falar, e disse:

— Senhor, se perdestes Lancelote por minha loucura, recobrai-o por vosso saber, que facilmente o podereis atrair a vossa volta, se quiserdes, porque ele é o melhor homem que alguma vez vi e o mais generoso do mundo, e vos ama de tão grande amor, que sei verdadeiramente que virá a vós, se o chamardes. E ele vos é muito necessário, parece-me; nem por confiança que tendes em mim, não o deixeis, porque certamente nunca mais me vereis levar armas, nem vós, nem ninguém.

Quando o rei Artur ouviu o que Galvão dizia, que não poderia escapar sem morte, ficou tão magoado com estas palavras e fez tal pranto que não houve, no lugar, quem não tivesse muita piedade.

— Meu sobrinho, disse o rei, é então verdade o que dizeis, que nos deixareis nesta altura?

— Senhor, disse ele, sei verdadeiramente que não verei o quarto dia.

— Disto devo muito lamentar-me, disse o rei, porque a grande perda é minha.

— Senhor, disse Galvão, ainda vos aconselharia que mandásseis chamar Lancelote que vos venha socorrer e sei verdadeiramente que ele virá, tão logo leia suas cartas, porque ele vos ama muito mais do que cuidais.

— Certamente, disse o rei, tanto mal fiz contra ele, que não creio que mais possa a ele pedir, por isso não o chamarei.

167. Então chegaram marinheiros ao rei e lhe disseram:

— Senhor, quando vos aprouver, podereis entrar em vossa nau, porque já preparamos tudo o que será preciso; o vento é bom e forte, e demorar é loucura.

Então mandou o rei pegar Galvão e metê-lo na nave e deitá-lo o mais à vontade que pudessem aqueles que dele cuidavam; então entraram antes os mais ricos barões e com eles levaram suas armas e seus cavalos; e os outros barões entraram nas outras naus e os outros e seus homens com eles. Veio o rei Artur enfurecido com a grande deslealdade de Morderete, que havia buscado para perto de si; mas pesava-lhe mais ainda Galvão que ele via piorar a cada dia e aproximar-se do fim; esta dor tocava seu coração mais que qualquer outra, era a dor que não o deixava descansar de dia nem de noite, era a dor que não o deixava beber nem comer.

Mas ora deixa o conto a falar dele e volta a Morderete.

168. Ora diz o conto que Morderete manteve tanto o cerco em volta da torre de Londres, que ficou muito deteriorada e em más condições, porque muitas vezes fez lançar as manganelas e ferir os que nela estavam com grandes golpes, que não poderiam suportar tão longamente como suportaram, se não fosse que se defendiam tão maravilhosamente; e enquanto durava o cerco, não deixava Morderete de chamar os altos homens da Irlanda e da Escócia e de países estrangeiros, que dele tinham terra;

e quando chegavam, dava-lhes tão belos presentes, que ficavam todos desvanecidos; conquistou-os assim tão sabiamente, que se entregavam tão inteiramente a ele, que diziam bem em sua frente ou por trás dele, que não deixariam por nada de ajudá-lo contra todos os homens, até mesmo contra o rei Artur, se acontecesse de a ventura trazê-lo àquela terra. Então juntou Morderete do seu lado todos os altos homens que do rei Artur tinham terra e os manteve consigo muito tempo; e ele o podia bem fazer, porque o rei Artur lhe tinha deixado todos os tesouros ao partir onde quer que estivessem; e, por outro lado, todo o mundo lhe trazia novos e lhe dava, e os tinha por muito bem empregados, pela grande generosidade que nele se achava. Um dia em que ele fez atacar a torre, aconteceu que um seu mensageiro veio a ele, em conselho, um pouco à parte dos outros, e disse-lhe:

— Senhor, novas vos sei dizer muito maravilhosas; o rei Artur chegou a esta terra com todas as suas forças e vem a vós com muita gente; se quiserdes esperá-lo aqui, podereis vê-lo dentro de dois dias; não podeis falhar na batalha, porque ele não vem sobre vós por outra coisa. Ora cuidai o que fareis, que se não vos aconselhardes bem, ele vos porá logo a perder.

Quando Morderete ouviu esta nova, ficou todo abatido e atordoado, porque muito temia Artur e sua força e principalmente teve medo, por sua deslealdade, que prejudicasse mais do que qualquer outra coisa. Então aconselhou-se a respeito disto com aqueles em quem mais confiava e perguntou o que poderia fazer; e eles disseram:

— Senhor, não sabemos outro conselho dar, senão que reunais vossos homens e vades contra ele e lhe ordeneis que abandone a terra, cujos homens bons são vossos; e se ele não quiser a terra abandonar, tendes mais gente do que ele, e que vos amam de bom amor; combatei contra ele com firmeza; e sabei verdadeiramente que seus homens não terão resistência contra vós, porque estão cansados e fracos e nós estamos dispostos e descansados, que não levamos armas há tempo. Assim que sairdes daqui, consultai vossos barões se concordam com a batalha, e cremos que não será diferente do que vos dissemos.

Morderete disse que assim faria. Mandou virem à sua frente todos os seus barões e todos os altos homens do país que estavam na cidade. E vieram a ele, e quando chegaram, disse-lhes que o rei Artur vinha contra eles com toda sua força e estaria em Londres dentro de três dias. E aqueles que lá estavam disseram a Morderete:

— Senhor, de sua vinda, o que vos preocupa? Porque tendes mais homens do que ele, ide seguramente contra ele, pois meteremos nossos corpos em aventura de morte, de tal modo que vos garantimos a terra que vos demos e não vos faltaremos, enquanto pudermos levar armas.

Quando Morderete ouviu que se orgulhavam de combater, ficou muito alegre, agradeceu-lhes tudo e ordenou que pegassem armas, porque não tinham o que esperar e ele queria bem estar contra o rei Artur, antes que a terra fosse invadida. Então foi a nova sabida por todo o país e disseram que avançariam na manhã seguinte contra o rei Artur. Aquela noite passaram no trabalho de se aparelharem. No dia seguinte, tão logo clareou o dia, partiram de Londres e contaram que eram mais de dez mil.

Ora deixa o conto a falar deles e volta à rainha Genevra, a mulher do rei Artur.

169. Ora diz o conto que, quando Morderete partiu de Londres com sua companhia, os da torre souberam bem das novas de que o rei Artur vinha e que aqueles tinham ido contra ele para o combater. Contaram à rainha, que ficou muito alegre e muito triste; alegre porque se viu livre, e triste pelo rei, que tinha medo que morresse na batalha. Começou então a pensar, tão mal estava, que não sabia o que fazer; neste pensamento em que estava, chegou seu primo, por ventura à sua frente; e quando ele a viu chorar, ficou muito magoado e disse:

— Ah! senhora, o que tendes? Por Deus, dizei-me, e vos aconselharei como puder.

— Eu vos direi, falou a rainha. Duas coisas me puseram neste pensamento: uma, que vejo o rei entrar nesta batalha, e se Morderete levar a melhor, me matará; outra que, se meu senhor tiver a honra desta batalha, não poderá acreditar, de forma alguma, que Morderete não tenha me conhecido carnalmente, pelo grande esforço que fez para ter-me; sei verdadeiramente que me matará, tão logo possa pôr as mãos em mim. Por estas duas coisas podeis ver claramente que não posso escapar sem morte, de um ou de outro lado. Ora cuidai se posso estar muito à vontade!

Ele não soube aconselhá-la a respeito disto, porque via por todos os lados a morte preparada, e disse:

— Senhora, se Deus quiser, o rei meu senhor terá maior piedade de vós do que cuidais; não vos inquieteis tanto, mas rogai a Deus Nosso Senhor Jesus Cristo que dê a vosso senhor a honra e a vitória nesta batalha e que lhe perdoe sua raiva, se é que tem raiva de vós.

Aquela noite repousou muito pouco a rainha, como quem não estava disposta, mas muito apavorada, porque não via salvação de nenhum lado.

170. No dia seguinte, logo que clareou, ela acordou duas de suas damas, aquelas em quem mais confiava. Depois que se vestiram e ficaram prontas, ela fez cada uma montar seu palafrém e levou dois escudeiros consigo, e fez levar fora da torre dois animais de carga carregados de ouro e de prata. Deste modo saiu a rainha de Londres; foi até uma floresta, que lá perto havia, onde ficava uma abadia de religiosas que seus ancestrais tinham feito. Quando entrou, foi recebida tão honradamente como se devia tal dama receber; mandou descarregar todo o tesouro que tinha mandado trazer, depois disse às donzelas que com ela tinham vindo:

— Donzelas, se quiserdes, vós ireis e, se vos agradar, ficareis; quanto a mim, digo-vos que ficarei aqui e me tornarei religiosa, porque minha mãe, que foi rainha de Tarmelide, que consideram boa dama, aqui entrou e permaneceu o restante de sua vida.

— Quando as donzelas ouviram o que a rainha lhes disse, choraram muito e disseram:

— Senhora, já esta honra não recebereis sem nós.

E a rainha disse que desta companhia se alegrava muito. Então veio a abadessa à frente; tão logo viu a rainha, teve muito grande alegria. E a rainha pediu-lhe então que a recebesse.

— Senhora, disse a abadessa, se o senhor rei tivesse morrido, receberíamos muito de bom grado vossa companhia, mas como está vivo, não ousaríamos receber-vos, porque nos mataria, sem falha, assim que o soubesse. E ainda, senhora, há outra coisa; certamente, se ora vos recebêssemos, não poderíeis suportar as ordens, porque há nelas grande esforço, principalmente para vós que tivestes todas as facilidades do mundo.

— Senhora, disse a rainha, se não me receberdes, será pior para mim e para vós, porque se eu me for daqui e me sobrevier mal por alguma aventura, a perda será minha, e o rei vos pedirá meu corpo, disto estai segura, porque por vossa falha me terá acontecido desgraça.

Isto disse a rainha à abadessa, que não soube o que responder; e a rainha levou-a a um canto e disse-lhe da angústia e do medo por que queria lá ficar.

— Senhora, disse a abadessa, a respeito disso vos aconselharei bem; ficareis aqui verdadeiramente; e se advier, por desgraça, que Morderete leve a melhor sobre o rei Artur e vença esta batalha, então podereis logo tomar o hábito e entrar na ordem; e se o Deus da glória desse a vosso senhor que vencesse esta batalha e ficasse por cima e saísse são e disposto, eu faria bem com ele vossas pazes, e estaríeis melhor com ele do que antes.

E a rainha respondeu à abadessa:

— Senhora, creio que este conselho seja bom e leal e farei como dissestes.

Deste modo ficou a rainha dentro com as religiosas e lá meteu-se pelo medo que tinha do rei Artur e de Morderete.

Mas ora deixa o conto a falar dela e volta ao rei Artur.

171. Nesta parte diz o conto que quando o rei Artur se meteu no mar para ir ao reino de Logres para destruir e pôr fora Morderete, houve bom vento e forte que logo o levou do outro lado e toda sua companhia; chegaram ao castelo de Dovre; e quando chegaram e tiraram suas armas, o rei fez saber aos de Dovre que abrissem a porta

e o recebessem dentro, e eles o fizeram com grande alegria e disseram que cuidavam que estava morto.

— Ora sabei bem que esta deslealdade perseguiu Morderete, disse o rei Artur, de que morrerá, se eu puder, como desleal e perjuro contra Deus e contra seu senhor.

172. Aquele dia, por volta da hora de vésperas, disse Galvão àqueles que em torno dele estavam:

— Ide dizer ao senhor meu tio que venha me falar.

Um dos cavaleiros foi ao rei e disse-lhe que Galvão o chamava. Quando o rei chegou, encontrou Galvão tão abatido, que ninguém pôde tirar nenhuma palavra dele; então começou o rei a fazer muito grande pranto; e quando ouviu que seu tio fazia sobre ele tão grande pranto, reconheceu-o, abriu os olhos e disse como pôde:

— Senhor, eu estou morrendo; por Deus, se puderdes deixar de combater contra Morderete, deixai, porque vos digo verdadeiramente, se não morrerdes por outro, por ele morrereis. E à senhora rainha saudai por mim; e vós, senhores, entre os quais há algum que, se Deus quiser, verá Lancelote, dizei-lhe que lhe envio saudação acima de todos os homens que conheci e que lhe peço perdão, e rogo a Deus que o conserve em tal estado como o deixei. Rogo-lhe que não deixe de modo algum de vir ver meu túmulo, logo que souber que morri; não acontecerá que não tenha alguma piedade de mim.

Então disse ao rei:

— Senhor, exijo que me façais enterrar em Camalote com meus irmãos, e quero ser colocado naquela tumba mesma em que o corpo de Gaeriete foi posto, porque ele foi o cavaleiro do mundo que mais amei. E fazei escrever sobre meu túmulo: "Aqui jazem Gaeriete e Galvão, que Lancelote matou por ultrajes de Galvão." Este letreiro quero que lá esteja, para que eu seja censurado pela minha morte, como a mereci.

O rei, que muito grande pranto fazia, quando ouviu isto que Galvão dizia, perguntou-lhe:

— Como, sobrinho, viestes à morte então por Lancelote?

— Senhor, sim, pela chaga que me fez na cabeça, de que estava curado, mas os romanos a renovaram na batalha.

Depois desta fala, não houve quem o ouvisse mais dizer palavra, exceto isto que disse:

— Jesus Cristo, pai, não me julgueis segundo minhas más obras.

E então passou do século, as mãos cruzadas sobre o peito. O rei chorou e fez grande pranto, desmaiou sobre ele muitas vezes e declarou-se cansado, fraco e triste e disse:

— Ah! Fortuna, coisa contrária e adversa, a mais desleal coisa que há no mundo, por que foste para comigo outrora tão generosa e tão amável para vender-me tão caro no fim? Foste outrora mãe para mim, agora te tornaste madrasta e para me fazer morrer de dor trazes contigo a morte, que de dois modos me infamaste — por meus amigos e por minha terra. Ah! morte vilã, não devias ter levado tal homem como meu sobrinho era que passava de bondade todo o mundo.

173. Muito ficou o rei Artur magoado com esta morte, e tanto teve grande pesar, que não soube o que dizer. Desmaiou tantas vezes, que os barões tiveram medo de que ele morresse entre suas mãos; levaram-no a uma câmara, porque não queriam que ele visse o corpo, porque, se o visse, não cessaria seu pranto. Todo o dia foi a dor no castelo tão grande, que não se ouviu trovão, e choravam todos e todas, como se fossem primos irmãos de cada um; e não era maravilha, porque Galvão tinha sido o cavaleiro do mundo mais amado por muita gente; fizeram ao corpo toda honra que puderam fazer e o puseram em panos de seda ornado de ouro e pedras preciosas; à noite houve lá dentro muita claridade, que parecia que o castelo queimava. No dia seguinte, assim que clareou, o rei Artur, que se via cheio de todas as coisas, pegou cem cavaleiros e os fez armar e mandou pegar uma padiola para cavalos e mandou pôr dentro o corpo de Galvão, e disse:

— Conduzireis meu sobrinho até Camalote e lá o fareis enterrar do modo como exigiu e colocá-lo no túmulo de Gaeriete.

Enquanto dizia isto chorava sentidamente, e os da praça não estavam menos tocados de sua dor, como da morte de Galvão. Então montaram os cem cavaleiros e, à despedida, havia mais de mil outros, que todos bradavam e gritavam atrás do corpo e diziam:

— Ah! bom cavaleiro e seguro, cortês e generoso, maldita seja a morte, que nos tira a vossa companhia!

Assim choravam todos atrás do corpo de Galvão. Depois que se despediram, o rei parou e disse àqueles que o corpo deviam levar:

— Não posso ir mais longe, ide a Camalote e fazei o que vos disse.

Então voltou o rei tão triste como nunca e disse a seus homens:

— Ah! senhores, agora veremos que fareis daqui para frente, porque perdestes aquele que era vosso pai e escudo em todas as necessidades. Ah! Deus, ora creio que sentiremos por muito tempo falta dele.

Isto disse o rei andando.

174. Aqueles que o corpo deveriam conduzir cavalgaram o dia inteiro, até que ventura os levou a um castelo que tinha nome Beloé, de que era senhor um cavaleiro que nunca havia amado Galvão, antes o havia odiado, por inveja, porque via que Galvão era melhor cavaleiro do que ele. Aqueles que o corpo levavam desceram diante do paço; não havia um que não tivesse grande dor no coração. Nisto saiu uma dama, que lhes perguntou que cavaleiro era aquele. Responderam que era Galvão, o sobrinho do rei Artur. Quando a dama ouviu estas palavras, correu para lá e viu o corpo, como se estivesse louca, e desmaiou sobre ele. E quando voltou a si, disse:

— Ah! senhor Galvão, como é grande a vossa perda, principalmente para damas e donzelas! E perco muito mais que nenhuma outra, porque perco o homem do mundo que mais amava, e saibam bem todos os que aqui estão que não amei nunca outro homem fora ele, nem nunca amarei outro, enquanto viver.

A estas palavras saiu o senhor da câmara e ficou muito irado deste pranto que viu que ela fazia. Correu a uma câmara, pegou uma espada e veio para o corpo, e feriu sua mulher, que estava sobre ele, tão violentamente que lhe cortou o ombro e entrou bem meio pé pelo corpo; e a dama gritou:

— Ah! senhor Galvão, estou morrendo por vós! Por Deus, senhores, disse ela, rogo-vos que leveis meu corpo lá onde estais levando o seu, de modo que todos aqueles que nossas sepulturas virem, saibam que morri por ele.

Os cavaleiros não ouviram muito bem o que a dama dizia, porque muito estavam chocados de que ela morresse assim por tal desventura; correram sobre o cavaleiro, tiraram-lhe a espada e um dos cavaleiros disse-lhe:

— Certamente, senhor cavaleiro, muito grande desonra nos fizestes, que diante de nós matastes esta dama e por nada; Deus me ajude, creio que nunca ferireis a dama sem que vos lembreis.

Então tomou a espada e feriu tão duramente o senhor do castelo que lhe fez chaga mortal; e ele se sentiu ferido de morte. Quis fugir, mas o cavaleiro não deixou, antes deu-lhe outro golpe, que o abateu morto no meio do paço. Então gritou um cavaleiro que dentro do paço estava:

— Ah! covarde, fraco, este cavaleiro matou meu senhor.

E isto fez com que toda a cidade ficasse sabendo. Eles saíram às armas e disseram que em má hora vieram os cavaleiros, que cobrariam a morte de seu senhor muito caro; então foram a paço e os atacaram, e aqueles se defenderam bem, porque eram bons cavaleiros e amigos, tanto que os da cidade consideraram que era louco o ataque que haviam empreendido, porque aqueles os fizeram esvaziar o paço em pouco tempo.

175. Assim ficaram lá aquela noite e comeram e beberam do que acharam dentro. De manhã fizeram uma padiola e levaram a dama com eles; e cavalgaram até que chegaram a Camalote; e quando os da cidade souberam que lá estava o corpo de Galvão, ficaram muito tristes e muito sofridos com sua morte e disseram que ora estavam de todo aniquilados; levaram o corpo até a matriz

e o puseram no meio do mosteiro. Quando os comuns da cidade souberam que tinham trazido o corpo de Galvão, foi tanta gente lá, que ninguém saberia contar. E quando chegou a hora de terça, que o corpo tivesse seu enterro, puseram-no no túmulo com Gaeriete, seu irmão, e escreveram sobre a sepultura: "Aqui jazem os dois irmãos Galvão e Gaeriete, que Lancelote do Lago matou por ultrajes de Galvão." Deste modo foi Galvão enterrado com Gaeriete, seu irmão. Fizeram muito grande pranto os do país pela morte de Galvão.

Mas ora deixa o conto a falar de Galvão e da dama de Beloé nesta parte, e volta a estória a contar do rei Artur e de sua companhia.

176. Ora diz o conto que o rei Artur, depois que se despediu do corpo de Galvão, que mandou levarem a Camalote, voltou ao castelo de Dovre e ficou lá todo aquele dia. No dia seguinte, partiu e foi ao encontro de Morderete e cavalgou com toda sua companhia; à tarde, ficou à entrada de uma floresta; e à noite, quando foi deitar, depois que adormeceu em seu leito, pareceu-lhe que Galvão veio diante dele, mais belo do que nunca o tinha visto, e vinham atrás dele umas pessoas pobres, que diziam todas:

— Rei Artur, conquistamos a casa de Deus para Galvão, vosso sobrinho, pelo grande bem que nos fez, faze também o que ele fez e serás sábio.

E o rei respondeu que isto era muito bom. Então foi a seu sobrinho e o abraçou. E Galvão disse-lhe chorando:

— Senhor, guardai-vos de lutar contra Morderete; se combaterdes com ele, ou morrereis ou sereis ferido de morte.

— Certamente, disse o rei, em verdade, combaterei, ainda que deva morrer, porque senão seria vencido, se não defendesse minha terra contra um traidor.

Galvão partia então, fazendo o maior pranto do mundo, e dizia ao rei, seu tio:

— Ah! senhor, que dor e que perda, porque apressais muito vossa morte.

Depois voltava ao rei e dizia:

— Senhor, chamai Lancelote, porque sabei verdadeiramente que, se o tivésseis em vossa companhia, Morderete não poderia resistir; e, se nesta necessidade não o chamardes, não podereis escapar sem morte.

E o rei dizia que já por isso não o chamaria, porque lhe fizera já tanta coisa, que não cuidava que viesse a seu chamamento. E Galvão voltou chorando e dizendo:

— Senhor, sabei que será grande perda a todos os homens bons.

Assim aconteceu ao rei Artur dormindo. De manhã, quando acordou, fez o sinal-da-cruz e disse:

— Ah! meu Senhor Deus Jesus Cristo, que tanta honra me fizestes, desde as primícias de meu reinado, quando trouxe coroa e vim a ter terra, doce Senhor, por vossa misericórdia, não permitais que eu perca a honra desta batalha, mas dai-me vitória sobre meus inimigos, que são perjuros e desleais comigo.

Depois que o rei disse isto, levantou-se e foi ouvir missa do Espírito Santo e, depois que a ouviu inteira, fez todo o exército comer um pouco, porque não sabia a que horas encontraria a gente de Morderete. Depois que comeram, puseram-se a caminho e cavalgaram todo o dia muito bem e por lazer, para que os cavalos não ficassem muito cansados, quando chegassem à batalha. Aquele dia albergaram-se na planície de Lovedon e ficaram muito à vontade. O rei deitou-se em sua tenda acompanhado apenas de seus camareiros. Depois que dormiu, pareceu-lhe que uma dama vinha à sua presença, a mais bela, como nunca tinha visto no mundo, que o levantou da terra e o levou à mais alta montanha que nunca vistes, lá assentou-o sobre uma roda. Naquela roda havia assentos, dos quais uns subiam e outros desciam; o rei observava em que lugar da roda estava sentado e via que seu assento era o mais alto. A dama lhe perguntava:

— Artur, onde estás?

— Senhora, disse ele, estou numa roda alta, mas não sei qual é.

— É, disse ela, a roda da Fortuna.

Então perguntou-lhe:

— Artur, o que vês?

— Senhora, parece-me que vejo todo o mundo.

— É verdade, disse ela, tu o vês; não há muita coisa de que não tenhas sido senhor até agora; e de todo o círculo que vês foste o mais poderoso rei que existiu. Mas tal é o orgulho terreno, que não há ninguém, por mais alto que esteja, a quem não convenha cair do poder do mundo.

Então o pegava e o estrebuchava a terra tão vilmente, que ao cair, parecia ao rei Artur que estava todo quebrado e que perdia toda a força do corpo e dos membros.

177. Assim viu o rei Artur as desgraças que lhe estavam para chegar. De manhã, depois que se levantou, ouviu missa, antes de pegar armas, e confessou-se a um arcebispo, o melhor que pôde, de todos os seus pecados, de que se sentia culpado contra seu criador. E depois que se confessou e pediu perdão, revelou-lhe as duas visões que tinha tido nas duas noites anteriores. Depois que o homem bom as ouviu, disse ao rei:

— Ah! senhor, pela salvação de vossa alma, de vosso corpo e do reino, voltai atrás a Dovre com toda vossa gente e chamai Lancelote para que venha vos socorrer. E ele virá com muita boa vontade. Se combaterdes com Morderete como estais agora, vós sereis ferido de morte ou morto, e teremos tão grande perda, que durará enquanto os séculos durarem. Rei Artur, tudo isto vos acontecerá, se combaterdes contra Morderete.

— Senhor, disse o rei, não digais que me proibis fazer aquilo de que não posso me desviar.

— Convém que o façais, disse o homem bom, se não vos quereis infamar. Isto disse o homem bom ao rei Artur, como aquele que cuidava bem refrear sua vontade, mas isto não pôde ser, porque o rei tinha jurado pela alma de Uterpandragão, seu pai, que não voltaria, antes combateria Morderete.

— Senhor, disse o homem bom, é pena que não possa vos desviar de vossa vontade.

E o rei disse que se calasse, porque não deixaria de fazer sua vontade, pela honra do mundo.

178. Aquele dia cavalgou o rei pela planície de Salaber, o mais rápido que pôde, como quem bem sabia que naquela planície seria a grande batalha mortal, de que Merlim e outros adivinhadores haviam falado muito. Quando o rei Artur entrou na planície disse aos seus que acampassem ali, porque esperaria Morderete; e fizeram como ele ordenou; acamparam a pouca distância e arrumaram-se o melhor que puderam. Aquela noite, depois da ceia, foi o rei Artur andar pela planície com o arcebispo e chegaram a uma rocha alta e dura. O rei olhou para a rocha e viu que nela havia letras talhadas. Virou para o arcebispo e disse-lhe:

— Senhor, maravilhas podeis ver. Nesta rocha há letras que foram talhadas há tempo; olhai o que dizem. E ele olhou o letreiro, que dizia: "Nesta planície deve ser a batalha mortal, pela qual o reino de Logres ficará órfão."

— Senhor, disse ele ao rei, agora sabeis o que querem dizer. Se combaterdes Morderete, o reino ficará órfão, porque ou morrereis, ou sereis ferido de morte; de outro modo não poderei sair. Para que acrediteis mais ainda que neste letreiro não há senão verdade, digo-vos que o próprio Merlim escreveu este letreiro e em tudo o que disse não houve senão verdade, porque estava certo das coisas que estavam por acontecer.

— Senhor, disse o rei Artur, vejo agora que, se não tivesse vindo antes, voltaria, por mais vontade que tivesse tido até aqui. Mas agora Jesus Cristo esteja em nossa ajuda, porque não voltarei nunca, enquanto Nosso Senhor não dê honra a mim ou a Morderete; e, se me desonrar, será por meu pecado e por minha desgraça, pois tenho maior número de bons cavaleiros do que Morderete.

Estas palavras disse o rei Artur muito triste e mais temeroso do que parecia, porque havia visto muitas coisas que apontavam para sua morte. O arcebispo chorou muito sentidamente, porque não pôde evitar isto. O rei voltou a sua tenda, e logo que lá chegou, veio um servo à sua presença e disse-lhe:

— Rei Artur, não te saúdo, porque sou um homem de teu inimigo mortal, Morderete, o rei do reino de Logres. Ele te diz, por mim, que loucamente entraste em sua terra, mas se queres prometer, como rei, que sairás amanhã cedo, e contigo toda a gente para o lugar de onde vieste, ele permitirá e não te fará mal, e se não queres isto fazer, chama-te à batalha amanhã. Ora, dize o que quererás fazer, porque ele não busca tua destruição, se esvaziares sua terra.

179. O rei, que ouviu esta mensagem, disse ao servo:
— Vai dizer a teu senhor que esta terra, que é minha herança, não esvaziarei por ele, de modo algum, antes aqui estarei como em minha terra para defendê-la e para expulsá-lo como perjuro, e bem saiba Morderete, o perjuro, que morrerá por minhas mãos; isto lhe dize de minha parte; é melhor para mim combatê-lo do que deixá-lo, mesmo que ele deva matar-me aqui.

Depois disto, o servo não demorou nada; partiu sem despedir-se e cavalgou tanto, que veio à presença de Morderete e contou-lhe palavra por palavra o que o rei mandou e disse-lhe:
— Senhor, sabei que é verdade que não podeis faltar à batalha, se esperardes até amanhã.
— Esperarei, disse Morderete, sem falha, porque nada desejo como a batalha campal contra ele.

180. Deste modo foi empreendida a batalha em que morreram muitos homens bons que não o mereciam. Aquela noite ficaram com muito medo os homens do rei Artur, porque sabiam bem que tinham muito menos gente do que Morderete, tanto por isso temiam muito combatê-los, e Morderete, tanto havia rogado aos saxões, que acabaram vindo em sua ajuda; e era uma gente forte e numerosa, mas não estavam tão treinados em batalhas como a gente do rei Artur, mas odiavam o rei com ódio mortal. Tinham virado para o lado de Morderete e haviam-lhe feito homenagem os mais altos homens da Saxônia, porque nesta altura desejavam muito vingar o grande desgosto que o rei Artur lhes havia feito certa vez. Deste modo reuniu-se muita gente de um lado e de outro, e assim que o dia clareou, o rei Artur levantou-se e

ouviu missa, depois armou-se e ordenou que sua gente se armasse. Estabeleceu o rei dez batalhas: a primeira comandava Ivã; a segunda rei Iom; a terceira, Karados; a quarta, o rei Kabarantins; a quinta, o rei Aguisans; a sexta, Gilfrete; a sétima, Lucão, o copeiro; a oitava, Sagramor, o imoderado; a nona, Guivrez e a última conduzia o rei Artur; e nesta havia grande força de sua gente, nela punham grandes esperanças, porque havia nela muitos homens bons, que não poderiam facilmente ser vencidos, a não ser que muito grande número de gente viesse sobre eles.

181. Depois que o rei Artur estabeleceu todas as batalhas, rogou a cada alto homem que cuidasse de fazer bem, porque, se desta batalha saísse com honra, nunca mais encontraria quem contra ele ousasse rebelar-se. Deste modo teve então o rei suas batalhas ordenadas, e o mesmo fez Morderete, mas porque tinha mais gente que o rei Artur, organizou vinte batalhas e pôs em cada uma tanta gente como era necessário e um bom cavaleiro para conduzir; na última pôs a maior força e colocou juntos os cavaleiros em quem mais confiava e desta foi ele o chefe e disse que esta batalha fazia contra Artur, porque seus espiões haviam dito que o rei comandava a última de suas batalhas. Nas duas primeiras batalhas, Morderete não tinha nenhum cavaleiro que não fosse da Saxônia, nas duas outras estavam os da Escócia, depois vinham os de Gales, que tinham gente sua em duas batalhas, e os de Norgales, três batalhas. Assim teve Morderete cavaleiros de dez reinos e tanto cavalgaram todos alinhados, que chegaram à grande planície de Salaber e viram as batalhas do rei Artur e as bandeiras que tremulavam ao vento. E esperavam montados os do rei Artur que chegassem os homens de Morderete. E aproximaram-se tanto, que não havia senão atacarem-se, veríeis então abaixarem as lanças. À frente de todos, do lado dos saxões, vinha Arcans, irmão do rei dos saxões e vinha armado sobre um cavalo de batalha, com todas as armas. Quando Ivã, que era o primeiro do seu lado, e esperava a primeira justa, o viu, deixou-se correr com a lança baixa.

Arcans feriu Ivã e quebrou sua lança; e Ivã o feriu tão duramente, que furou seu escudo e meteu o ferro da lança no meio do corpo; bateu-o bem e levou-o do cavalo a terra, e ao cair quebrou a lança e ficou no chão estendido e ferido de morte. Então disse um parente de Ivã, de modo que muitos puderam ouvir:

— A Saxônia está empobrecida de seu melhor herdeiro.

Começaram então as batalhas; a primeira do lado do rei Artur enfrentou as duas dos saxões. Poderíeis ver no combate muitos bons golpes de lança e caírem por terra muitos bons cavaleiros e muito bom cavalo abandonado no meio do campo, que não tinha quem os segurasse. Poderíeis ver, em pouco tempo, a terra coberta de cavaleiros, uns mortos e outros feridos. Deste modo começou a batalha na planície de Salaber, pela qual o reino de Logres foi levado à destruição e também muitos outros, porque não houve mais tanto homem bom como antes havia. Depois de sua morte, ficaram as terras gastas e devastadas e carentes de bons senhores, porque muito cedo morreram com grande dor e muita violência.

182. A batalha começou grande e maravilhosa, e quando os da frente tiveram suas lanças quebradas, meteram mão às espadas e deram tão fortes golpes que faziam banhar as espadas entre os elmos até os cérebros. Fez muito bem aquele dia Ivã e muito prejudicou os saxões; e depois que o rei dos saxões observou-o bastante tempo, disse consigo mesmo: "Se este viver mais tempo, estamos perdidos." Deixou-se correr no meio da multidão contra Ivã, quanto pôde o cavalo, e o feriu com toda sua força tão duramente, que o escudo não impediu que metesse a espada pelo costado esquerdo, mas ele não ficou ferido de morte; e quando seguia adiante, Ivã o feriu tanto com a espada cortante, que fez sua cabeça voar e o corpo cair a terra. Quando os saxões viram seu senhor no chão, começaram a fazer um pranto maior do que nunca; vendo os de Logres o pranto que tinham começado, não se importaram, antes correram sobre eles, com as espadas em riste; então mataram e fizeram tão grande

destruição, que logo debandaram em fuga, porque não havia entre eles quem não tivesse ferimento grande ou pequeno e mais foram derrotados pela morte de seu senhor do que por outra coisa. Quando os saxões esvaziaram a praça fugindo, os de Logres os perseguiram e foram em direção aos da Irlanda, e estes que os ajudaram bateram-se contra os homens de Ivã e os feriram muito duramente, porque estavam dispostos e descansados e então morreram muitos. E como eram valentes e preferiam morrer a voltar, receberam-nos como cansados e lassos o melhor que puderam; Ivã foi abatido nesta altura e ferido por duas lanças; teria morrido com toda sua companhia, se não fosse o rei Iom, que conduzia a segunda batalha, que os socorreu o mais depressa que pôde; então feriram-se com as lanças pelo corpo, bateram-se os cavalos, uns de cá e outros de lá, de modo que, em pouco tempo, poderíeis ver toda a planície coberta de corpos, uns mortos, outros feridos. Quando os da Irlanda e os do rei Iom juntaram-se em combate, poderíeis ver golpes darem e receberem e cavaleiros estrebucharem por terra; e o rei Iom, que ia buscando as fileiras, entrou tanto em meio do campo, que chegou onde estava Ivã, a pé, entre seus inimigos e queria montar, mas não podia, porque o impediam os inimigos; e quando o rei viu isto, deixou-se correr àqueles que se esforçavam por matar Ivã e deu-lhes grandes golpes onde pudesse atingi-los; dispersou-os e fê-los recuar, quisessem eles ou não, e os manteve afastados até que Ivã montou o cavalo que o próprio rei lhe deu.

183. Depois que Ivã montou, recomeçou a batalha como quem era de ânimo muito forte, e o rei Iom disse-lhe:

— Senhor, guardai-vos o melhor que puderdes, se não quereis morrer.

E Ivã disse que nunca tivera medo de morrer, salvo aquele dia, e disse:

— Maravilho-me como isto pudesse acontecer, pois nunca antes o medo me levou até a perturbação.

Voltaram à batalha e recomeçaram a dar golpes tão rápidos, que parecia que não tinham nenhum ferimento; tanto fizeram por sua proeza, que os da Irlanda fugiram, mas um cavaleiro irlandês deixou-se correr, com uma lança à mão, e feriu o rei Iom tão duramente, que a armadura não lhe serviu de garantia que não metesse a lança pelo corpo, ferro e cabo, de modo que apareceu grande parte do outro lado, e empurrou-o bem e levou-o a terra tão ferido, que não precisou de mestre. E quando Ivã o viu, ficou tão triste como nunca e disse:

— Ah! Deus, que perda a deste homem bom, que tão cedo morreu. Ah! távola redonda, tanto baixará hoje vossa grandeza, porque me parece que sereis hoje desnudada dos vossos que vos sustentaram até aqui na alta fama em que estivestes.

Tais palavras disse Ivã, quando viu o rei Iom por terra. Deixou-se correr àquele que o havia matado e o feriu tão duramente, que o fendeu até os dentes e o abateu morto por terra, e disse:

— Ora está morto e nunca mais será recuperada a vida daquele homem bom.

184. Quando os cavaleiros do rei Iom viram seu senhor morto, consideraram-se mesquinhos e com o choro deixaram a batalha; e quando aqueles, que antes fugiam, viram que tinham parado sobre seu corpo, souberam logo que aquele por quem choravam havia sido alguma pessoa importante. Não se assustaram, antes voltaram e correram contra aqueles que choravam e deram-lhes tão grandes golpes, que mataram grande parte e teriam matado a todos, se não fosse a terceira batalha que os socorreu assim que percebeu que estavam sendo levados a tão grande martírio. Quando o rei Karados, que a terceira batalha conduzia, soube que o pranto que faziam era pelo rei Iom, que os de lá haviam matado, disse a seus homens:

— Senhores, vamos a esta batalha! Não sei o que possa acontecer comigo. Se acontecer que me matem, rogo-vos por Deus que não demonstreis dor, porque vosso inimigo poderia então recobrar o ânimo e ousadia.

Isto disse o rei Karados ao entrar na batalha; e quando se meteu entre os inimigos fez tanto, que ninguém que o visse poderia considerá-lo covarde, e por suas proezas, os da Irlanda voltaram as costas e puseram-se em fuga, como quem não esperava senão a morte. Deste modo os homens do rei Karados mataram muitos, antes que os inimigos tivessem recebido socorro, de tal forma que poderíeis ver toda a praça coberta. Quando os altos barões da Escócia viram seus companheiros vilmente abatidos, não o puderam suportar, antes deixaram-se correr contra os homens do rei Karados; e Heliades, que era senhor da Escócia, a quem Morderete havia dado esta honra, deixou-se correr ao rei Karados, que melhor estava montado do que qualquer de seus homens e mais ricamente; ele, como quem era ousado a enfrentar o melhor cavaleiro do mundo, não recusou, então feriram-se com as lanças tão violentamente, que furaram os escudos e feriram-se no meio do corpo, de modo que o ferro apareceu do outro lado; caíram por terra com o ferro no corpo, de modo que nenhum dos dois pôde gabar-se, porque ambos estavam feridos de morte. No socorro destes dois, saíram cavaleiros dos dois lados, cada um para ajudar o seu e para derrotar o outro. Fizeram tanto os homens do rei Karados, que pegaram à força Heliades, mas viram que sua alma havia partido do corpo, ferido como estava com a lança atravessada; os outros desarmaram o rei Karados e perguntaram-lhe como estava e ele respondeu:

— Não vos peço senão que vingueis minha morte, porque sei bem que não verei a hora da noa; e, por Deus, não demonstreis, porque os nossos poderiam ser logo importunados e seria a perda maior. Mas isto fazei: retirai minha loriga e levai-me sobre meu escudo àquele monte, onde morrerei mais tranqüilo, o que não faria aqui.

Tudo o que ordenou fizeram; levaram-no à montanha, pois muito amavam seu senhor com grande amor; depois que o puseram em baixo de uma árvore, disse-lhes:

— Voltai à batalha e deixai-me na companhia de quatro escudeiros; vingai minha morte, como puderdes; e se acontecer que algum de vós possa escapar, rogo-vos que leveis meu corpo a Camalote à igreja em que jaz Galvão.

Disseram que o fariam de bom grado; então perguntaram-lhe:

— Senhor, cuidais que haja nesta batalha tão grande desolação como dizeis?

— Digo-vos, disse ele, que, desde que o reino de Logres passou para a cristandade, nunca houve batalha em que morresse tanto homem bom como nesta morrerão; será a última do tempo do rei Artur.

185. Depois que ouviram estas palavras, deixaram-no e voltaram à batalha. Tanto bem fizeram nela os homens do rei Karados e os do rei Iom, que os da Escócia, da Irlanda e da Saxônia foram derrotados. Os homens de Artur, aqueles das três batalhas, fizeram tal maravilha, que jaziam mortos mais da metade por terra porque os grandes feitos que tinham sustentado tinham dado cabo das seis batalhas de Morderete, e depois que tudo isto fizeram, foram sobre as batalhas do reino de Gales que saíam. Nestas duas batalhas havia muito homem bom, a quem tardava que pudessem combater e pesava-lhes muito que tivessem tão longamente descansado. Receberam os homens de Artur tão bem, que não deixaram senão poucos sobre as selas, tanto por estarem descansados, quanto por estarem os do rei Artur esgotados de dar e receber golpes. Neste embate foi abatido Ivã, tão cansado e esgotado, que ficou muito tempo desmaiado; e a perseguição começou então sobre os homens do rei Artur. Neste ataque, passaram mais de quinhentos cavaleiros sobre Ivã, e tanto o machucaram que, se ele não tivesse tido naquele dia outra angústia, teria tido o suficiente desta vez; e foi o que mais o enfraqueceu e mais retirou sua força e seu vigor. Assim foram postos em fuga os homens do rei Artur; quando o rei Kabarantins de Cornualha viu que fugiam apavorados, disse a seus homens:

— Agora a eles! Os nossos estão derrotados. Com isto, desorganizou-se a quarta batalha do rei Artur. Poderíeis ouvir gritos e ver insígnias de diversos grupos chegarem e cavaleiros caírem por terra e estrebucharem uns mortos e outros feridos; nunca tereis visto mais doloroso embate, porque combatiam aqueles que tinham entre si ódio mortal. Depois que quebraram as lanças, meteram mão às espadas e desferiram grandes golpes, de modo que furavam seus elmos e soltavam seus escudos, lançavam-se dos cavalos ao chão e cada um apressava assim a morte do companheiro. Não demorou muito que Morderete mandou dois batalhões para ajudarem os seus. Quando o rei Aguisans, que conduzia a quinta batalha, percebeu que avançavam rapidamente na planície, disse aos seus, que lá estavam:

— Ora vamos por aqui, de modo que possamos nos juntar àqueles que agora partiram, e cuidai que não toqueis em nenhum dos outros antes de vos reunirdes a eles. Só quando lá chegardes atacareis até que sejam vencidos.

Assim como ele ordenou fizeram, pois passaram todos aqueles que ele lhes havia mostrado e foram juntar-se às batalhas que tinham saído de Morderete. No choque das lanças, ouviríeis tão grande ruído, que trovão não seria ouvido. Poderíeis ver mais de quinhentos combatendo e os do lado de Morderete levaram a pior no começo. Deste modo começou em dois lugares a batalha mais cruel que alguma vez houve.

186. Depois que os homens de Aguisans tiveram suas lanças quebradas, meteram mão às espadas e correram sobre seus inimigos e os feriram onde puderam. E estes defendiam-se muito bem e matavam a muitos. O rei Aguisans ia buscando as fileiras com a espada, quando viu à sua frente Ivã muito ferido e que queria montar um cavalo, mas os inimigos o haviam derrubado duas ou três vezes. Quando viu Ivã, correu para seu lado, quanto o cavalo pôde, e havia quatro querendo matar Ivã. O rei deixou-se correr naquela direção, feriu um deles, de modo que o elmo não impediu que o ferro entrasse pelo crânio. Feriu os outros e todos os que viram, maravilharam-se de como aconteceu tal proeza. Tanto fez Aguisans por sua força, que livrou Ivã de todos os que o combatiam e preparou-lhe um cavalo e o ajudou a montar. Depois que montou, cansado como estava, meteu-se na batalha e tanto fez, além do que havia feito antes, que todos maravilharam-se. Deste modo passaram todas as batalhas

até hora de terça, exceto as duas últimas, aquelas que o rei Artur e Morderete conduziam. O rei tinha mandado um jovem subir a um monte para ver quanta gente poderia haver na batalha de Morderete, que era a última. Depois que o servo foi ao monte e viu o que o rei tinha mandado, voltou ao rei, e disse-lhe, em seguida:

— Senhor, há duas vezes mais gente do que tendes na vossa batalha.

— Verdadeiramente, disse o rei, é grande desgraça! Ora Deus nos ajude, porque de outro modo estamos mortos e desbaratados.

Então lamentou Galvão, seu sobrinho, e disse:

— Ah! meu sobrinho, agora sinto vossa falta e de Lancelote. Quisesse Deus que ora estivesse armado entre vós dois. Certamente teríamos a honra da batalha, com ajuda de Deus e com as proezas de que sois capazes. Meu doce sobrinho, tenho medo de estar louco por não vos ter dado fé, quando me dissestes que mandasse vir Lancelote para ajudar-me e socorrer-me contra Morderete, porque sei bem que, se o tivesse chamado, viria de boa vontade e generosamente.

187. Estas palavras disse o rei Artur muito triste, e bem lhe dizia o coração uma parte dos males que estavam por acontecer a ele e a sua companhia. Estava muito bem armado e muito ricamente; então veio aos da távola redonda, de que bem podia ter em sua companhia setenta e dois.

— Senhores, disse ele, esta batalha é a mais temerosa que nunca vistes. Por Deus, vós que sois irmãos e companheiros da távola redonda, permanecei unidos uns aos outros, porque assim não sereis facilmente derrotados; eles são dois contra um de nós e bem treinados em batalha, por isso são temíveis.

— Senhor, disseram eles, não desanimeis, mas ide seguros, porque já podeis ver Morderete que vem contra vós com muita pressa; não temais, pois do medo não vos poderia advir nenhum bem, nem a nós.

Então foi o estandarte do rei à frente e puseram a guardá-lo cem cavaleiros e mais. E Morderete, que havia tomado quatrocentos cavaleiros dos mais valentes de sua companhia, disse-lhes:

— Partireis e ireis diretamente àquele monte e depois que lá chegardes, voltareis, o mais escondidamente que puderdes, por aquele vale; então vos dirigireis contra o estandarte ferindo com as esporas rudemente, de modo que não sobre um que não seja abatido. Se puderdes assim fazer, digo-vos verdadeiramente que os homens do rei estarão derrotados e não terão resistência, antes fugirão porque não terão por onde se retirar.

E eles disseram que de bom grado fariam o que ele lhes havia mandado.

188. Então deixaram-se correr para o lado onde viram a batalha do rei; atacaram-se com as lanças baixadas. No embate parecia que toda a terra ia fundir-se, porque o barulho era tão forte no choque dos cavaleiros, que ouviríeis o ruído a duas léguas de distância. O rei Artur, que reconheceu bem Morderete, foi contra ele, e Morderete fez o mesmo. Feriram-se então como bons e valentes cavaleiros. E Morderete feriu primeiro o rei, de modo que lhe furou o escudo, mas a loriga foi forte e sua malha não se rompeu; a lança voou em pedaços no ataque que ele fez; o rei não se mexeu nem pouco nem muito. E como era forte e duro e acostumado a brandir lança, feriu-o com tanta força, que o levou a terra com o cavalo num amontoado, mas nenhum outro mal lhe fez, porque Morderete estava muito bem armado. Então desorganizaram-se os homens do rei Artur e quiseram pegar Morderete, mas a seu socorro poderíeis ver dois mil combatentes vestidos de armaduras, dos quais não havia um que não metesse seu corpo em aventura de morte por amor de Morderete. Poderíeis vê-los muitos golpes darem e receberem e cavaleiros morrerem desmedidamente; tão grande embate houve, que em pouco tempo veríeis mais de cem estendidos por terra, dos quais não havia um que não estivesse morto ou ferido de morte. E como sempre aumentava a força de Morderete, ele tornou a montar, apesar de todos os seus inimigos. Mesmo assim recebeu ele três golpes da mão do rei, tais que, com

o menor deles, qualquer outro cavaleiro estaria inteiramente abatido, mas Morderete era bom cavaleiro e valente. Deixou-se correr ao rei Artur para vingar-se, porque tinha muita mágoa por ter sido ferido frente aos seus. O rei não recusou, antes dirigiu contra ele seu cavalo. Entreferiram-se com tão fortes golpes de espada, que ficaram atordoados e com dificuldade puderam manter-se em sela. Se os dois não tivessem impedido golpes em seus cavalos, estariam ambos no chão, mas os cavalos foram fortes, e afastaram-se um do outro mais de um lance de arco de distância.

189. Recomeçou então a batalha grande e maravilhosa; e Galegantim, o gaulês, que era cavaleiro forte e valente, deixou-se correr a Morderete. E Morderete, que estava enfurecido, feriu-o com toda sua força e fez voar sua cabeça e esta foi grande perda, porque tinha sido muito leal ao rei Artur. Quando o rei Artur viu Galegantim no chão, não ficou nada satisfeito e disse que o vingaria, se pudesse. Voltou então a correr contra Morderete e, quando o quis ferir, um cavaleiro de Nortumberlande o pegou de permeio e o feriu no costado esquerdo e o deixou a descoberto. Poderia tê-lo ferido muito duramente, se a armadura não fosse tão forte, mas teve sorte que a malha não se rompeu. Atingiu-o tão bem que o levou sob o ventre do cavalo. Quando Ivã, que estava perto, viu este golpe, disse:

— Ah! Deus, que dor esta de um homem tão bom cair tão vilmente no chão.

Então correu atrás do cavaleiro de Nortumberlande e o feriu com uma lança curta e grossa tão duramente, que sua armadura não impediu que o ferro e o cabo atravessassem seu corpo e sua lança se quebrasse ao cair. Depois voltou Ivã ao rei e o montou, apesar de todos os seus inimigos. E Morderete, que estava tão atordoado, que não percebeu que o rei Artur tinha montado de novo, foi contra Ivã com a espada nas duas mãos. O golpe foi pesado e veio de cima, fendeu Ivã do elmo à coifa até os dentes. Abateu-o morto por terra. Esta foi dolorosa perda, porque até então Ivã tinha sido um dos bons cavaleiros que houvera no mundo e era homem muito bom.

190. Quando o rei Artur viu este golpe, disse:

— Ah! Deus, porque permitis isto que vejo, que o pior traidor do mundo mate um dos melhores homens?

E Sagramor, o imoderado, respondeu:

— Senhor, são os jogos da Fortuna, ora podeis ver que ela vos cobra caro os grandes bens e as grandes honras que há tempos tivestes, que leva vossos melhores amigos. Queira Deus que não levemos a pior!

Enquanto falavam de Ivã, ouviram atrás de si um grande grito, porque os quatrocentos cavaleiros de Morderete gritavam, logo que se aproximavam do estandarte, e os homens do rei Artur também. Então poderíeis ver no embate lanças quebrarem e cavaleiros caírem, mas os homens do rei Artur, que eram bons cavaleiros e fortes, receberam-nos tão bem, que abateram mais de cem, à sua chegada. Dos dois lados tiraram as espadas ferindo-se com toda força e matando-se o mais que podiam. Fizeram tão bem os cavaleiros do rei Artur que guardavam o estandarte, nesta entrada, que dos quatrocentos cavaleiros de Morderete não escaparam senão vinte que não estivessem mortos ou feridos, lá onde combatiam, antes da hora de noa. Se estivésseis no campo de batalha, poderíeis ver toda a praça atapetada de mortos e feridos. Um pouco depois da hora de noa, estava já a batalha no fim, que de todos os que haviam combatido na planície, que eram mais de cem mil, não ficaram mais de trezentos que não tinham sido mortos. Dos companheiros da távola redonda aconteceu que tinham morrido todos, menos quatro, porque ficaram mais afastados, pela lida que viam grande demais; dos quatro, um era o rei Artur; o outro Lucão, o copeiro; o terceiro, Gilfrete e o quarto, Sagramor, o imoderado, mas Sagramor estava tão ferido, que mal se mantinha na sela. Reuniram seus homens e disseram que prefeririam morrer a que outros levassem a vitória, e Morderete deixou-se correr contra Sagramor e o feriu tão duramente, vendo-o o rei, que fez sua cabeça voar para o meio da praça. Quando o rei viu este golpe, disse muito triste:

— Ah! Deus, por que me deixais tanto rebaixar em proezas terrenas? Por este golpe, quero bem que a Deus convenha aqui morrer eu ou Morderete.

Pegou uma lança grossa e forte e deixou-se correr quanto o cavalo pôde, e Morderete, que bem sabia que o rei não desejava senão matá-lo, não recusou, antes virou contra ele o cavalo. O rei, que vinha a toda força, feriu-o tão violentamente, que rompeu as malhas da armadura e lhe meteu pelo meio do corpo sua lança. A estória diz que, depois de retirada a lança, passou pelo meio da chaga um raio de sol tão claro, que Gilfrete o viu; e todos diziam que era o sinal da raiva de Nosso Senhor. Quando Morderete se viu tão ferido, pensou que estava ferido de morte. Então feriu o rei tão duramente sobre o elmo, que nada impediu à espada de atingi-lo à cabeça, de que tirou um pedaço. Com este golpe ficou o rei Artur tão atordoado, que caiu em baixo do cavalo, no chão, e o mesmo aconteceu com Morderete. Ficaram os dois tão acabados, que nenhum teve força para levantar-se, antes ficaram caídos um perto do outro.

191. Deste modo o pai matou ao filho e o filho feriu o pai de morte. Quando os homens do rei Artur viram o rei por terra, ficaram tão magoados, que coração humano não poderia avaliar a revolta que tiveram e disseram:

— Ah! Deus, por que permitistes esta batalha?

Então deixaram-se correr aos homens de Morderete e estes contra eles, de modo, que recomeçaram luta mortal e, antes de vésperas, estavam todos mortos, menos Lucão, o copeiro, e Gilfrete. Depois que estes que sobraram viram o que tinha acontecido com a batalha, começaram a chorar muito sentidamente e disseram:

— Ah! Deus, quem terá visto alguma vez tão grande dor? Ah! batalha, quantos órfãos e viúvas fizestes neste país! Ah! dia, por que amanheceste para deixar em grande pobreza o reino da Grã-Bretanha, cujos herdeiros eram muito famosos pelas proezas, e agora jazem aqui mortos e destruídos, com tão grande dor? Ah! Deus, o que nos podeis mais tirar? Vemos aqui mortos todos os nossos amigos.

Depois que fizeram muito tempo este pranto, voltaram ao rei Artur, onde jazia, e perguntaram-lhe:

— Senhor, como vos sentis?
E ele disse-lhes:
— Não me resta senão montar e afastar-me daqui, porque vejo próximo meu fim, mas entre meus inimigos não quero acabar.

Então montou o cavalo muito devagar e partiram todos os três do campo em direção ao mar, tanto que chegaram a uma capela chamada Capela Negra. Uns ermitães, que tinham sua casa perto, num bosque, cantavam nela cada dia. O rei apeou, e o mesmo fizeram os outros e tiraram aos cavalos os freios e a sela. O rei entrou e ajoelhou-se diante do altar e começou a fazer as orações que sabia. Ficou assim até de manhã, que não se mexeu, nem acabou sua oração a Nosso Senhor, que tivesse misericórdia dos seus homens que tinham morrido naquele dia; e enquanto fazia aquela oração, chorou tão sentidamente, que aqueles que com ele estavam o ouviram bem chorar.

192. Toda a noite passou o rei Artur em oração. No dia seguinte, aconteceu que Lucão, o copeiro, estava atrás dele e observou que o rei não se mexia. Então disse chorando:
— Ah! rei Artur, que grande dor sinto por vós!

Quando o rei ouviu estas palavras, mexeu-se com dificuldade, como quem estava muito pesado por sua armadura. Tomou Lucão, que desarmado estava e o abraçou e o apertou, de tal forma que lhe arrebenta o coração no peito. E Lucão não lhe disse palavra, antes de partir sua alma do corpo. E o rei ficou muito tempo assim, e então o larga, porque não cuidava que tivesse morrido; depois que Gilfrete o observou muito tempo, vendo que não se movia, percebeu bem que estava morto e que o rei o tinha matado, então recomeçou seu pranto e disse:
— Ah! senhor, como fizestes mal a Lucão, que o matastes!

Quando o rei o ouviu, sobressaltou-se e olhou à volta e viu seu copeiro morto; então, aumentou sua dor e respondeu a Gilfrete muito revoltado:

— Gilfrete, a Fortuna, que foi mãe para mim até aqui, tornou-se agora madrasta e me faz passar o resto da vida em dor, mágoa e tristeza.

Então disse a Gilfrete que pusesse nos cavalos os freios e as selas, e ele o fez. O rei montou e cavalgou em direção ao mar até meio-dia. Apeou na praia, descingiu a espada e puxou-a da bainha. Depois que a observou muito tempo, disse:

— Ah! Escalibur, boa espada e rica, a melhor do mundo, fora aquela da Estranha Cintra, agora perderás teu mestre; onde encontrarás alguém, em cujas mãos sejas bem empregada como nas minhas, senão com Lancelote? Ah! Lancelote, o melhor homem do mundo e o melhor cavaleiro, aprouvesse a Jesus Cristo que a tivesse e eu o soubesse. Certamente minha alma ficaria para sempre mais tranqüila.

Então chamou Gilfrete e disse-lhe:

— Ide àquele monte, onde encontrareis um lago e lançai dentro dele minha espada, porque não quero que fique neste reino, cujos maus herdeiros, que sobraram, a tenham.

— Senhor, disse ele, cumprirei vossa ordem, mas preferiria, por favor, que ma désseis.

— Não darei, disse o rei, porque convosco nunca seria bem empregada.

Então subiu Gilfrete o morro e quando viu o lago, tirou a espada da bainha e começou a observá-la e pareceu-lhe tão boa e bela, que achou que seria muito grande pena, se a lançasse no lago, como o rei havia ordenado, porque deste modo estaria perdida. Melhor que jogasse a sua e dissesse ao rei que jogara a dele. Então descingiu a sua e jogou-a no lago, e escondeu a outra na relva. Depois voltou ao rei e disse:

— Senhor, cumpri vossa ordem, joguei vossa espada no lago.

— E o que viste? — perguntou o rei.

— Senhor, disse ele, nada; não vi nada.

— Ah! — disse o rei, tu me enganas. Volta e joga-a, porque ainda não a jogaste.

Ele voltou então ao lago e tirou a espada da bainha, e começou muito duramente a queixar-se e dizia que seria muita pena se ela fosse deste modo perdida. Então pensou que jogaria a bainha e ficaria com a espada, porque ainda poderia ser útil a ele ou a outrem. Pegou a bainha e jogou-a no lago. Pegou a espada e escondeu-a em baixo de uma árvore. Então voltou ao rei e disse-lhe:

— Senhor, agora cumpri vossa ordem.

— E o que viste? — perguntou o rei.

— Senhor, nada que não devesse ver.

— Ah! — disse o rei, não a jogaste. Por que me enganas tanto? Vai e joga e saberás o que acontecerá, porque, sem grande maravilha, não será ela perdida.

Quando Gilfrete viu que lhe convinha fazer, voltou lá onde a espada estava e começou a observá-la e a lamentar-se e dizia:

— Espada boa e bela, grande pena é não ires às mãos de algum homem bom!

Então lançou-a no lago o mais fundo e o mais longe que pôde, e quando ela aproximou-se da água, ele viu uma mão que saiu do lago e aparecia até o cotovelo, mas do corpo de quem a mão era, nada viu; e a mão pegou a espada pelo punho e começou a brandi-la três vezes ou quatro.

193. Depois que Gilfrete viu isto claramente, a mão mergulhou na água com toda a espada, e ele esperou muito tempo para ver se ela se mostraria de novo. Quando viu que perdia tempo por nada, voltou ao rei e disse-lhe que havia jogado a espada no lago e contou-lhe o que havia visto.

— Por Deus, disse o rei, julgo que meu fim aproxima-se rapidamente.

Então começou a pensar e, neste pensar, vieram-lhe as lágrimas aos olhos. Depois que ficou muito tempo pensando, disse a Gilfrete:

— Convém que vades daqui e vos separeis de mim de tal sorte que jamais, enquanto viverdes, não me vereis.

— Com esta condição, disse Gilfrete, não me separarei nunca de vós.

— Sim, ireis, disse o rei, ou vos odiarei para sempre com ódio mortal.

— Senhor, disse Gilfrete, como poderia deixar-vos aqui sozinho e ir embora. E ainda dizeis que não vos verei nunca mais.

— É necessário, disse o rei, que façais como vos disse, porque com demorardes nada ganhareis; e isto vos peço pelo amor que há entre nós.

Quando Gilfrete ouviu que o rei lhe pedia docemente, respondeu:

— Senhor, farei o que mandastes, tão triste como nunca, mas dizei-me, por favor, se não vos verei jamais.

— Não, disse o rei, isto asseguro-vos.

— E para onde cuidais ir, senhor?

— Isto nunca vos direi, disse o rei.

E quando Gilfrete viu que não poderia ficar mais, montou e partiu. Tão logo partiu, começou a cair uma chuva muito forte, e muito maravilhosa, que se estendeu até um monte que estava distante do rei meia légua. Quando chegou ao monte, abrigou-se sob uma árvore até que a chuva passasse e começou a olhar na direção de onde deixara o rei. Viu vir pelo mar uma nau que estava cheia de damas; e quando a nau chegou à praia, no lugar em que o rei estava, vieram à borda da nau, e a senhora delas segurava pela mão Morgana, a irmã do rei Artur, e começou a chamar o rei que entrasse na nau; e o rei, assim que viu Morgana, sua irmã, levantou-se depressa do chão onde estava e entrou, e o cavalo depois, e pegou suas armas. Gilfrete, que estava no monte e observou tudo, voltou o mais depressa que o cavalo pôde e chegou à praia, viu o rei entre as damas e reconheceu Morgana, a fada, porque muitas vezes a havia visto; e a nau afastou-se da margem, em pouco tempo mais do que uma besta não poderia alcançar oito vezes. E quando Gilfrete viu que assim tinha perdido o rei, apeou à margem e fez o maior pranto do mundo, e ficou lá todo o dia e toda a noite, que não bebeu nem comeu, e não o havia feito no dia anterior.

194. De manhã, quando o dia clareou e o sol levantou e os pássaros começaram a cantar, Gilfrete estava triste

e magoado como nunca e, tão magoado como estava, montou seu cavalo e partiu dali e cavalgou até que chegou a um bosque que havia ali perto. Neste bosque havia um ermitão, que era muito ligado a ele, e lá ficou com ele dois dias, porque se sentia um pouco aflito com a dor que havia passado e contou ao homem bom o que tinha visto acontecer ao rei Artur. No terceiro dia partiu de lá e resolveu ir à Capela Negra para saber se Lucão, o copeiro, estava já enterrado. Quando lá chegou, por volta do meio-dia, apeou à entrada e atou seu cavalo a uma árvore e depois entrou. Encontrou diante do altar dois túmulos muito bonitos e muito ricos, mas um era muito mais bonito e muito mais rico do que o outro. Sobre o menos belo havia um letreiro que dizia: "Aqui jaz Lucão, o copeiro, que rei Artur matou em baixo de si." Sobre o túmulo que era tão maravilhoso e rico havia um letreiro que dizia: "Aqui jaz o rei Artur que, por sua força, submeteu doze reinos." Quando ele viu isto, desmaiou sobre o túmulo, e depois que voltou do desmaio, beijou o túmulo docemente e começou a fazer grande pranto, e ficou lá até a noite, quando chegou o homem bom que servia o altar. E quando o homem bom veio, Gilfrete perguntou-lhe:

— Senhor, é verdade que aqui jaz o rei Artur?

— Sim, meu amigo, aqui jaz verdadeiramente. Não sei que damas o trouxeram aqui.

E Gilfrete pensou que eram aquelas que o haviam posto na nave. E concluiu que, visto que seu senhor havia partido deste mundo, não ficaria mais no século, e pediu muito ao ermitão que o recebesse em sua companhia.

195. Deste modo tornou-se Gilfrete ermitão e serviu na Capela Negra, mas não foi por muito tempo, porque, depois da morte do rei Artur, não viveu senão dezoito dias. Enquanto Gilfrete permanecia na ermida, vieram os dois filhos de Morderete que haviam permanecido em Wincestre para guardar a cidade, se necessário fosse, pelo que Morderete os havia deixado lá. Estes dois filhos eram bons cavaleiros e fortes e, tão logo souberam da morte

de seu pai e do rei Artur e dos outros homens bons que haviam participado da batalha, convocaram todos de Wincestre e vieram conquistando as terras à sua volta por todos os lados; e isto puderam fazer, porque não acharam quem lhes oferecesse resistência, porque quase todos os homens bons e todos os bons cavaleiros tinham morrido na batalha. Quando a rainha soube da morte do rei Artur e contaram-lhe que aqueles iam conquistando as terras, teve medo que a matassem, se a pudessem pegar, então tomou hábito religioso.

196. Enquanto isto acontecia, chegou um mensageiro do reino de Logres a Lancelote, lá onde estava, na cidade de Gaunes, e disse-lhe toda a verdade do rei Artur, e como ele morrera na batalha e como os dois filhos de Morderete tinham tomado a terra depois da morte de Artur. Quando Lancelote ouviu estas novas, ficou muito triste, porque muito amara o rei Artur, e também ficaram tristes todos os cavaleiros de Gaunes. Lancelote aconselhou-se com os dois reis sobre o que poderia fazer, porque não odiava tanto alguém como Morderete e seus filhos.

— Senhor, disse Boorz, eu vos ensinarei o que fareis: convocaremos nossos homens de perto e de longe e, quando tiverem chegado, partiremos do reino de Gaunes e passaremos à Grã-Bretanha e, quando lá chegarmos, se os filhos de Morderete não fugirem, poderão bem estar seguros de morte.

— Quereis que façamos assim? — perguntou Lancelote.

— Senhor, disse Boorz, não vemos como podemos ser vingados de outra maneira.

Então chamaram seus homens de perto e de longe do reino de Benoic e de Gaunes, de modo que dentro de quinze dias estavam reunidos mais de vinte mil, uns a pé e outros a cavalo. Na cidade de Gaunes foi feita esta reunião. E os cavaleiros e os homens bons vieram. O rei Boorz e o rei Leão e Lancelote e Heitor com todos os seus companheiros partiram do reino de Gaunes e cavalgaram tanto por suas jornadas, que chegaram ao mar.

Encontraram suas naves prontas, entraram dentro e tiveram tão bom vento, que chegaram no mesmo dia à terra da Grã-Bretanha. Quando chegaram à terra sãos e bem dispostos, ficaram muito alegres e fizeram muita festa. No dia seguinte, chegou aos dois filhos de Morderete a notícia de que Lancelote estava na terra e havia trazido consigo muita gente. Quando ouviram estas novas, ficaram muito contrariados, porque não temiam ninguém no mundo como Lancelote. Aconselharam-se entre si como fariam, e logo concordaram que pegariam seus homens e iriam combater Lancelote em batalha campal. E que Deus lhes desse a honra, se alguma havia, porque prefeririam morrer em batalha do que ir fugindo pelo país. Assim como decidiram fizeram, porque convocaram logo seus homens e os reuniram em Wincestre, e em pouco tempo tinham avançado tanto, que todos os homens bons do reino lhes haviam feito homenagem. E depois que reuniram os homens, como lhes contei, saíram de Wincestre uma terça-feira cedo e disse-lhes um mensageiro que Lancelote vinha sobre eles para combater e estava já perto, a cinco léguas, e ficassem certos de que teriam batalha antes da hora de terça.

197. Quando ouviram estas novas, disseram que combateriam lá e esperariam Lancelote e seus homens, pois que não poderiam passar sem batalha. Apearam então para deixarem os cavalos descansar. Deste modo ficaram parados os de Wincestre. E Lancelote cavalgou com sua companhia, mas ele estava muito magoado e triste como nunca, porque no dia mesmo da batalha, chegaram notícias de que a rainha tinha morrido e passado deste século três dias antes. E tudo acontecera como lhe haviam dito, porque a rainha havia passado deste século pouco havia; e nenhuma alta dama teve mais belo fim nem arrependimento, nem mais docemente pediu misericórdia a Nosso Senhor, como ela. Com sua morte ficou Lancelote muito triste e abatido, quando soube da verdade. Então cavalgou para Wincestre muito furioso; e quando os que o esperavam viram-no vir, montaram e juntaram-se a eles em plena batalha. Poderíeis ver no embate muito

cavaleiro cair e morrer, e morrer muito cavalo de batalha, cujo cavaleiro jazia por terra, as almas partidas do corpo. A batalha durou até hora de noa, porque havia muita gente de um lado e de outro. Por volta de noa, aconteceu que o filho mais velho de Morderete, aquele que tinha nome Melean, segurava uma lança curta e grossa, que tinha o ferro muito cortante e muito agudo, deixou-se correr ao rei Leão, quanto o cavalo pôde, e feriu-o com toda sua força tão violentamente, que o escudo nem a armadura impediram que metesse pelo corpo a lança; atingiu o rei com toda sua força tão duramente, que o levou a terra; ao cair, quebrou a lança, de modo que o ferro todo e grande pedaço do cabo ficou no seu corpo. Este golpe viu Boorz e soube bem que seu irmão estava ferido de morte; ficou tão triste, que cuidou morrer de dor; então deixou-se correr contra Melean com a espada em riste, e o atingiu no elmo, com quem muito forte golpe tinha dado, e cortou-lhe o elmo e a coifa de ferro e o fendeu até os dentes, e retirou sua arma forçando-a de lado e o lançou morto estendido no chão. Depois que Boorz o viu caído, olhou para ele e disse:

— Traidor, desleal, que pobre retorno tenho com tua morte da desgraça que me fizeste. Certamente puseste em meu coração dor que nunca dele sairá.

Então deixou-se correr aos outros, lá onde via maior necessidade. Começou a abater e a matar a quem encontrava pela frente, de modo que ninguém, que o visse, deixava de se maravilhar. Quando os cavaleiros de Gaunes viram cair o rei Leão, apearam e o pegaram e o levaram longe da batalha, em baixo de um olmo, e quando o viram tão duramente ferido, não houve quem não ficasse muito fortemente abatido, mas não ousaram fazer pranto, para que seus inimigos não percebessem.

198. Deste modo foi a batalha dolorosamente começada e durou até hora de noa em tal igualdade, que, com dificuldade, se pôde saber quem levava a melhor. Depois de noa aconteceu que Lancelote entrou na batalha. Encontrou o filho mais moço de Morderete e o reconheceu bem pelas armaduras, porque levava tais armas co-

mo seu pai costumava. Lancelote, que muito mortalmente o odiava, deixou-se correr a ele com a espada em riste; e ele não recusou, antes pôs o escudo à frente, logo que o viu vir; e Lancelote o feriu com toda sua força, de modo que fendeu seu escudo até a bossa e o punho, onde ele o segurava. Quando se sentiu ferido, pôs-se em fuga, mas Lancelote tanto apertava-o, que não tinha jeito nem força para se defender; e Lancelote o feriu com tão forte golpe, que fez a cabeça voar com o elmo mais de meio lance longe do busto. Quando os outros viram este morto depois de seu irmão, não souberam mais como poderiam recuperar-se; puseram-se em fuga para garantir suas vidas, como podiam, e meteram-se na floresta que perto de lá havia, a menos de duas léguas. E os que foram a seu encalce mataram o mais que puderam, porque os odiavam mortalmente; então os matavam como se fossem animais conduzidos ao matadouro. E Lancelote foi abatendo-os e matando tantos, que atrás dele poderíeis ver os restos daqueles que fazia voar ao chão. Deste modo foi que encontrou o conde de Gorra, que conhecia como traidor e desleal, que muito aborrecimento havia feito a muito homem bom. Gritou para ele, assim que o viu:

— Ah! traidor, certamente agora chegou vossa vez e vossa morte, que nada vos pode garantir.

Então ele olhou e quando viu que era Lancelote que o ameaçava e o seguia com a espada em riste, viu bem que era sua vez, se o esperasse; então esporeou o animal e fugiu na maior pressa que pôde. Ele estava bem montado, também Lancelote estava. Começou deste modo a caça, em que entraram pela floresta a dentro bem meia légua. Então cansou-se o cavalo do conde e caiu morto embaixo dele. Lancelote, que de perto o seguia, o viu no chão; correu armado como estava e o feriu pelo meio do elmo tão duramente, que lhe meteu a espada até os dentes, e ele ficou no chão como quem estava nos estertores da morte. E Lancelote não o olhou mais, antes partiu com muita pressa; e quando cuidava voltar aos seus homens, mais e mais afastava-se e ia para o fundo da floresta.

199. Tanto foi deste modo fora do caminho certo, de um lado e de outro, que chegou, depois da hora de vésperas, a uma charneca. Então viu um servo a pé, que vinha dos lados de Wincestre, e perguntou-lhe de onde vinha. E quando aquele o viu, cuidou que era do reino de Logres e que tivesse fugido da batalha, e disse:

— Senhor, venho da batalha, onde aconteceu dolorosa jornada para nossa gente, porque, que eu saiba, não escapou ninguém vivo, tanto que muitos do lado de lá estão tristes com a morte do rei Leão.

— Como? — disse Lancelote, está morto?

— Sim, senhor, disse o servo, eu o vi morto.

— É pena, disse Lancelote, ele era gentil homem e bom cavaleiro.

Então começou a chorar muito duramente, e teve as faces molhadas sob o elmo. Depois disse o servo:

— Senhor, já é tarde e estais longe de gente e de abrigo, onde cuidais hoje pousar?

— Não sei, disse ele, não me importa onde fique.

Quando o servo ouviu que nada mais tinha a fazer, partiu; e Lancelote quis ainda cavalgar pela floresta fazendo o maior pranto do mundo e dizia que não lhe havia sobrado nada, porque havia perdido sua dama e seu primo.

200. Nesta raiva e nesta dor cavalgou toda a noite, como a aventura o levava e o trazia, porque nunca fazia caminho reto. De manhã aconteceu que encontrou uma montanha cheia de rochas onde havia uma ermida muito afastada de toda gente. Virou para lá a rédea e pensou que iria ver este lugar para saber quem morava lá. Subiu uma trilha e, ao chegar, viu que o lugar era muito pobre e havia lá uma pequena capela antiga. Apeou à entrada, tirou seu elmo e entrou. Encontrou diante do altar dois homens bons vestidos de roupas brancas, e bem pareciam padres; e eram de fato. Ele os saudou; e quando o ouviram falar, devolveram a saudação. Depois que disse quem era, correram para ele com os braços estendidos e o beijaram e lhe fizeram muito grande alegria. Então perguntou-lhes Lancelote quem eram, e eles disseram:

— Não nos reconheceis mais?

Ele os olhou e reconheceu que um era o arcebispo de Cantuária, aquele mesmo que, pela paz entre o rei Artur e a rainha, havia se empenhado há muito tempo; o outro era Bliobléris, primo de Lancelote. Então ficou muito alegre e disse-lhes:

— Senhores, quando viestes aqui? Agradou-me bastante tê-los encontrado.

E eles disseram que tinham vindo desde a dolorosa jornada, aquele dia mesmo da batalha de Salaber.

— Podemos vos dizer, segundo sabemos, que de todos os nossos companheiros não sobraram senão o rei Artur e Gilfrete e Lucão, o copeiro, mas não sabemos o que lhes aconteceu. Aventura nos trouxe aqui, onde encontramos um ermitão que nos acolheu; depois morreu e nós aqui ficamos depois dele. Dedicaremos, se Deus quiser, o resto de nossas vidas ao serviço de Nosso Senhor Jesus Cristo e lhe pediremos que perdoe nossos pecados. E vós, senhor, o que fareis, que até hoje fostes o melhor cavaleiro do mundo?

— Eu vos direi, disse ele, o que farei; vós fostes meus companheiros no tempo em que cuidava dos prazeres do século; ora vos farei companhia neste lugar e nesta vida; e, enquanto viver, não sairei daqui; e, se não me receberdes, o farei em outro lugar.

Quando isto ouviram, ficaram muito felizes; agradeceram a Deus de bom coração e estenderam suas mãos para o céu. Assim ficou Lancelote com os homens bons.

Mas ora deixa o conto a falar dele e volta a seus primos.

201. Ora diz o conto que, depois que a batalha de Wincestre acabou e os homens dos filhos de Morderete fugiram, os que puderam, e os outros foram mortos, o rei Boorz entrou em Wincestre com toda a força de sua gente, os de dentro quisessem ou não. Quando soube verdadeiramente que seu irmão Leão estava morto, fez um pranto tão grande, que dificilmente poderia contar. Ele fez enterrar o corpo na cidade de Wincestre, como se devia fazer a corpo de rei; depois que o rei foi enterrado,

mandou procurar Lancelote longe e perto por todos os lados, mas ninguém o pôde encontrar. Quando Boorz viu que não podia ser encontrado, disse a Heitor:

— Heitor, meu primo, visto que meu senhor está assim perdido que não pode ser encontrado, quero ir para nosso país e vireis comigo; e quando estivermos lá, tomareis dos dois reinos o que mais vos agradar, porque tereis à disposição aquele que quiserdes.

E ele disse que não tinha então vontade de sair do reino de Logres, antes ficaria ainda algum tempo:

— E quando partir, disse, irei diretamente a vós, porque sois o homem do mundo que mais amo; e devo fazê-lo, por justiça.

Deste modo partiu Boorz do reino de Logres e foi para seu país com sua gente; e Heitor cavalgou pelo país, ora adiante, ora atrás, até que chegou por ventura à ermida onde Lancelote morava. E o arcebispo tinha já tanto feito, que Lancelote tinha recebido ordem sacerdotal e cantava missa cada dia e fazia tão grande abstinência, que não tomava senão pão e água e raízes que colhia no mato. Quando os dois irmãos viram-se, houve muito choro e lágrimas de um lado e de outro, porque muito se amavam de bom amor. E disse Heitor a Lancelote:

— Senhor, pois que vos encontrei aqui no mais alto serviço, como é o serviço de Jesus Cristo, e vejo que ficar vos agrada, eu sou aquele que nunca mais partirei, enquanto viver, antes vos farei companhia todos os dias de minha vida.

E quando os de dentro o ouviram, ficaram muito felizes de que tão bom cavaleiro se oferecesse ao serviço de Nosso Senhor, e o receberam como companheiro. Assim ficaram os dois irmãos juntos e foram sempre aplicados ao serviço de Jesus Cristo; quatro anos ficou Lancelote lá dentro com tal procedimento, que não houve nunca quem pudesse suportar tanto sofrimento e trabalho, como ele fazia de jejuar, de fazer vigílias e de estar em oração e de levantar cedo. Ao quarto ano, morreu Heitor e passou deste século, e foi enterrado na própria ermida.

202. No décimo quinto dia antes de maio, caiu Lancelote doente; e quando sentiu que ia morrer, pediu ao arcebispo e a Bliobléris que, logo que morresse, levassem seu corpo à Joiosa Guarda e o pusessem no túmulo em que Galeote, o senhor da Ilhas Longínquas, estava enterrado. Eles prometeram, como irmãos, que fariam isto. Quatro dias depois deste pedido viveu Lancelote e passou no quinto. Na hora em que sua alma partiu do corpo, não estavam lá o arcebispo nem Bliobléris, mas dormiam em baixo de uma árvore. Aconteceu que acordou primeiro Bliobléris e viu o arcebispo que a seu lado dormia; e dormindo teve ele uma visão e externava a maior alegria do mundo e dizia:

— Ah! Deus, bendito sejais! Agora vejo o que queria ver.

Quando Bliobléris viu que dormia e ria e falava, muito maravilhou-se; teve medo que inimigos tivessem entrado dentro dele, então acordou-o docemente. E quando ele abriu os olhos e viu Bliobléris, disse:

— Ah! irmão, por que me tirastes da grande alegria em que eu estava?

E ele perguntou-lhe em que alegria estava então.

— Estava, disse ele, em tão grande alegria e em tão grande companhia de anjos, como nunca vi tanta gente em qualquer lugar em que tenha estado; e levavam para o céu a alma de nosso irmão Lancelote. Ora vamos ver se ele morreu.

— Vamos, disse Bliobléris.

E foram ver onde Lancelote estava e viram que sua alma tinha partido.

— Ah! Deus, disse o arcebispo, bendito sejais! Agora sei verdadeiramente que à alma dele faziam os anjos festa tão grande como vi. Agora sei bem que penitência vale sobre todas as coisas; nunca deixarei de fazer penitência, enquanto viver. Agora convém que levemos seu corpo à Joiosa Guarda, porque lhe prometemos em vida.

— É verdade, disse Bliobléris.

Então prepararam uma padiola. E quando ficou pronta meteram nela o corpo de Lancelote e pegaram um dum lado e outro do outro e foram tanto por suas jornadas, com muito esforço e com grande dificuldade, até que chegaram à Joiosa Guarda. Quando os da Joiosa Guarda souberam que era o corpo de Lancelote, foram a seu encontro e o receberam aos prantos e lágrimas, e ouviríeis em volta do corpo tão grande pranto e tanto ruído, que não ouviríeis trovão; desceram à igreja do castelo e fizeram ao corpo tão grande honra como puderam e como deviam fazer a homem tão bom como era ele.

203. Naquele mesmo dia em que o corpo foi levado lá dentro, chegou o rei Boorz ao castelo com tão pobre companhia, como de um só cavaleiro e um escudeiro, e ao saber que o corpo de Lancelote estava na igreja, foi até lá e o fez descobrir e o observou tanto, que reconheceu que era seu senhor. Quando o reconheceu, desmaiou sobre o corpo e começou a fazer tão grande pranto, que nunca vistes maior, e começou a lamentar-se profundamente. Naquele dia o pranto foi muito grande pelo castelo. À noite fizeram abrir o túmulo de Galeote, que era mais rico que qualquer outro. No dia seguinte, fizeram pôr dentro o corpo de Lancelote; depois puseram em cima um letreiro que dizia: "Aqui jaz o corpo de Galeote, o senhor das Ilhas Longínquas, e com ele repousa Lancelote do Lago que foi o melhor cavaleiro que houve no reino de Logres, salvo apenas Galaaz, seu filho." Depois que o corpo foi enterrado, poderíeis ver os do castelo beijar o túmulo. Então perguntaram a Boorz como havia ele chegado justamente para o enterro de Lancelote.

— Certamente, disse o rei Boorz, um ermitão religioso, que está hospedado no reino de Gaunes, disse-me que, se eu estivesse no dia de hoje neste castelo, encontraria Lancelote morto ou vivo; e aconteceu-me então como ele disse. Mas por Deus, se sabeis onde ele viveu depois que o vi pela última vez, dizei-me.

O arcebispo contou-lhe rapidamente a vida de Lancelote e o seu fim; e depois que Boorz o ouviu bem, disse-lhe:

— Senhor, pois que ele esteve em vossa companhia até o fim, eu sou aquele que no lugar dele ficarei em vossa companhia, enquanto viver, porque irei convosco e empregarei o resto de minha vida na ermida.

O arcebispo agradeceu a Nosso Senhor muito docemente.

204. No dia seguinte, partiu o rei Boorz da Joiosa Guarda. Chamou seu cavaleiro e seu escudeiro e mandou dizer a seus homens que fizessem rei a quem quisessem, porque ele não voltaria mais. Deste modo foi o rei Boorz com o arcebispo e com Bliobléris e empregou com eles o resto de sua vida no amor de Nosso Senhor.

Cala-se agora mestre Gautier Map da *Estória de Lancelote*, porque bem levou tudo a cabo conforme as coisas aconteceram e termina aqui seu livro tão completamente, que depois disto não poderia nada contar, que não mentisse em tudo.

Apêndice

Último encontro de Lancelote e de Genevra

Nesta parte diz o conto que Lancelote, quando se despediu de seus primos, depois que derrotou e destruiu os dois filhos de Morderete, cavalgou ora adiante, ora atrás, até que chegou hora de vésperas, quando entrou numa floresta grande e maravilhosa. Depois que entrou umas quatro léguas dentro da floresta, ouviu um sino tocar. Dirigiu-se para aquele lado, e depois que cavalgou muito, viu a sua frente uma abadia muito bela e muito bem cercada. Foi à porta e entrou, e saíram dois servos. Um pegou seu cavalo e o outro o levou a uma câmara muito bela e muito alegre para o desarmarem. E depois ele foi desarmado e lavou seu rosto e suas mãos, foi apoiar-se a uma janela de sua câmara para olhar o pátio; enquanto estava à janela, um servo chegou à abadessa e disse-lhe:

— Senhora, aqui dentro está hospedado o mais belo cavaleiro do mundo.

Quando a abadessa ouviu, chamou a rainha Genevra que lá havia entrado:

— Senhora, vamos ver este cavaleiro, quem sabe o conheceis.

E ela disse:

— De bom grado.

Então foram à sala. E quando Lancelote as viu chegarem, levantou-se e dirigiu-se a elas. Logo que a rainha o viu, enterneceu o seu coração e ela caiu em terra desmaiada. E quando se levantou e pôde falar, disse:

— Ah! Lancelote, o que viestes fazer aqui?

Quando Lancelote ouviu que ela chamou-o pelo nome tão claramente, reconheceu que era sua senhora a rainha; tomou-se de tão grande piedade quando a viu naquele hábito, que caiu no chão desmaiado a seus pés. Depois que voltou de seu desmaio, disse-lhe:

— Ah! minha muito doce senhora, desde quando tendes este hábito?

Ela tomou-o pela mão e levou-o a sentar-se num canto sobre uma cama. E contou-lhe como tinha chegado a vestir este hábito por medo dos dois filhos de Morderete. E choraram ambos muito ternamente.

— Senhora, disse Lancelote, sabei que dos dois filhos de Morderete não precisareis nunca mais ter receio, porque ambos estão mortos, mas pensai agora o que quereis fazer, porque se quiserdes e vos agradar, podereis ser senhora e rainha de todo o país, porque não encontrareis quem se oponha.

— Ah! ah! meu doce amigo, tive tantos bens e tanta honra neste mundo como nunca nenhuma outra dama terá, e sabeis bem que fizemos eu e vós tal coisa que nunca devíamos ter feito, por isso me parece que devíamos empregar o resto de nossas vidas ao serviço de Nosso Senhor. E sabei bem que nunca mais voltarei ao século, porque estou aqui entregue para servir a Deus.

Quando Lancelote ouviu estas palavras, respondeu chorando:

— Então, senhora, pois que vos agrada, para mim está muito bem. E sabei que irei a algum lugar onde encontrarei um homem santo em alguma ermida, que me receberá por companheiro e servirei a Deus o resto de minha vida.

E a rainha disse que o aconselhava muito. Desta maneira encontrou Lancelote a rainha na abadia em que havia entrado, e lá ficou dois dias inteiros. No terceiro dia despediu-se da rainha chorando, e ela o recomendou a Nosso Senhor, que o guardasse do mal e o conservasse em seu serviço. E Lancelote pediu-lhe que lhe perdoasse todos os erros, e ela disse que o fazia de muito bom grado. Beijou-o e abraçou-o ao despedir-se. Ele montou o cavalo e partiu. A rainha ficou no serviço de Nosso Senhor de tão bom coração, que não lhe faltou missa nem rezas noite e dia e tanto esforçou-se em rezar pela alma do rei Artur e de Lancelote, que não viveu senão um ano, depois que Lancelote partiu. E quando morreu, foi enterrada muito solenemente, como se deve fazer a tão alta dama. E Lancelote, tão logo partiu de lá, cavalgou ora adiante, ora atrás pensando e sofrendo, até que veio a uma montanha cheia de espinhos; lá havia uma fonte e uma ermida muito afastada de toda gente, e nesta ermida entrou Lancelote e lá empregou o resto de sua vida no amor de Nosso Senhor. Quando Lancelote viu esta ermida, virou para lá a rédea...

Notas

1. Como em nossa introdução ficou claro, este romance, que é o último da primeira prosificação do Ciclo Arturiano, foi o primeiro a levar o título *A morte de Artur*. Conhecido seu conteúdo, não será possível confundi-lo com inúmeros outros que adotaram seu título, mas cujo conteúdo não será obviamente o mesmo. Entre eles destacaremos os mais conhecidos:

Stanzaic Le morte Arthur, romance inglês em verso, do século XIV. Edição crítica: Hissiger, *Le morte Arthur*, a critical edition, The Hague, Mouton, 1975.

·*Alliterative Morte Arthure*, romance inglês em verso, possivelmente composto em 1400. Edição crítica: Krishna, Valerie, *The Alliterative Morte Arthure*, a critical edition, New York, Franklin, 1976.

Le morte Darthur, de Thomas Malory, é o texto publicado por Caxton, em 1489. Os manuscritos de Malory foram descobertos na Biblioteca do Winchester College, em 1934. Na verdade, Malory intitulou seu trabalho: *The whole book of King Arthur and his noble knights of the round table*. As alterações feitas por Caxton vão muito além da troca do título. A edição recomendável hoje é a de Vinaver, principalmente a terceira edição revista de 1973: Eugène Vinaver, Thomas Malory, *The works*, Oxford, Clarendon, 1973.

2. Entre muitos outros autores que voltaram ao tema, destacam-se dois do século XIX:

Alfred Tennyson (1809-1892) com *The story of King Arthur and his knights of the round table*, de 1862, de que faz parte *Morte d'Arthur*, de 1834. Há duas edições dos poemas de Tennyson: *Idyls of the King*, editado por J. M. Gray, New Haven, Yale University Press, 1983; *The poems of Tennyson*, editado por Christopher Ricks, London, Longman, 1969.

Reginald Heber (1783-1826) com *Morte d'Arthur*, de 1812. A respeito não somente deste último, mas de inúmeros outros, ver: John Douglas Merriman, *The flower of kings. A study of the arthurian legend in England between 1485 and 1835*, Lawrence, University Press of Kansas, 1973.

3. O desaparecimento do livro *A morte de Artur* da *Post-Vulgata*, a segunda prosificação do Ciclo Arturiano, não significa que a trilogia atribuída a Robert de Boron não leve a termo sua estória. No maior corpus conservado da *Post-Vulgata*, *A Demanda do Santo Graal*, manuscrito 2594 da Biblioteca Nacional de Viena, encontramos um resumo de *La mort le roi Artu* que, nas edições Magne de 1944 e de 1955-70 e em nosso texto modernizado, principia pela altura dos números 625-6 estendendo-se até o último, 706. À nota 23 da introdução já demos as razões da conservação dos números estabelecidos por Magne em 1944. A bibliografia é de tal modo vasta, que compensa esta conservação. Todos os artigos de especialistas que se referem ao texto seguem aquela numeração. A edição Joseph-Maria Piel e Irene Freire Nunes, que parte de outros critérios com méritos estranhamente ainda não apontados por especialistas, não numera o texto, abre capítulos, em romano. Nesta obra, de que as espera ainda notícia e merecida avaliação, a matéria da *Morte de Artur* começa à altura dos capítulos DCXXXI-DCXXXII e segue até o último DCCXVII.

Um confronto do resumo com sua fonte é um dos fortes temas para um trabalho que pretendesse apontar as diferenças entre a *Vulgata* e a *Post-Vulgata*. A ausência de rei Mars no final da *Vulgata* é um caminho a destacar entre essas diferenças. Outras trilhas que conduziriam ao mesmo caminho principal apontamos na nota 7 de nossa introdução.

Bibliografia

BRUCE, J. D. *Mort Artu*, an old french prose romance of the XIIIth. century..., now first edited from ms. 342 (Fonds Français) of The Bibliothèque Nationale, with collations from some other manuscripts. Halle, M. Niemeyer, 1910.

BRUCE, J. D. *Evolution of Arthurian Romance from the beginnings down to the year 1300*, 2 vols., Baltimore, Göttingen, 1928.

CERQUIGLINI, Bernard. *La parole médiévale*, Paris, Les éditions de minuit, 1981.

CERQUIGLINI, Bernard. *Éloge de la variante. Histoire critique de la philologie*, Paris, Seuil, 1989.

COHEN, Gustave. *Chrétien de Troyes*, Paris, 1931.

COMFORT, W. W. *Arthurian romances by Chrétien de Troyes*, Everyman's Library, 1914.

FARAL, Edmond. *La légende arthurienne*, Paris, 1929.

FOX, Marjorie B. *La mort le roi Artus. Étude sur le manuscrits, les sources et la composition de l'oeuvre*, Paris, 1933.

FRAPPIER, Jean. *Étude sur la Mort le roi Artu*, roman du XIIIe. siècle, dernière partie du *Lancelot en prose*, Paris, Droz, 1936.

FRAPPIER, Jean. *La mort le roi Artu*, roman du XIIIe. siècle, Paris, Droz, 1936.

LACY, Norris J. — KELLY, Douglas — BUSBY, Keith. *The legacy of Chrétien de Troyes*, Amsterdam, Rodopi, volume I, 1987, volume II, 1988.

LAURIE, Helen C. R. *Two studies in Chrétien de Troyes*, Genebra, Droz, 1972.

LOT, Ferdinand. *Étude sur le Lancelot en prose*, Paris, Champion, 1964.

MICHA, Alexandre. "La composition de la *Vulgate* du *Merlin*". In: *Romania*, LXXIV, 1953, p. 200-220.

MICHA, Alexandre. "La Suite-Vulgata du Merlin, étude littéraire". In: *Zeitschrift für romanische Philologie*, LXXI, 1955, p. 35-59.

Glossário

Arção	peça arqueada e proeminente que faz parte da sela. Há arção dianteiro e arção traseiro.
Arnês	armadura completa do cavaleiro.
Bossa	saliência arredondada no centro do escudo.
Coifa	rede que cobria a cabeça e sobre a qual colocava-se o elmo; almofre.
Felonia	traição, aleivosia, deslealdade, perfídia.
Justa	combate individual estando os contendores armados, a cavalo, e começam a luta com a lança.
Loriga	parte da armadura constituída por malha metálica que se vestia como saia ou saiote; saiote de malha metálica.
Manganela	pequena máquina de guerra para arremesso de projéteis.
Noa	hora canônica equivalente a 15 h. As demais: prima, 6h.; terça, 9h.; sexta, 12 h.; vésperas, 18 h.; laudes, 24 h.; e matinas, 3 h.

IMPRENSA DA FE